F. John-Ferrer

Mit Rössern in den Untergang

F. John-Ferrer

Mit Rössern in den Untergang

Bespannte Artillerie im Ostfeldzug

25. II. 16

rosenheimer

Der Ablauf des militärischen Geschehens entspricht der geschichtlichen Wahrheit. Die Namen der handelnden Personen sind frei erfunden. Eventuelle Ähnlichkeiten sind daher rein zufällig.

Besuchen Sie uns im Internet
www.rosenheimer.com

Die Originalausgabe erschien unter dem Titel
»Mit Roß und Wagen«.
Lektorat und Satz: Dr. Helmut Neuberger, Ostermünchen
Titelfoto: © Bundesarchiv, Bild 101I-289-1091-26 /
Fotograf: Dinstühler
Druck und Bindung: Finidr s.r.o.
Printed in Czech Republic

ISBN 978-3-475-54468-2

1

Das Übungsschießen der 2. Abteilung hatte gestern stattgefunden. Gestern, am 4. Juni 1941. Von sechs Uhr morgens bis ein Uhr mittags. Dass die Witterung denkbar schlecht war und dass dicke Wolken tief über der Münsinger Alb hingen, dass es wie aus Kannen goss und dass die Zufahrtswege zu den Feuerstellungen total verschlammt waren, hinderte den Kommandeur nicht daran, Punkt 6.34 Uhr mit zwölf schweren Feldhaubitzen den Feuerschlag auf die angenommene feindliche Bunkerlinie zu eröffnen und diese innerhalb weniger Minuten in ein qualmendes Zielquadrat zu verwandeln.

Dass die graue Wolkendecke just in dem Augenblick aufriss und die Junisonne sich zaghaft hervorwagte, als die Feuereinstellung befohlen wurde, erschien dem Gefreiten Robert Benz, Richtkanonier am 1. Geschütz, wie ein Hohn, ebenso die Tatsache, dass man sich mit einem einzigen und nur halblaut geäußerten Wort, nämlich »Idiot«, Urlaub und bevorstehende Beförderung vermasselt hatte.

Genau betrachtet stand die Ursache in keinem Vergleich zur Wirkung. Die 2. Batterie zog im frühmorgendlichen Regendampf durch den schwäbischen Forst in die Feuerstellungen. Die Kanoniere waren aufgesessen und fröstelten unter den triefend nassen Zeltbahnen, die Fahrer trieben die schweren Gäule mit halblauten Flüchen an und gebrauchten sogar die Sporen, da der Fahrweg immer schlechter und die Schlammlöcher immer tiefer wurden.

In der Nähe der Feuerstellung passierte es dann, dass sich das 1. Geschütz hoffnungslos festfuhr und bis an die Radnaben in einem Schlammloch versank. Die Kanoniere saßen ab und versuchten mit vereinten Kräften, die schief im Schlammloch sitzende Lafette herauszuziehen und den angestrengt arbeitenden Gäulen zu helfen.

Wachtmeister Karl Schimanek, Zugführer der ersten beiden Geschütze, ritt heran und brüllte erst die Fahrer, dann die schwitzenden Kanoniere an, denn es war sein Ehrgeiz, dass der 1. Geschützzug vor dem 2. die Feuerbereitschaft zu melden hatte. Nun aber schien es, als ob dieses Mal der 2. Geschützzug den stets ziemlich hitzig ausgetragenen Wettstreit gewinnen würde.

Wer war schuld? Der Stangenfahrer Xaver Hirtz oder der etwas beschränkte Spitzenfahrer Franz Däubler oder der Gefreite Benz, der Richtkanonier? In keinem Falle wollte Geschützführer Unteroffizier Brenner schuld daran sein, was er durch erbostes Geschrei bekundete. Man murkste also an der festgefahrenen Lafette herum und vertat kostbare Zeit.

Da Wachtmeister Schimanek mit Geschützführer Brenner ziemlich dick befreundet war und mit diesem mehrmals wöchentlich Skat spielte, war es klar, dass nicht Brenner an dem zeitraubenden Zwischenfall schuld sein konnte.

»Benz, Sie Tüte! Sie Pflaumenheini!«, brüllte Wachtmeister Schimanek von seinem nervös tänzelnden Braunen herab. »Haben Sie wieder gepennt, he? Warum haben Sie nicht achtgegeben, dass der Karren mehr rechts fährt?«

Blaurot vor Wut war sein Gesicht unter dem Stahlhelm. »In fünf Minuten ist die Lafette in der Feuerstellung, verstanden! Und gnade Ihnen Gott, wenn das nicht der Fall ist! Ich mache Sie zur Schnecke, Mann!«

Benz hatte ein ruhiges Gesicht, er regte sich nie auf. Er war von Beruf Lehrer und hatte es gelernt, sich zu beherrschen. Aber diesmal schoss ihm doch Hitze in die Augen.

»Ich kann nichts dafür, Herr Wachtmeister«, verteidigte er sich. »Ich bin ...«

»Halten Sie den Rand, Sie Heini!«, brüllte der Reiter mit dem Portepee. »Noch ein Wort – und ich melde Sie wegen unmilitärischen Benehmens dem Chef!«

Das war der Augenblick, in dem sich der Gefreite Benz brüsk umdrehte und »Idiot« murmelte.

Was dann kam, war mehr als ein Hagelgewitter; es war ein Wutausbruch, dem alle Beteiligten beklommen und verlegen gegenüberstanden. Schimanek gab seinem Braunen so hart die Sporen, dass der Gaul sich aufbäumte und mit den Vorderbeinen zu schlagen begann.

»Waaaas haben Sie gesagt?«, brüllte Schimanek. »Was haben Sie gesagt? Idiot? Mann! Mann! Ich ...« Er sprang vom Gaul und stolperte auf Benz zu. »Wiederholen Sie das noch mal, Mann!«

Benz hütete sich. Er stand nur stramm und sah den Wachtmeister an – so lange, bis dieser schnaufte, die Augen zu einem Spalt schloss und herausquetschte:

»Das kommt Sie teuer zu stehen, Benz!«

Der 1. Zug kam natürlich erst nach dem 2. in die Feuerstellung, und Wachtmeister Erler rieb sich zufrieden die Hände, als sein Zug vor dem 1. die Feuerbereitschaft meldete.

Das war gestern. Heute schien die Sonne, und der Truppenübungsplatz Münsingen sah etwas freundlicher aus, obwohl auf den Exerzierplätzen noch große Pfützen standen und die flachen Barackendächer vor Nässe dampften.

Der Rapport sollte um neun stattfinden. Dienstanzug, umgeschnallt, versteht sich. Benz sah gelassen aus, als er sich fertig machte. Die Kameraden waren beim Geschützreinigen. In der Stube hielt sich nur Werner Stöger auf, der fußkrank war und keinen Dienst zu machen brauchte.

»Was wirst denn sagen?«, fragte er.

»Zugeben, dass ich ›Idiot‹ gesagt habe«, erwiderte Benz, während er noch ein letztes Mal über das schimmernde Koppel wischte.

»Mensch, das bringt dir mindestens acht Tage Bau ein. Streit es doch ab!«

Benz lächelte vergnügt. »Er ist ein Idiot, Werner, der größte, dem ich jemals begegnet bin.«

Stöger, der gerade einen Brief an daheim schrieb, legte den Bleistift weg.

»Dann kannst du dir die ›Gurkenschalen‹ abschminken«, sagte er.

Benz zuckte die Schultern. Natürlich wäre er gern Unteroffizier geworden und stand auch bereits auf der Beförderungsliste. Er galt als der flinkste Richtkanonier, und er hatte auch den letzten U-Lehrgang mit guter Beurteilung bestanden. Die Aussicht, Geschützführer am Geschütz 1 zu werden, war dahin! Oder würde Hauptmann Schröder ein Auge zudrücken? Hauptmann Schröder, der von Beruf Schulrat war und daher Benz, den jungen Lehrerkollegen, mit stetem Wohlwollen betrachtet hatte – würde der Chef wirklich ein Auge zudrücken? Würde er diese dumme Geschichte so hinbiegen, dass ihm kein Nachteil daraus entstand?

Benz schaute auf die Uhr. Noch fünf Minuten Zeit bis zum Rapport. Er zündete sich eine Zigarette an und setzte sich an den Tisch. Stöger saß wieder kopfschüttelnd hinter seinem Schreibzeug.

»Was ist das doch für 'n Krampf«, murmelte er. »Jetzt kannst du dir deinen Urlaub auch in den Kamin schreiben, Robert.«

Benz lächelte.

»Hab ich bereits. Mein Mädel kommt am Samstag hierher. Ich habe ihr noch gestern ein Telegramm geschickt.«

»Deiner Gerti?«

Benz nickte. Er sah Gerti vor sich: jung, taufrisch, voller Hingabe und Zärtlichkeit. Sie wohnte in Ulm, wo sie Telefonistin am Postamt war. Man kannte sich seit sechs Wochen. So lange war das 4. Artillerieregiment schon, aus Frankreich kommend, in Münsingen. Ulm war nicht weit, und Benz hatte dort zwei Sonntagsurlaube verbracht. Er hatte Gerti in einem Tanzcafé kennengelernt. Sie hatten sich gesehen, miteinander getanzt, und sie hatten sich vom ersten Augenblick an gerngehabt.

»Mein Urlaub ist fällig«, hatte Benz gesagt, als sie sich vor Kurzem getroffen hatten, »du fährst mit mir heim, meine Eltern sollen dich kennenlernen.«

Gerti hatte blanke Augen bekommen und genickt. Dann hatte sie ihn so stürmisch geküsst, dass ihm ganz schwindelig geworden war. Und nun …? Nun wurde wahrscheinlich nichts aus dem Urlaub! Nun drohten Bau und Strafwachen!

Noch drei Minuten Zeit.

Stöger schrieb, weit über das linierte Briefpapier gebeugt, dann hielt er inne und nagte am Bleistift, schaute zu Benz herüber und sagte:

»Die allgemeine Lage, Robert? Ich will grad davon schreiben. Wie ist sie … die allgemeine Lage?«

Benz stand auf und nahm den Stahlhelm.

»Schreib: Wir glauben an den Sieg, weil wir siegen müssen. Und schick auch einen Gruß von mir mit heim!«

»Danke«, murmelte der andere.

Benz stülpte den Stahlhelm auf den Kopf. Er sah plötzlich nicht mehr aus wie ein sanftmütiger Lehrer, sondern recht kriegerisch, wie die Steinfigur eines Kriegerdenkmals: grau und anonym militärisch.

»Gefreiter Benz meldet sich ab zum Rapport!«, schnarrte er und knallte die Hacken zusammen.

Stöger nickte und winkte lässig: »Haun Sie ab, Benz, und lassen Sie sich durch den Wolf drehn!«

Benz ging hinaus, ging den halbdunklen Barackenflur entlang. Es roch nach Waschlauge und ein klein wenig nach Lysol. Die vorletzte Tür links führte in die Schreibstube.

»Gefreiter Benz meldet sich zum Rapport!«

Hinter der Barriere standen Schreibtische. Sonnenlicht fiel zu den offenen Fenstern herein. Der Schreibstubenbulle tippte auf der Schreibmaschine.

»Ah, Benz!« Er grinste herüber. Er war Obergefreiter, er mochte Benz.

»Chef schon da?«

»Nee. Rapport fällt wahrscheinlich aus. Du hast Schwein, Benz!«

»Wieso?«

»Weil irgendwas anliegt. Offiziersbesprechung beim Kommandeur.«

»Aha.« Benz war es, als würden die beiden Fenster größer und das Sonnenlicht noch stärker. »Geht's vielleicht ab, Max?«

»So was scheint im Gange zu sein.«

»Und was ist jetzt mit meiner Wenigkeit?«, fragte Benz. »Soll ich warten? Wo ist der Spieß?«

»Mit Schimanek in die Kantine 'rüber. Sie heben einen. Geh inzwischen auf deine Bude und warte. Falls der Rapport doch noch steigen sollte, lass ich dich durch den Gefreiten vom Dienst rauspfeifen.«

Benz wollte kehrtmachen und gehen, als Hopf plötzlich herüberrief:

»Moment noch, Benzlein.« Er stand auf und kam an die Barriere heran. »Was ist eigentlich los mit dir und dem Schimanek? Warum könnt ihr euch nicht riechen?«

Benz nahm den Stahlhelm ab und strich sich über das dichte, dunkelblonde Haar.

»Tschja, Max – das ist eigentlich schon eine alte Geschichte. Ich bin mal mit ihm in Frankreich zusammengerasselt. Letzten Silvester.«

Max Hopf holte eine zerknautschte Schachtel Juno aus der Tasche, bot Benz eine Zigarette an und reichte ihm Feuer.

»Was war da?«, fragte er. »Ich hab da was läuten gehört.«

»Letzten Silvester hatte ich gerade Wache«, erzählte Benz. »Ich machte meine Runde bei den Geschützen. Da hörte ich was und ging hin. Schimanek und eine junge Französin. Das Ding schrie wie am Spieß. Ich trat dazwischen, ohne zu wissen, dass ich Schimanek vor mir hatte. Seither bin ich bei ihm unten durch.«

Hopf nickte. »Kann ich mir vorstellen, Benz. Mensch, das wird dir noch allerhand Ärger bereiten. Schimanek ... na ja, du kennst ihn ja! Aber du hättest 'n bisschen zurückhaltender sein sollen, Benz. Den ›Idioten‹ kann er nicht auf sich sitzen lassen.«

»Was sagt der Spieß?«

»Dass man dir die Hammelbeene mal langziehen sollte.«

»Und der Chef?«

Hopf kehrte an seinen Schreibplatz zurück und setzte sich. »Der hat noch keine Stellung dazu genommen.« Hopf begann auf der Maschine zu tippen, hielt noch einmal inne und meinte: »Dein Glück, dass du beim Alten eine gute Nummer hast. Und jetzt hau ab, Knallkopp! Halte dich auf der Bude auf, falls du doch noch bestraft werden solltest. Kehrt marsch!«

Benz ging hinaus.

Der Barackenflur war leer. Als Benz in die Stube zurückkam, saß Stöger noch immer am Tisch und schrieb mit schwerer Hand den Brief an daheim.

»Na?«, fragte er, als Benz hereinkam. »Wie viel?«

»Aufgeschoben«, murmelte Benz, während er den Stahlhelm abnahm. »Die Chefs sind in die Kommandantur gerufen worden und haben eine Besprechung.«

Stöger hatte ein sommersprossiges Gesicht mit pfiffigen Augen. Seine Frisur war streichholzlang und borstig.

»Das schmeckt nach Abmarsch«, sagte er. »Ich hätt nichts dagegen, wenn wir bald aus diesem Windloch rauskämen.«

Benz legte den Stahlhelm auf den Spind, öffnete dann die Schranktür und betrachtete Gertis Bild. Wie sie lachte! Froh und heiter wie ein Maientag. Sie war ein dunkelhaariges, bildhübsches Mädchen.

»Robert«, hörte Benz Stögers Stimme, »wirst sehen, wir bleiben nicht mehr lange. Du brauchst den Knast nicht abzusitzen. Wetten wir?«

Benz aber dachte an anderes. An Gerti. Er hatte ihr gestern ein Telegramm geschickt und sie nach Münsingen in die Bahnhofswirtschaft gebeten. Würde Gerti kommen? Würde er noch die Zeit haben, ihr zu versichern, dass beim nächsten Urlaub geheiratet würde? Benz spürte große Sehnsucht nach Gerti, aber zugleich auch etwas wie Angst. Angst, sie nicht mehr sehen zu können, ohne Abschied von ihr gehen zu müssen!

Er holte Brot und den Rest Kunsthonig aus dem Essfach, ging zum Tisch und setzte sich Stöger gegenüber.

»Was glaubst du, Werner – wohin geht's von hier? Nach Frankreich zurück?«

»War nicht schlecht!«, Stöger grinste. »Noch lieber wär mir, wenn wir nach Dänemark kämen. Da kannst fressen, so viel und was du willst. Dort gibt's alles. Aber keinen Kunsthonig!«

Er lachte und schrieb weiter.

Gerade als Benz sich die Kanne mit kaltem Kaffee holen wollte, ertönte im Barackenflur Getrampel. Die Tür flog auf, und die Geschützbedienung kam herein. Die Männer trugen verwaschene Drillichanzüge und waren ölverschmiert.

»Was ist los?«, fragte Benz den Stubenältesten, den Gefreiten Emmerich, K zwo am ersten Geschütz. »Ist der Dienstplan umgestellt worden?«

»Wir sollen uns umziehen und zum Antreten fertig machen. Und wie war es bei dir? Bist du verdonnert worden?«

»Nein. Rapport fiel aus wegen schlechten Wetters«, sagte Benz lachend.

Die Männer schnatterten wie ein Schwarm aufgescheuchter Spatzen durcheinander. Jeder spürte, dass irgendetwas in der Luft lag. Schon seit Tagen kursierten verschiedene Parolen: dass man in Münsingen umgruppiert werden sollte; dass eine Regimentsverlegung nach Dänemark wahrscheinlich wäre; dass es wieder nach Frankreich zurückginge. Einige wollten sogar wissen, dass das 40. Artillerieregiment nach dem Südosten geschickt würde. Die Gerüchte häuften sich, aber niemand wusste etwas Genaues.

Woher kamen diese Parolen? Wer streute sie aus? Sie waren anynom wie das Grau der Uniformen.

Im Barackenflur gellte die Pfeife des U. v. D.

»Batteriiie – 'raustreten!«

Im Dienstanzug, umgeschnallt, drängten sie hinaus vor die Baracke. Spieß Dirks ließ sein trompetenhaftes Organ erschallen. Der Chef, Hauptmann Schröder, ein vornehm aussehender Mann mit angegrauten Schläfen, gestiefelt und gespornt, kam von links mit dem Batterieoffizier Leutnant Herrberg.

Fünf Minuten später war es allen klar, dass die Zeit in Münsingen zu Ende ging und die Abteilung den Marschbefehl irgendwohin zu erwarten hatte. Und so kam es, dass der Gefreite Robert Benz nicht bestraft wurde und die Dienstgradbeleidigung ungesühnt blieb – vorläufig wenigstens, weil es Wichtigeres gab.

2

Der Blitzfeldzug gegen Polen, die Einnahme Norwegens durch General Dietls Gebirgsjägerdivisionen, die rasche Überwindung der als uneinnehmbar geltenden Maginotlinie, die Kapitulationen Hollands, Belgiens, Luxemburgs und Frankreichs hatten der deutschen Streitmacht zu Lande, zu Wasser und in der Luft die Glorie der Unbesiegbarkeit verliehen.

Nun schien sich wieder etwas vorzubereiten – ein Sturmlauf gegen einen neuen Feind. Gegen die UdSSR? Aber nein! Mit Russland bestand doch ein Nichtangriffspakt! Molotows Besuch in Berlin war allen noch in guter Erinnerung!

Doch was hatte es zu bedeuten, dass die Bekleidungskammern ihre Türen weit öffneten und alle im Münsinger Lager stationierten Truppenteile vollkommen neu eingekleidet wurden? Die scharf bewachten Stacheldrahttore der im Forst verstreut liegenden Munitionsdepots wurden geöffnet, und lange Kolonnen leerer Munitionsfahrzeuge zogen hinein und kamen vollbeladen mit Brisanzmunition wieder heraus.

Dass etwas in der Luft lag, konnte der Landser auch aus der Dienstplanaufstellung entnehmen. Appelle, Appelle, Appelle! Das sicherste Anzeichen aber, dass eine bedeutsame Truppenbewegung im Gang war, verriet sich aus der Tatsache, dass eine plötzliche Urlaubssperre befohlen wurde und alle auf Urlaub befindlichen Wehrmachtssoldaten telegrafisch zurückgeholt wurden.

Kein Zweifel, es stand etwas Großes bevor – ein erneuert militärischer Stoß in eine noch unbekannte Richtung. Jeder Soldat spürte es, jeder ahnte es und erwartete das Kommende mit Spannung oder Gleichmut.

Benz verließ die Münsinger Alb gar nicht ungern. Er hatte es gelernt, die von Fahrzeugen zerfurchten Waldwege zu hassen, die Kraterlandschaften in den Zielgebieten zu verabscheuen; er hasste den seines ursprünglichen Friedens beraubten Forst ebenso gründlich wie die nach Lysol riechenden Baracken. Und dennoch fürchtete er einen plötzlichen Abmarsch; er musste vorher noch mit Gerti zusammentreffen – mit Gerti, die sein Telegramm erhalten hatte, nach Münsingen zu kommen.

Morgen war Samstag. Um ein Uhr sollte der Zug kommen, der sie aus Ulm brachte. Morgen, Samstag!

Benz fieberte diesem Zusammentreffen entgegen, er erschrak vor jedem Trillerpfiff im Barackenflur, der die Batterie auf den Marsch bringen konnte.

Aber noch geschah nichts. Ein bebrillter Offizier vom Stab hielt im Speisesaal eine schwungvolle Rede mit allen nur möglichen Siegesverkündigungen, die Batterie hielt Kleider-, Geschütz-, Waffen- und Pferdeappelle ab, die allgemeine Spannung hielt an, und das Rätseln, wohin der Marsch diesmal gehen würde, beschäftigte Landser und Offiziere.

Der Ausgang war gesperrt; man musste schon Glück haben, um durch das Tor nach Münsingen gelassen zu werden; man musste jedenfalls dienstliche

Gründe vorweisen können, wollte man die Talstraße hinunter in die Ortschaft.

Wieder ein Pfiff mit der Trillerpfeife auf dem Flur.

»Kanoniere! Raustreten zum Stalldienst!«

Das war so üblich. Auch die Herren Kanoniere sollten wissen, wie die Arbeit bei den Pferden schmeckt und dass die Fahrer kein Volk waren, über das man die Nasen rümpfen oder auf das man gar geringschätzig herabblicken durfte. Unteroffizier Brechtmann, der Stallmeister, brachte es den Kanonieren schon bei, dass es zwischen den beiden »Vereinen« keinen Unterschied gab und der Dienst bei den Gäulen ebenso gründlich verrichtet werden musste wie jener am Geschütz.

»Los, meine Herren – puuutzen, puuutzen!«, röhrte der krummbeinige Stallbeherrscher und inspizierte die Tätigkeit der Kanoniere mit den Händen auf dem Rücken und einem höhnischen Grinsen im Gesicht.

»Flinker, flinker! Das höchste Glück der Erde liegt auf dem Rücken der Pferde!«

Er gab noch mehr Reiterzitate zum besten, und dabei brüllte er den Gefreiten Emmerich an, weil dieser den Striegel zu langsam führte, oder drüben den Kanonier Stöger, der höchst ungern die Hufe des Pferdes Max vom Mist reinigte.

Zwölf schwere Belgier gehörten zum ersten Geschütz. Es waren kostbare Tiere, die mit Sorgfalt und Hingabe gepflegt wurden. Benz wurde dem Stangenfahrer Xaver Hirtz als Hilfe zugeteilt und musste die Fuchsstute Emmi striegeln. Sie war ebenso wohlgenährt wie ihr Zugpartner Alf, der nebenan mit Wohlbehagen seine Haferration aus der Krippe fraß.

Benz mochte Pferde. Er wusste, wie schwer sie zu arbeiten hatten und welche Lasten man ihnen auferlegte, wenn Einsatz gefahren wurde. Er liebte den strengen Geruch der Tiere und ihr seidiges, gepflegtes Fell. Und Xaver Hirtz, der als einer der tüchtigsten Stangenfahrer galt, war sehr stolz auf sein Gespann.

Die Fahrer waren mit der Appellvorbereitung des Geschirres beschäftigt. Benz dachte, während er Emmi striegelte, an morgen, an den bewussten Samstag. Wie soll ich hier wegkommen? Gerti kommt bestimmt, obwohl sie mir keine Nachricht gegeben hat. Ich muss es irgendwie drehen, dass ich nach Münsingen komme! Wenn nicht anders – dann einfach über den Zaun! Egal, was daraus wird!

»Na, Sie Pflaumenheini? Sie schlafen wohl?«

Die Stimme traf Benz wie ein Peitschenhieb. Mit dem gewohnten hinterhältigen Grinsen im bronzebraunen Haudegengesicht stand Wachtmeister Schimanek vor der Pferdebox.

Benz nahm unwillkürlich stramme Haltung an.

»Niemand schläft, Herr Wachtmeister!« In seiner Stimme klang unterdrückte Gereiztheit.

Schimanek kam einen Schritt näher und klopfte der Fuchsstute auf die runde Kruppe.

»Denken Sie bloß nicht, Benz, ich hätte die Beleidigung vergessen.«

Er kam heran, er war ein Bulle von einem Wachtmeister, untersetzt und breit in den Schultern. Er war ein sogenannter Zwölfender, ein ehemaliger Reichswehrsoldat. Früher sei er mal Bäcker gewesen, hieß es. Weiß der Himmel, warum er Berufssoldat wurde! Aber er galt als bester Reiter in der Abteilung, und bei ihm gab's nichts zu lachen, wenn er Geländedienst oder Appelle abhielt.

Benz stand noch immer stramm.

»Haben Sie mir etwas zu sagen, Benz?«

Schimanek klatschte mit der Hand auf das Fell des fressenden Gaules.

»Was wollen Sie hören, Herr Wachtmeister?«

»Eine Entschuldigung.«

Benz spürte, dass ihm wieder die Hitze ins Gesicht stieg. Er umkrampfte Bürste und Striegel und starrte an Schimanek vorbei in die Stallgasse. Am Pfosten, wo das Sattelzeug hing, tauchte Hirtzens breites Bauerngesicht auf. Er schaute besorgt herüber.

»Wofür soll ich mich entschuldigen, Herr Wachtmeister?«

»Fragen Sie nicht so dämlich«, zischte Schimanek. »Sie wissen genau, was ich meine.«

»Ich war nicht schuld daran, dass die Lafette stecken blieb, Herr Wachtmeister.«

»Darum geht es jetzt nicht. Sie haben mich beleidigt. Ich habe Sie zum Strafrapport gemeldet. Er ist nur aufgeschoben, Benz ... nicht aufgehoben!«

Benz schwieg. Seine Backenknochen traten hart aus dem schmalen Gesicht, sein Mund war ein blutleerer Strich.

Schimanek kam noch einen Schritt näher – so nahe, dass Benz seinen nach Nikotin riechenden Atem spüren konnte.

»Sie! Sie sogenannter Gescheiter«, grinste Schimanek, »Sie Herr Lehrer! Sie denken wohl, Sie können auf mich runterschaun, ha? Sie glauben wohl, ich vergesse Ihnen den ›Idioten‹?«

»Herr Wachtmeister, das Wort ist mir nur so herausgerutscht!«

Die grauen Augen Schimaneks sprangen auf.

»Aha! Sie geben es also zu?«

»Jawohl!«

»Und Sie werden es auch vor dem Chef zugeben?«

»Jawohl, Herr Wachtmeister.«

»Sie wollen sich dafür bestrafen lassen?«

»Jawohl, Herr Wachtmeister.«

Sie sahen sich starr in die Gesichter.

Schimanek trat einen halben Schritt zurück, räusperte sich rau und nickte plötzlich.

»Gut. Ich werde dafür sorgen, dass der Rapport nicht stattfindet, Benz. Wir tragen das unter uns aus. Einverstanden?«

Benz begann zu hoffen. Er nickte.

»Wie lange sind Sie jetzt schon Richtkanonier, Benz?«

»Seit meiner Ausbildung am Geschütz, Herr Wachtmeister.«

Schimanek legte den Kopf etwas schief und grinste noch um einen Grad tückischer.

»Über zwei Jahre also schon?«

»Jawohl, Herr Wachtmeister.«

»Das reicht, Benz. Ab heute sind Sie Mittelfahrer am Lafettenfahrzeug. Däubler wird zum Tross versetzt. Am Geschütz wird Emmerich die Funktion des Richtkanoniers übernehmen.«

Benz war es, als zöge ihm jemand den Boden unter den Füßen weg, als fiele er in einen tiefen Brunnen.

Was Schimanek eben ausgesprochen hatte, kam einer Degradierung gleich! Mittelfahrer, auch »Brackenschiss« genannt, wurden jene Landser, die sich geistig nicht sehr hervortun konnten. Und jetzt sollte er auf diese Stelle gesetzt werden.

Wie Schimanek grinste! Er sah, dass der Gefreite kreidebleich geworden war und nach Worten suchte.

»Wir sind quitt, Benz«, sagte Schimanek, drehte sich um, versetzte dem Gaul einen Klatsch auf die Kruppe und verließ den Stand.

Benz stand noch immer entgeistert da und ließ die Arme hängen. Da schob sich die vierschrötige Figur des Stangenfahrers heran. Hirtz runzelte die Stirn und nickte.

»Es wird dir scho bei uns gefallen, Robert. Ganz gewiss! Reiten kannst ja, wie i weiß!« Er schlug Benz auf die Schulter. »I bin net traurig, dass der Däubler Franz zum Tross versetzt wird. Der Däubler war scho immer a Hirsch.«

Nun hatte der Gefreite Benz doch seine Strafe bekommen, eine sehr empfindliche sogar, eine weitaus schwerere, als wenn ihn Hauptmann Schröder zu drei oder acht Tagen Bau verurteilt hätte.

Im Stall wieherte ein Ross.

Benz hörte es wie aus weiter Ferne. Ihm war elend zumute, so elend, dass er am liebsten geheult hätte. Und er dachte dabei an Gerti.

Ob er sie noch einmal sehen würde?

3

Die Umgruppierung eines vorzüglichen Richtkanoniers in den Fahrerdienst ging natürlich nicht ohne Kommentar über die Bühne. Die Bedienungsmannschaft des 1. Geschützes wunderte sich über die Versetzung ebenso sehr, wie Benz sich darüber grämte, obschon er nach außenhin so tat, als sei er bereit, sich mit dieser Schikane abzufinden.

»Mensch, geh doch dagegen an!«, rief Emmerich, dem es besonders leidtat, Benz zu verlieren und im Haufen der Fahrer zu sehen. »Meld dich doch beim Alten zum Rapport.«

»Hat keinen Zweck«, meinte Benz. Denn ihm schien jeder Protest nur eine Verschlimmerung der Lage und des Verhältnisses zwischen ihm und Schimanek bringen zu können.

Gleich nachdem sich diese Versetzung vollzogen hatte, kam auch Unteroffizier Brenner auf die Stube. Er knöpfte sich Benz vor und sagte mehr kameradschaftlich als schikanös, dass er sich in die Entscheidung des Zugführers fügen und vorerst nichts dagegen unternehmen solle.

Benz wechselte um elf Uhr in die Fahrerstube über und packte seine Klamotten nur flüchtig in den Spind.

»Du denkst eppa, bei uns wär's net gemütlich?«, sagte Hirtz, der Rosenheimer. »Mir san die Gäul liaba als wia alle Heinis mitnander. Auf einen Gaul kannst dich verlassen, der trägt dir aa nix nach, wenn du ihm eins überziehst.«

Sechs Fahrer lagen auf der Stube 4, Lafettenfahrer und Rohrwagenkutscher alle beisammen. Däubler siedelte ziemlich gleichgültig zum Tross um und verschwand ohne viel Getue. Vielleicht war er auch froh, aus Xaver Hirtz' Nähe zu kommen, weil dieser ihn oft in seiner gutmütig groben Art anraunzte und selten mit seiner Fahrkunst zufrieden war.

Benz dachte im Augenblick weniger an die Umstellung als an das Treffen mit Gerti. Die Minuten rasten nur so dahin, und es bestand nicht die geringste Aussicht, nach Münsingen auf den Bahnhof zu gelangen.

Aber das Schicksal schien es mit ihm gut zu meinen und bescherte ihm Punkt zwölf Uhr mittags eine Sonderüberraschung in der Form, dass plötzlich vier Fahrer zum Bahnhof abkommandiert wurden, um dort ein paar Waggons aus dem Allgäu eingetroffenen Pferdefutters, Heu und Hafer, umzuladen.

Unteroffizier Brenner stellte das Kommando zusammen, und Benz vergaß seinen Kummer, als er mit Hirtz, Berger und dem Rohrwagenfahrer Fritz Abel kurz darauf zum Lagertor hinaustrabte und einen leeren Munitionswagen nach Münsingen hinunterkutschierte.

Man fuhr einspännig. Das Pferdepaar, das Benz übernommen hatte, hieß Toni und Tino, zwei kräftige, hochbeinige Halbblütler, Hannoveraner, dunkel im Fell, mit etwas zu lang geratenen Köpfen. Aber sie waren tüchtig und gut im Futter. Das Sattelpferd hatte einen ruhigen Trab, und als Benz so die Gangart des Pferdes in sich aufnahm und den Blick über Wald und Flur schweifen ließ, wollte es ihm vorkommen, als sei die Versetzung zu den Fahrern gar keine Strafe, sondern eine Abwechslung, die vielleicht guttat und dem Alltag neue Würze bringen könnte.

Was ist schon dabei?, ging es Benz durch den Sinn, als die Muni-Wagen bergab polterten und eine Staubwolke aufwirbelten. Hirtz und Berger sind feine Burschen! Nicht schlechter und nicht besser als Emmerich, Stöger und wie sie alle heißen, mit denen ich über zwei Jahre lang beisammen gewesen bin! Und außerdem – wir sind ja nicht getrennt. Wir gehören nach wie vor zusammen! Der eine braucht den anderen. Na schön, dann richte ich eben kein Geschütz mehr ein und fahre dafür die Lafette in der Mitte!

Seine Laune hatte sich beträchtlich gebessert, und die ihm auferlegte Schikane eines gewissen Portepeeträgers dünkte ihm immer weniger peinlich oder schmerzhaft.

Benz sah Hirtz vor sich reiten, geschmeidig jeden Tritt des Gaules mit dem Hintern wahrnehmend, breit in den Schultern, schmal in den Hüften, das Krätzchen schief auf dem runden Kopf.

Hirtz! Auch ein lieber Kerl! Und er versteht etwas vom Fahren! Ich werde mich nicht dümmer anstellen, dachte Benz, als Däubler!

Dann, als der Bahnhof auftauchte, schweiften seine Gedanken ab. Gerti kam in knapp einer Stunde … dort, auf einem der silbrig schimmernden Gleise!

Gerti!

Die Gespanne trabten zum Güterbahnhof. Dass eine Truppenverlegung im Gange war, sah Benz aus den bereitstehenden langen Transportzügen. Offene

Loren, Güterwagen, Personenwaggons in langen, langen Reihen!

An die Güterrampe war der Heutransport aus dem Allgäu herangefahren. Auch die anderen Batterien hatten ihre Fahrzeuge geschickt, um das Pferdefutter zu übernehmen.

Benz sah die untersetzte Figur des Stallmeisters, hörte dessen lautes, bayerisch klingendes Organ: »Ihr damischen Ritter, da geht's her … da geht's her, Kruzinesennoamol!«

Benz schwang sich aus dem Sattel, Hirtz ging bereits auf Unteroffizier Brechtmann zu und redete mit ihm, dann deutete Brechtmann zur lang gestreckten Güterhalle, worauf Hirtz nickte und herankam.

»Wir müssen noch warten«, sagte er. »Wir könna derweil in der Bahnhofswirtschaft a Bier trinka.«

Benz spürte, dass ihm die Freude die Kehle zuschnürte, dass er jetzt keinen Schluck Bier trinken konnte. Er musste mit Hirtz reden, ob man eine Stunde wegbleiben könnte.

»Du, mein Mädel kommt kurz vor zwei Uhr«, sagte er zu Hirtz. »Ist es möglich, dass ich sie abholen und mit ihr ein Weilchen sprechen kann?«

»Dein Madl?«, Hirtz grinste. »Wo kommt s' denn her?«

»Aus Ulm.«

»Festes Verhältnis oder nur so …?«

»Festes«, murmelte Benz, und er wusste plötzlich, dass er nicht mehr sagen konnte, dass er nicht prahlen durfte, wie es sonst üblich war.

»Wie lange werden wir denn am Bahnhof bleiben?« fragte Benz.

»Na, sagen wir halt – drei Stund mindestens.« Hirtz grinste breit von einem abstehenden Ohr bis zum anderen. »Hau ab. Ich pass schon auf'n Toni und 'n Tino auf.«

Benz ergriff Hirtzens Hand und drückte sie. »Das vergess ich dir nie, Xaver.«

»Geh, spinn net so!«

Die Junisonne schien warm. Am Horizont war kein Wölkchen zu sehen. Die Kornfelder dufteten, und Lerchen sangen im Blau des Himmels. Benz schaute auf die Uhr. Noch zehn Minuten Zeit. Noch lange zehn Minuten! Eine kleine Ewigkeit musste er noch warten.

Er blieb noch bei Hirtz, Berger und Fritz Abel. Man unterhielt sich über den Zeitpunkt des Abtransportes, man rätselte wieder, wohin es gehen würde. Fritz Abel tippte auf Frankreich. Er meinte, dass es ganz sicher dorthin ginge, um irgendeine andere Abteilung im Besatzungsgebiet abzulösen.

Hirtz schüttelte den Kopf.

»Stimmt alles net, Buam. Ich sag, es geht nach Osten! Der Russ' soll über hundert Divisionen längs der Grenz aufgezogen haben. Da kann leicht was zum Brandeln und Stinken anfangen, sag i.«

Woher Hirtz das wisse?, fragte der Abel. Worauf Hirtz meinte, er habe es halt gehört.

In diesem Augenblick pfiff in der Ulmer Richtung der Zug, und Hirtz wandte sich an Benz.

»Verschwind jetzt, hörst«, sagte er und versetzte Benz einen sanften Rippenstoß. »Nimm dei Madl und verkrümel dich. Grüß sie von mir.« Er grinste gutmütig.

Benz ging rasch zum Bahnhofsgebäude. Die drei Fahrer schauten ihm nach.

»Was haltet ihr von ihm?«, fragte Abel.

»Prima Bursch«, sagte Hirtz. »Er traut sich was, und das imponiert mir, er lässt sich net den Butter vom Brot nehma.«

»Jetzt kann's uns passieren«, ließ sich Berger vernehmen, »dass wir den Schimanek andauernd am Hals haben und schikaniert werden.«

Hirtz lachte.

»Der frisst schon koan Heuwagen, Buam.«

»Dem Benz kommt's aber doch hart an, dass er zu uns versetzt worden ist«, sagte Abel.

»Na ja«, gab Hirtz nachdenklich zu, »einfach ist's für ihn net, aber er wird dran aa net kaputtgehen. Barras bleibt eben Barras, und Schnaps ist Schnaps!«

»Du meine Fresse!«, rief Berger erschrocken und deutet mit dem Kopf zur Straße, die zum Bahnhof heranführte. »Guckt mal, wer dort kommt!«

Wachtmeister Schimanek kam auf einem Fahrrad herangeradelt.

Hirtz runzelte die Stirn und murmelte: »Bazi, du hättest aa wegbleiben könna.«

Der Personenzug aus Ulm kam pünktlich. Benz stand auf dem Bahnsteig und war sehr erregt. Sein Herz hämmerte gegen die Rippen, als er die Waggonschlange entlangspähte. Die Türen sprangen auf, Reisende und ein paar vom Urlaub zurückkehrende Landser stiegen aus. Nur wenige Zivilisten stiegen ein. Plötzlich hörte Benz hinter sich eine bekannte Stimme:

»Gefreiter Benz, was machen Sie hier?«

Benz fuhr herum. Schimanek stand da. Sein dunkles Gesicht sah unbeweglich und dienstlich aus.

Benz knallte die Hacken zusammen und würgte den Kloß, der im Halse stak, krampfhaft hinunter.

»Herr Wachtmeister, ich erwarte meine Braut.«

Dessen Gesicht verzog sich zu einem Grinsen.

»Und wer hat Ihnen erlaubt, hier zu sein?«

»Ich bin zum Abholen der Futtermittel abkommandiert, Herr Wachtmeister. Wir warten noch aufs Abladen. Ich darf annehmen, dass es mir erlaubt ist, meine Braut …«

»Robert!«

Benz drehte sich um. Hinter ihm stand Gerti, schlank, jung, dunkelhaarig, in einem hellen Kostümchen und weißen Schuhen, weißer Handtasche, über dem Arm einen hellen Staubmantel.

Sie schlang die Arme um seinen Hals und küsste ihn mitten auf den Mund.

»Ich hab mich so gefreut! Als ich dein Telegramm erhielt …«

»Bitte, sei still«, sagte er rasch.

Gertis tiefblaue Augen, die einen reizenden Kontrast zu ihrem dunklen, halblangen Haar abgaben, sahen an Benz vorbei.

»Das ist Wachtmeister Schimanek«, stellte Benz vor; seine Stimme klang frostig. »Mein Zugführer, Gerti.« Und zu Schimanek: »Gestatten Sie, dass ich eine Stunde mit meiner Braut beisammenbleiben darf?«

Schimaneks helle, kalte Augen glitten über die schlanke Figur des Mädchens hinweg, erfassten alles an ihr, taxierten sie von Kopf bis Fuß.

»Es wäre nett von Ihnen, Herr Wachtmeister«, sagte Gerti mit reizendem Grübchenlächeln. »Oder gönnen Sie uns das Zusammentreffen etwa nicht? Ist es verboten?«

Schimaneks Miene wurde zu einer grinsenden Maske der Höflichkeit. »Es ist keinesweg verboten, Fräulein.« Und zu Benz sagte er mit halbdienstlich klingendem Organ: »Es wäre besser gewesen, Benz, wenn Sie mir Ihre Absichten vorher gemeldet hätten.«

Mit diesen Worten machte Schimanek kehrt und verschwand vom Bahnsteig.

Benz sah blass aus. Doch Gerti schob ihren Arm unter den seinen und schmiegte sich an ihn.

»Freust du dich, Robert?«

»Ja, sehr«, murmelte er.

»Was hast du?«

»Ach – nichts weiter.«

»Und wohin gehen wir?«, fragte sie und hängte sich schwer an seinen Arm.

Er sah sie an und vergaß allen anderen Kummer. Er küsste sie, während der Zug abfuhr, und dann fragte er sie mit leuchtenden Augen:

»Willst du lieber ins Bahnhofslokal, oder spazieren wir ein bisschen durch die Felder?«

»Gehen wir spazieren, Robert«, flüsterte sie, und in ihr reizendes Gesicht stieg rosarote Röte.

Arm in Arm verließen sie den Bahnsteig, gingen durch die Bahnhofshalle und strebten im Gleichschritt den sonnenbeschienenen Feldern zu, wo die Kornfelder dufteten und Lerchen im Blau sangen. Sie wollten die Zeit festhalten, auf einem schmalen Grassaum und hielten sich fest umschlungen.

»Du, ich habe Angst, wenn du fortgehst«, flüsterte sie mit Tränen in den Augen.

»Ich komme zurück«, flüsterte er ihr zu und küsste sie wieder und wieder. »Du musst daran glauben, hörst du! Ich muss spüren, dass du an mich denkst!«

»Ich werde immer an dich denken, Robert.«

Er schaute auf die Uhr.

In einer Viertelstunde kam der Gegenzug, der nach Ulm zurückfuhr.

»Müssen wir schon gehen, Robert?« Die Tränen in ihren Augen glänzten.

»Ja, Liebes, wir müssen!« Er half ihr auf, er zog sie noch einmal in die Arme. »Sobald ich Urlaub kriege, heiraten wir, Gerti. Setz dich inzwischen mit meinen Eltern in Verbindung.«

»Ja, Robert«, sagte sie.

Dann gingen sie zum Bahnhof zurück, standen wieder auf dem Bahnsteig und warteten auf den Zug in Richtung Ulm.

»Die Adresse meiner Eltern hast du ja, Liebes?«

»Ja, Robert.« Sie hing schwer an seinem Arm und kämpfte mit den Tränen.

Von den Verladerampen her ertönten raue Rufe, brüllte plötzlich jemand, wieherte ein Gaul.

Robert Benz hatte ihr nichts von dem erzählt, was ihm das Dasein in der Truppe versauerte. Sie hatte auch nicht gefragt, sie wollte anscheinend nichts davon wissen, obwohl sie zu spüren schien, dass etwas geschehen war. Aber jetzt, als sie plötzlich stumm blieben und sich anscheinend nichts mehr zu sagen hatten, obwohl ihre Herzen zum Überlaufen voll waren, drückte sie seinen Arm und fragte leise:

»Was ist dieser Wachtmeister Schimanek für ein Mensch?«

»Nicht der beste, Liebes.«

»Ihr mögt euch nicht?«

»Wir konnten uns noch nie riechen. Aber bitte – reden wir nicht davon, Liebes.«

Sie sah besorgt zu ihm auf.

»Er hat so harte Augen ... er ist nicht gut.«

»Ein alter Kommisskopp eben!«, lachte Benz. »Nichts anderes gelernt als zu drillen und herumzubrüllen.«

»Er hat mich so komisch angeschaut, Robert ... ich weiß selber nicht wie ...«

»Er hat kleine Mädchen gern«, sagte Benz. Und plötzlich erzählte er ihr, was damals in Frankreich geschehen war. Aber er kam nicht zu Ende damit. Gerti drückte jäh und erschrocken seinen Arm und flüsterte hastig:

»Er kommt zu uns her.«

Benz trat einen kleinen Schritt von ihr zurück und schaute auf die Uhr.

»Der Zug muss jeden Moment kommen, Liebes«, sagte er laut.

Da trat Schimanek heran und grüßte lässig.

»Benz, Sie müssen zu den Pferden zurück.«

Es klang nicht auffallend dienstlich, aber doch befehlend.

»Darf ich nicht noch ein paar Minuten warten, Herr Wachtmeister?«

»Ich sagte ...«

Doch Schimanek wurde von Gerti unterbrochen. Sie lächelte, als sie sagte:

»Aber Herr Wachtmeister, können Sie es wirklich übers Herz bringen, meinen Verlobten fortzuschicken, wo jeden Augenblick der Zug kommen muss? Ist das menschlich, Herr Wachtmeister?«

Schimanek sah sie fast bestürzt an. Seine Miene wurde verlegen. Er warf einen schnellen Blick auf Benz, der heftig errötete und Gerti einen unwilligen Blick zuwarf.

»Was ist überhaupt zwischen euch?«, fragte sie mit der Unvoreingenommenheit ziviler Neugier und Sorge. »Warum vertragt ihr euch nicht? Ihr sitzt doch alle in einem Boot! Ihr zieht alle am selben Strang! Da gehört es sich doch, dass man sich untereinander verträgt.«

»Sei bitte still, Gerti!«, rief Benz erschrocken.

»Nein, nein«, fuhr sie fort, und eine kleine Falte erschien zwischen ihren Brauenbögen. Sie sah Schimanek fest an. »Ich bin nicht still. Ich darf so etwas schon sagen. Hören Sie, Herr Schimanek, ihr werdet jetzt wieder fortgeschickt. Ihr wisst nicht, wo ihr landet und was euch bevorsteht. Gutes bestimmt nicht! Ist es da so verwunderlich, wenn ich euch bitte, euch zu vertragen?«

»Verzeihung …«, murmelte Schimanek verlegen, »das ist …«

»Ich bin noch nicht fertig«, fiel sie ihm freundlich, aber bestimmt ins Wort. »Ich will erst noch wissen, ob ich zwischen euch vermitteln kann.«

»Lass das, Gerti!« Benz rief es ärgerlich.

»Ja«, murmelte Schimanek mit schiefem Grinsen, »es ist besser, Sie mischen sich da nicht ein.« Er wandte sich an Benz: »Gut, verabschieden Sie Ihre Braut noch, und melden Sie sich dann bei mir. Ich bin bei den Rampen auf Gleis drei.« Schimanek verbeugte sich knapp vor Gerti, grüßte und wollte kehrtmachen, als sie ihn schnell am Arm zurückhielt und mit beschwörender Eindringlichkeit rief:

»Herr Wachtmeister, bitte … bitte! Mir zuliebe! Bitte schauen Sie mich an!«

»So lassen Sie das doch!«

Schimanek wollte ihren Griff abstreifen, aber er konnte den Blick nicht lösen von ihren blauen Augen. Sie schwammen in Tränen und schauten flehend zu ihm auf.

Der schrille Pfiff einer Lokomotive erklang. Reisende mit Koffern kamen auf den Bahnsteig.

»Bitte, Herr Wachtmeister«, sagte Gerti noch einmal.

»Was … was wollen Sie eigentlich?«, knurrte Schimanek.

»Dass zwischen euch Friede ist, wenn schon ringsum Krieg herrscht.«

Schimanek sah sie lange und seltsam nachdenklich an, dann reichte er ihr die Hand.

»Kommen Sie gut heim, Fräulein …«

»Gerti Berg«, sagte Benz tonlos.

»Kommen Sie gut nach Hause und machen Sie sich keine Gedanken, Fräulein Berg.«

Schimanek legte die Hand an den Mützenrand, versuchte ein freundliches Lächeln und ging davon, ohne Benz auch nur eines Blickes, eines Wortes zu würdigen.

Der Zug kam herangepoltert. Gerti Berg lächelte zu Robert hinauf.

»Jetzt bin ich froh, du … so froh! Jetzt fahre ich leichter heim.«

Der Zug hielt mit kreischenden Bremsen.

»Das hättest du nicht tun sollen, Gerti«, sagte Benz und zog sie in die Arme. Sie küssten sich. Aus einem Fenster rief jemand ein neidvolles »Höööj, höööj!«

Um Gerti und Robert versank für ein paar Herzschläge lang die Welt.

»Einsteigen und die Türen schließen!«, rief der Schaffner.

Benz ließ die schmale Gestalt los, half ihr auf das Trittbrett und sah noch einmal in zwei nasse, blaue Augen.

»Gerti! Gerti, mach dir keine Sorgen!«

Sie lächelte unter Tränen. Dann verschwand sie und tauchte noch einmal als helle Gestalt am Fenster auf. Sie beugte sich heraus und reichte ihre Hand hinunter.

»Robert, ich weiß jetzt auch, dass du wieder heimkommen wirst. Ich werde beten dafür, du … immer beten!«

Er nickte nur noch, er konnte nicht mehr reden. Ihm war es mit einem Male, als müsse er sich an den langsam anfahrenden Zug klammern, als müsse er sich mitschleifen lassen. Jäh und klar spürte Robert Benz, dass ihm etwas Großes, nie Erfahrenes geschehen war, dass er tief aus dem Herzen heraus liebte und bereit war, alles zu tun, um sich dieser Liebe würdig zu erweisen. Er wusste, als die helle Gestalt am Fenster davonglitt und er nebenherging, dass er sich mit Schimanek vertragen, dass er sich beugen musste, um das zu tun, was Gerti von ihm verlangt hatte.

»Leb wohl!«

Sie winkte dem zurückbleibenden Soldaten zu. Der Zug fuhr immer schneller, die Wagenschlange, das weiße Tüchlein, das im Wind flatterte, verschwanden.

»Fort ...«, murmelte Benz wie betäubt. Nur kurz hatte er aus dem Kelch der Freude, des Glückes getrunken. Durstig blieb er zurück, ein bisschen mutlos und voller Weh.

»Ich weiß, dass du heimkommen wirst ... ich werde beten dafür, du ... immer beten!«

Ihre Worte klangen ihm in den Ohren, als er über die Gleise zur Güterhalle hinüberging.

Schimanek stand plötzlich vor ihm, bewegungslos, verschlossen, mit kalter Miene.

»Los, Benz, ziehen Sie zum Waggon hinüber und laden Sie!«

»Jawohl, Herr Wachtmeister.«

»Und denken Sie bloß nicht, dass Sie mich einwickeln können, Benz! Dazu müssen Sie schon früher aufstehen! – Kehrt marsch jetzt, Sie Heini! Sind Sie noch nicht weg!«

Täuschte sich Benz, oder klang der Anschnauzer wirklich etwas gekünstelt? Tat Schimanek nur so, als wolle er einen Heuwagen samt Rössern fressen?

Benz klappte die Hacken zusammen, machte eine lasche Kehrtwendung und ging zu seinem Gespann. Da rief ihm Schimanek nach:

»Benz!«

Der Gefreite drehte sich wieder um. »Herr Wachtmeister?«

Schimanek kam heran; sein Gesicht sah finster und verschlossen aus. Er musterte Benz mürrisch, dann sagte er:

»Sie brauchen nicht zu denken, dass ich Ihnen die Sache von damals – Sie wissen schon welche! – nachtrage. Die ist für mich so gut wie begraben, Benz. Worum es mir geht, das möchte ich Ihnen noch vor dem Abrücken plausibel machen. Wissen Sie, was Sie in meinen Augen sind?«

»Sagen Sie es, Herr Wachtmeister.«

»Sie sind ein total unmilitärisches Subjekt, und Sie halten sich für etwas Besseres, weil Sie Abitur haben. In meinen Augen sind Sie aber ein … Haun Sie ab!«, knurrte er. »Haun Sie schnell ab, sonst erzähl ich Ihnen was!«

Benz nickte nur. Er grüßte und ging zu den Pferden, nahm das Sattelpferd am Halfterriemen und zog mit dem leeren Munitionswagen zur Rampe hinüber, wo bereits Hirtz und die anderen Heuballen aufluden. Benz war verwirrt. Er wusste plötzlich nicht mehr, was er von diesem Vorgesetzten denken sollte.

Schimanek stand noch eine Weile am selben Fleck und starrte Benz nach, nagte verdrossen an der Unterlippe, murmelte dann etwas Unverständliches, ging mit ärgerlichen Schritten zum Bahnhofsgebäude und verschwand in der Bahnhofswirtschaft.

4

Der Abmarschbefehl kam noch am späten Nachmittag desselben Tages. Geschützfahrzeuge, Munitionszug und Tross wurden vorschriftsmäßig beladen. Als Erster zog der Batterietrupp aus dem Lager. In Fliegermarschtiefe folgte die Batterie mit aufgesessenen Kanonieren. Niemand wusste, wohin es gehen sollte, alle waren in gespannter Erwartung und erregter Stimmung.

An den Verladerampen stand der lange Transportzug. Alles ging gewohnt schnell von der Hand. Die Fahrer schleppten Stroh in die Viehwaggons und trieben die Pferde hinein, dann wurde das Futter verstaut und die Tiere noch einmal getränkt.

Inzwischen schoben die Kanoniere Lafetten und Rohrwagen auf die Loren und zurrten die tonnenschweren Lasten fest. Der Batterietrupp bestieg die vorn befindlichen Personenwagen, der Chef lief am Zug auf und ab, gab hier eine Anweisung und dort einen Befehl.

Die Sonne versank hinter dem schwäbischen Forst, als der Transport verladen und zur Abfahrt bereit war.

»Essen- und Kaffee-Empfang!«, hieß es noch einmal, und die Essenholer rannten zur Lore, auf der die Feldküche stand, und wo die beiden Küchenbullen mit roten Gesichtern noch einmal Marschverpflegung und Muckefuck verteilten.

Benz holte die Fourage für die Fahrer der Lafette. Er stand in der Schlange der Essenholer neben Emmerich.

»Na«, sagte der und stieß ihn freundlich in die Seite. »Wie kommst du als Fahrer zurecht? Haut's hin?«

Benz spürte noch den Abschiedsschmerz und hatte während des Verladens oft zu jenem Gleis hinübergeschaut, wo Stunden zuvor Gerti abgefahren war. Er war bedrückt – und nicht nur, weil Gerti fort war, sondern weil er nicht bei den Kameraden des 1. Geschützes sein durfte. Die fuhren vorn im Personenabteil, er musste im Viehwaggon, bei den Gäulen, reisen.

»Die Umstellung ist schon blöd«, sagte er zu Emmerich. »Ich muss mich erst daran gewöhnen.«

»Mach dir nichts draus, Robert. Ich bin sicher, dass du bald wieder zu uns kommst.«

Sie empfingen Brot, Büchsenwurst und die Zigarettenrationen. Plötzlich sah Benz Schimanek. Er stand etwas abseits und rauchte. Er schien getrunken zu haben. Sein Gesicht wirkte dunkel; er schwankte leicht.

»Benz! Zu mir her!« Es klang ein wenig lallend.

Benz zögerte. Der alte Hass stieg jäh wieder in ihm auf, das Bedürfnis, Schimanek die Faust zwischen die Augen zu schlagen oder ihn anzubrüllen, dass er ein Drecksack, ein Idiot sei. Aber er ging zu ihm hin.

Schimanek grinste schief. »Was ... was ich noch sagen wollte, Benz. Sie ... ähm ... Sie haben 'n hübsches Mädchen. Sie verdienen es gar nicht, wissen Sie das!«

»Was geht Sie das an, Herr Wachtmeister?« Es klang schroff.

Schimanek grinste. »Was mich das angeht, Benz? 'ne Menge. Sie sind in meinen Augen ein Feigling! Sie haben sich hinter Ihrem Mädel verschanzt und es auf mich gehetzt. Was haben Sie ihr eigentlich über mich gesagt? Na, 'raus mit der Sprache! Sagen Sie es ruhig, Benz! Ich will es wissen!«

Benz sah, dass Schimanek betrunken war. Was sollte er ihm jetzt antworten? Es gab bestimmt einen Mordskrach, wenn er jetzt Schimanek in die Schranken wies.

»Ich habe meiner Braut nichts über Sie gesagt, Wachtmeister!«

»Das können Sie doch mir nicht weismachen, Benz!«

»Sie hat Sie gegen meinen Willen angesprochen«, knurrte Benz mit mühsamer Beherrschung.

»Das glaub ich Ihnen nicht!«

»Dann ist es mir auch egal, Herr Wachtmeister!«, gab Benz betont gleichgültig zurück.

»Wie ... wie reden Sie mit mir?«, brauste Schimanek auf.

In diesem Augenblick stand Hauptmann Schröder neben ihnen. Schröder hatte seine Batterie gut in der Hand. Natürlich wusste er von dem gespannten Verhältnis zwischen Benz und Schimanek. Es schien ihm jetzt erforderlich, noch vor dem Abtransport den beiden Kampfhähnen etwas zu sagen.

»Was gibt es hier?«, fragte er. Er hatte eine angenehme, stets ruhig klingende Stimme.

Schimanek knallte die Hacken zusammen. »Nichts, Herr Hauptmann ... nichts von Belang.«

»Bitte sorgen Sie dafür, dass die Essenausgabe zu Ende geht«, befahl Hauptmann Schröder. »In zehn Minuten ist Abfahrt.«

Schimanek ging, nicht ohne vorher einen ironischen Blick auf Benz zu werfen.

Benz stand stramm, unter den Armen drei Brote und drei Büchsen Blutwurst, in den Händen die Kochgeschirre mit dem schwarzen Malzkaffee.

Der Hauptmann sah ihn an, sehr lange und prüfend. Dann sagte er nicht unfreundlich, aber bestimmt:

»Benz, Sie wissen, ich schätze Sie. Ich schätze es aber nicht, wenn sich ein Gefreiter einem Vorgesetzten gegenüber ausfallend und im höchsten Grad unmilitärisch benimmt. Sie waren mir zum Rapport gemeldet. Dieser Rapport ist nur aufgeschoben, verstanden!«

»Jawohl, Herr Hauptmann.«

»Sie sind jetzt Fahrer bei der 1. Lafette?«

»Jawohl, Herr Hauptmann.«

»Sie bleiben es vorläufig. Ist das klar?«

Benz schluckte. Er wusste plötzlich, dass nicht Schimanek die Versetzung verfügt hatte, sondern Hauptmann Schröder. Statt Bau! Statt Bestrafung!

»Herr Hauptmann … ich wäre lieber …«

»Es ist mir gleich, was Ihnen lieber wäre«, fuhr ihn der Hauptmann an. »Sie bleiben Fahrer, verstanden!«

»Jawohl, Herr Hauptmann.«

»Wegtreten!«

Der Gefreite Benz knallte die Absätze zusammen, machte eine exakte Kehrtwendung, ging an der Wagenreihe entlang zum Viehwaggon. Er stieg ein. Hirtz und Berger nahmen ihm die Brote und die Wurstkonserven ab.

»Was war los, Robert?«, fragte Berger. »Haste vom Chef 'ne Zigarre verpasst bekommen?«

»Nicht direkt«, murmelte Benz.

»Mach dir nix draus, Robert«, lachte Hirtz. »Das verwächst sich alles. Und jetzt werd ich euch sagen, wohin wir kommen! Nach Ungarn! Ich weiß es ganz sicher!«

Zehn Minuten später ruckte der Zug an und fuhr langsam in Richtung Ulm. In den Personenwaggons sangen die Kanoniere *Ein Heller und ein Batzen, die waren beide mein …* Die Stahlräder rollten dumpf und hastig über den Schienenstrang. Draußen zog das schwäbische Land vorüber – Felder, Wiesen, Wälder und kleine Dörfer. Im rumpelnden Viehwaggon standen die Pferde und fraßen das vorgeworfene Heu.

Benz streichelte den Kopf des Wallachs Toni, schmiegte das Gesicht dagegen und war voller Bitternis und heimlicher Niedergeschlagenheit. Gerti, dachte er, du hast mir keinen guten Dienst erwiesen, aber ich danke dir trotzdem.

Die Lokomotive pfiff anhaltend. Der lange Transportzug fuhr immer schneller und verschwand in der Dämmerung des Juniabends.

Militärische Operationen verbergen sich gewöhnlich unter irreführenden Vorbereitungen. Strategische Entscheidungen werden vernebelt und im Zuge taktischer Instruktionen der Truppe auf Umwegen bekannt gegeben. Ein wichtiges Verschleierungsmittel ist die »Parole«, das nicht zu greifende Flüstergespräch, das Wort von Mund zu Mund. Niemand kennt die Quelle, aus der die Parole, das rätselhafte Satzgefüge, das Schleichgespräch, kommt. Es ist einfach da. Es regt die Meinungen an und lässt sich dennoch nicht konkretisieren. Es taucht beim Marschieren auf, auf den Stuben, bei einer Zigarette, in der Kantine oder auf der Latrine. Dort am ausgiebigsten – »Latrinenparolen« eben. Aber sie sind Vorläufer meist folgenschwerer Entscheidungen, die Ahnungen von Not und Tod.

Wer hatte das Gerücht in die Welt gesetzt, dass die Transporte, die nachts aus allen Windrichtungen die Schienenstränge entlangrollten, gen Osten rumpelten, und dass die Züge von der europäischen Normal- auf russische Breitspur verladen würden? Wer hatte den erstaunlichen Unsinn geprägt, dass das verbündete Japan einen erneuten Waffengang mit China antreten würde und dass deutsche Streitmächte quer durch Russlands Weiten eilen sollten, um irgendwo in Wladiwostok oder Chabarowsk an einem fernöstlichen Kriegsabenteuer teilzunehmen? Schon eher glaubhaft hörte sich die Parole an, dass es in den südöstlichen Raum ginge, und dass man in den Balkankrieg eingreifen würde, der die Engländer aus dem Peloponnes verjagte.

Die Stimmung in den Viehwaggons und Personenwagen war gut. Man sang und schaute zum Fenster oder zur weit offenen Schiebetür hinaus, wenn eine Station vorbeizog: Augsburg … Ingolstadt … Nürnberg.

»Jungs, es geht doch gen Norden! Nach Dänemark!«

Ja, nach Norden! Ins Land, wo Milch und Honig flossen!

»Du meine Fresse – guckt doch mal! Berlin! Unser Berlin!«

Stunden später:

»Kerle! Kerle! Der Lokführer ist wohl meschugge! Det ist ja wieda Leipzig! Du jrüne Neune!«

»Haha, die Wette gewinn ich! Nach Rumänien geht's! Ich fress mein Hemd, dass es nach Rumänien geht!«

Die Räder rollten und rollten. Pausenlos. Sie hielten nachts. Die Fahrer holten Tränkwasser aus den Wasserstellen der Bahnhöfe, die Küchenbullen gaben Verpflegung aus. Es gab Marketenderware: Kognak aus Frankreich, Schokolade aus Aachen. Die Beine der Pferde schwollen an vom langen Stehen auf dem schwankenden Untersatz.

»Kinder, Kinder, wo geht das bloß hin? Wissen die Herren Generale nicht mehr, wo wir landen sollen?«

Tage später:

»Mensch – na guck doch! Das ist doch Breslau! Wir fahren also doch Richtung Osten!«

»Wat ick jesagt hab: Russland! Breitspur! Japan! Mensch, ick seh mir schon in Tokio in een Geishahaus beim Fünfuhrtee! Schnieke, schnieke!«

Der Gefreite Robert Benz hatte bei flackerndem Kerzenlicht einen Brief geschrieben. Die Schrift war verwackelt, da der Zug fuhr.

»Meine liebe Gerti! Wir sind noch immer unterwegs. Weit weg von dir. Doch meine Gedanken sind bei dir. Jede Stunde! Jeden Tag! Jede Nacht! Ich spüre auch deine Gedanken, Liebes ...«

Es war ein langer Brief, den Benz in Warschau einem Bahnbeamten in die Hand drückte mit der Bitte, ihn bei der Feldpost abzugeben.

»Aber gern, Kamerad«, sagte der Eisenbahner.

Weiter ging die Fahrt. Das polnische Land sah öd und leer aus, die Sonne brütete auf den Waggondächem. Dann und wann keilte ein unruhig gewordener Gaul gegen die Waggonwand.

»Sei artig, Tino ... sei brav! Bald sind wir am Ziel!«

Benz hatte sich an das Zusammensein mit den Pferden gewöhnt. Er roch deren Ausdünstungen gern, er fühlte sich wohl bei Hirtz und Berger. Sie spielten Karten oder saßen auf den Heuballen und unterhielten sich über vielerlei.

»Wo bist eigentlich her, Robert?«, fragte Hirtz.

»Aus Heidelberg.«

»A schöne Stadt«, nickte Hirtz. Und dann sang er unter dem Gepolter der Räder: *I hab mei Herz in Heidelberg verloren, in einer lauuuuen Sooommernacht ...*

Benz dachte unterdessen an Vater und Mutter, an das kleine Häuschen in Neuenheim an der Uferstraße des Neckars. Jetzt blüht dort alles. Der Garten wird schattig sein. Vater liegt im Liegestuhl und liest die Zeitung. Die Fenster sind offen. Hansi, der Kanarienvogel, singt mit den anderen Vögeln um die Wette. Ob Gerti schon an meine Eltern geschrieben hat? Ist sie vielleicht schon zu Vater und Mutter gefahren? Hat sie auch meine sechs Briefe erhalten, die ich ihr schickte?

Noch eine lange Nacht, in der Benz nicht schlafen konnte, dann fuhr der Zug plötzlich langsamer und hielt endlich. Sie waren in Siedlce.

Noch stieg niemand aus, aber Hunderte Augenpaare schauten auf das öde Land, auf die Weite, die sich im hellen Morgendunst verbarg. Der Gesang war verstummt, die Gesichter schauten ernst und fragend. Polen? Was sollte man hier? Wo ging es hin? Was ging da vor, zum Teufel? Polen war doch längst besiegt!

»Mensch, wir bleiben in Polen als Besatzung! Na, prost Mahlzeit, Polen!«

Da waren sie wieder, die brüllenden Stimmen der Geschütz- und Zugführer!

»Batteriiiie – fertig machen zum Ausladen!«

»Du kriegst die Tür nich zu«, schimpfte Berger, der Schlosser aus Magdeburg. »Wir bleiben also doch in Polen! Schweinerei! Hätt ich mir bloß noch in Münsingen oder Melun den Blinddarm rausnehmen lassen, ich Dusseltier!«

Der Zug stand vor der langen Verladerampe. Die Sonne sog den Morgendunst auf, als ausgeladen und auf der staubigen Bahnhofsstraße Aufstellung genommen wurde. Die Gäule waren steifbeinig und stolperten. Dort, wo die Lafetten und Rohrwagen von den Loren gezogen wurden, ertönte das Rufen der Fahrzeugführer.

»Vooorsicht, Vooooorsicht! – Los, an die Taue, ihr Heinis! Zuuugleich!«

Benz hatte seine Gäule vorgespannt und tätschelte ihr schimmerndes Fell.

Hirtz zog die Sattelgurte fester und schaute zu Benz hinüber. Der Gefreite grinste matt.

»Robert, nun wissen wir's scho genauer, gell?«

Da kam Unteroffizier Brenner heran, der lange, magere Geschützführer.

»Wissen Sie was, wo es hingeht?«, fragte Benz, da Brenner ja mit den Stabsleuten beisammen war und vielleicht etwas Genaueres gehört haben konnte.

»Keine Ahnung. Niemand weiß, was anliegt.«

»Manöver vielleicht«, riet Benz.

»Kann leicht möglich sein«, gab Brenner zu. Dann die Frage: »Wie kommen Sie mit den Rossen zurecht, Benz?«

»Gut.«

Brenner klopfte Benz auf die Schulter. »Sie können bestimmt damit rechnen, dass ich Sie wieder als K 1 hole. Müssen bloß 'n bisschen warten, Benz. Sehen Sie zu, dass Sie mit Wachtmeister Schimanek klarkommen! Kapiert?«

Benz wusste, dass Brenner seine Versetzung zu den Fahrern bedauerte. Aber Brenner konnte halt gegen Schimanek nichts ausrichten, und Schimanek hatte etwas gegen Benz.

Die 1. Batterie war ausgeladen und stand marschbereit auf der Straße vor den Rampen. Plötzlich ertönte ein Trillerpfiff, und Spieß Dirks stand auf einem leeren Teerfass.

»Batterie – vor der Güterhalle antreten! Spitzenfahrer bleiben bei den Pferden! Beeilt euch, Leute!«

Sie traten an, richteten sich aus, standen stramm, schauten nach rechts, woher der Chef kam.

»Rührt euch, Leute! Mal herhören!«

Hauptmann Schröder trug nicht mehr die Schirmmütze, sondern das Schiffchen und sah feldmarschmäßig aus. Er räusperte sich, ehe er seine Ansprache hielt:

»Nun wissen wir, wo wir sind, Leute. In Polen. Wir wollen nicht fragen, warum wir hier sind, wir tun auch hier unsere Pflicht. Wir sind Soldaten.« Fünf Minuten redete er, ohne dass jemand erfuhr, was nun kommen sollte. Dann durfte man wieder wegtreten, und bald kam von vorn das »Batterie – maaaarsch!«

Benz saß im Sattel und gab dem Wallach Schenkeldruck. Langsam rollte die schwere Lafette los. Plötzlich beschlich Benz der Gedanke, dass man einer neuen Front entgegenmarschierte, dass es lange dauern würde, bis man wieder dort anlangen würde, wo man ausgestiegen war. Mit jedem Schritt, mit jedem Meter, den man sich von diesem schäbigen Bahnhof entfernte, wurde es dem Gefreiten Benz klarer, dass etwas geschah, was noch niemand für möglich halten wollte. Oder täuschte alles? War dieses massierte Vordringen in den ostpolnischen Raum nichts weiter als ein Manöver?

Über dem Bahnhofsgelände brummte es. Eine Staffel Stukas flog in Keilformation gegen Osten und verschwand am diesig heißen Himmel.

Die schweren Eisenräder klirrten auf der Straße, die Pferde zogen kraftvoll und ausgeruht, und auf der Lafette des 1. Geschützes sangen die Kanoniere halblaut vor sich hin:

Auf der Heide blüht ein kleines Blümelein ...

5

Der polnische Sommer war heiß, und die Straßen, auf denen ein endloser grauer Heerwurm gen Osten zog, waren in Staub gehüllt. Die deutsche Phalanx marschierte auf hundert Wegen dem Bug zu, dem Grenzfluss zwischen Polen und Russland. Auf den weiten Feldern, die von Kiefernwäldern gesäumt wurden, waren provisorische Flugplätze errichtet worden. Die Bomber und Jagdmaschinen standen unter Tarnnetzen in Erdbunkern. Infanterie war unterwegs, motorisierte Einheiten, Pioniere, Panzer, Artillerie. Was sollte das alles?

Die 2. Abteilung zog durch polnische Dörfer, wo ängstliche Bewohner aus den Fenstern schauten. Kinder liefen davon und versteckten sich vor dem heranschleichenden, endlosen, riesigen grauen Wurm, der viele Leiber hatte und auf allen Wegen herankroch. Das Schnauben der Pferde mischte sich in das klirrende Mahlen der schweren Räder. Staub lag auf den Fahrzeugen, Staub bedeckte die immer ernster werdenden Gesichter unter den Stahlhelmen. Hufe stampften auf den Straßen und elenden Nebenwegen, dröhnende Zugmaschinen füllten den heißen Sommer mit drohendem Lärm.

»Zwote Batterie – links ’rausziehen!«

Der Riesenwurm verschwand in einem buschbewachsenen Landstreifen und hielt Rast. Die schweißnassen Pferde wurden abgespannt und unter Schatten spendenden Erlenbäumen ausgeschirrt. Rasch wuchsen Zelte zwischen den Büschen. Seile wurden gespannt, zwischen denen die Gäule sich den Staub vom Fell schüttelten und gierig nach dem Grün der Büsche rupften.

Die Nacht sank nieder, der Himmel war mit Sternen übersät. Die Dunkelheit sirrte von den Mückenschwärmen und roch nach Lagerfeuer und Küchendunst.

Benz und seine zwei Mitfahrer hatten ein Zelt errichtet. Berger kam mit dem Essen. Es gab Gemüseeintopf mit großen Fleischbrocken.

»Jetzt wiss'n mer's«, sagte Hirtz nachdenklich, als er sein Kochgeschirr auslöffelte. »'s gibt Krieg mit den Russen. Ganz sicher, ganz sicher, Buam!«

»Warum sagt man dann nichts?«, erwiderte Benz. »Warum verliert keiner ein Wort darüber?«

»Kannst du den Generalen in die Karten schaun, Robert?« Hirtz lachte ärgerlich. »Naa, sag i! Sie befehln, und wir haben zu folgen. Gehorsam nennt man's! Zu Befehl, Herr Hauptmann! I krepier, zu Befehl!«

Auch Berger war nachdenklich. Er nickte. Dann zerklatschte er ein paar Mücken, die ihm das Genick zerstachen, und sagte:

»Junge, Junge, und die daheim denken, wir machen 'nen Ausflug nach Polen. Wenn die wüssten, was sich da zusammenbraut!«

»Den Wievielten haben mer denn heut?«, grunzte Hirtz.

»Den 19. Juni«, sagte Benz.

»Herrschaftszeiten«, knurrte Hirtz, »scho wieda Sommer und no allweil koan Frieden. I sag, der Krieg dauert no a paar Jahr. Werd's sehn, Buam!«

In dieser schwülen, vom Sirren der Mückenschwärme erfüllten Nacht hatte Benz die erste Pferdewache. Die Tiere standen als schwarze, unförmige Schatten unter den Bäumen. Manchmal tönte ein unwilliges Schnauben durch die Dunkelheit oder ein zorniger Huftritt, um die winzigen Plagegeister zu verscheuchen.

Benz ging zu seinem Gespann. Er streichelte die Wallache, klopfte ihre Hälse, strich ihnen über das warme Fell. Warum war er so bedrückt, der Gefreite? Warum kam es ihm vor, als lauere in dieser schwülen Nacht irgendein Ungeheuer, das jeden Augenblick den Schlund aufreißen und alles verschlingen könnte? Warum schlief alles, anstatt wachsam zu sein?

Kam die Gefahr wirklich aus Osten – dort, wo der Grenzfluss die Lande durchschnitt und in zwei Nationen teilte? Lauerte dort das Unheil?

Benz setzte sich auf die Deichsel des Lafettenfahrzeuges und nahm den Stahlhelm ab. Die Mücken waren lästig. Sie stachen in Nacken und Gesicht, auf die Handrücken. Aus einem Zelt kam ein knurriger Fluch, ein gedämpftes Klatschen. So still war die Nacht, so unheimlich, bedrückend still.

Benz dachte an die Menschen, die er unterwegs gesehen hatte: scheue Geschöpfe, ärmlich gekleidet, von der Hand in den Mund lebend. Besiegte. Sie wichen den Deutschen aus. Er hatte in die Gesichter dieser Menschen geschaut und sich gefragt, warum man sie für Feinde halten und als solche behandeln sollte.

Er dachte an eine Episode auf dem Marsch. In irgendeinem schäbigen Dorf war es gewesen, einem Dorf mit einem unaussprechlichen Namen: Da stand eine verhärmte Frau mit einem Kleinkind am Arm neben dem Weg. Sie weinte. Man hatte wohl ihren Mann, einen Kleinbauern, mitgenommen, damit er den Herren, die auf den Rössern daherritten oder in Lastwagen fuhren, dienen sollte. Ein Zwangsverpflichteter! Ein polnischer Bauer, der mit seinem Panjewagen, mit dem mageren Gaul, die Waffen durchziehender Infanteristen fahren musste. Irgendwann würden sie ihn heimschicken – vielleicht mit einem Brot als Lohn oder einem Päckchen Krüllschnitt.

Benz dachte auch an die andere Seite. Russland war nicht mehr weit. Nur noch ein paar Kilometer. Er hatte noch nie in seinem Leben einen Russen gesehen! Nun sollte er vielleicht gegen Russland ziehen und den Krieg in ein Land tragen, das er in der Schule seinen Kindern als fruchtbares, mit schwermütigen Menschen bevölkertes Reich von unendlicher Weite schilderte – ein Reich mit großer Vergangenheit! Vergeblich sann Benz darüber nach, ob er in den letzten Rundfunknachrichten irgendeine Meldung gehört hätte, die von Kriegsvorbereitungen der Russen sprach, von Greueltaten, von heimtückischen oder offenen Grenzüberfällen.

Nichts! Nach wie vor musste man glauben, mit Russland einen Pakt geschlossen zu haben, der jeden Krieg ausschloss.

Schritte nahten. Benz stand rasch auf und nahm das Gewehr in die Hüfte.

»Halt – wer da! Parole!«

»Parole Enzian!«

Es war Schimaneks Stimme. Er trat zwischen Rohrwagen und Lafette hervor. In seinem dunklen Gesicht glühte eine Zigarette. »Benz, Sie pennen wohl, was? Sie waren wohl grad am Einschlafen, wie?«

»Nein, Herr Wachtmeister. Ich habe Sie kommen hören.«

Schimanek trat heran und versuchte, Benz ins Gesicht zu schauen. »Wie schmeckt Ihnen der Fahrerdienst, ha?«

Benz spürte wieder jenes heiße Hassgefühl aufsteigen, mit dem er sich schon seit Frankreich herumquälte. Schimanek kam doch immer nur, um sein Gift zu verspritzen. Sollte man es ihm sagen? Ihn warnen? Nein.

Benz schwieg.

»Ich habe Sie was gefragt, Benz.«

»Ich tue meine Pflicht, Herr Wachtmeister.«

»Gut geheult, Wolf!« Schimanek lachte heiser. »Aber wie's da drinnen ausschaut, geht niemand was an, wie?« Es klang herausfordernd und höhnisch.

»Ich muss meinen Turnus gehen, Herr Wachtmeister!«

Benz wollte sich umdrehen und weggehen, aber Schimanek hielt ihn mit einem halblauten »Halt!« zurück. Dann fragte er lauernd:

»Na, was sagt Ihnen die Situation, Benz? Wie ist die Lage? Beweisen Sie mir, dass Sie Grips im Kopf haben und denken können.«

»Was wollen Sie von mir hören?«

»Was ich Sie gefragt habe.«

»Ob wir Krieg mit Russland bekommen werden?«

»Genau, Benz! Genau!«

»Es sieht so aus.«

»Nagel auf den Kopf getroffen, Benz! Sie werden bald Gelegenheit kriegen, mir eins auszuwischen.«

Benz verschlug es die Sprache. Ist er deshalb gekommen, ging es ihm durch den Sinn. Hat er Angst, ich könnte ihn …? Ja doch! So musste es sein! Er ist feig wie ein streunender Straßenköter! Er schnuppert herum, wo jemand stehen könnte, der ihm eins auswischen will. Und ich könnte solch ein Jemand sein. Ich bin es auch.

»Sie sind mir gleichgültig, Herr Wachtmeister«, erwiderte Benz kalt. »Sie sind für mich nicht mehr als eine Uniform, der ich Respekt erweisen muss.«

Schimanek schwieg. Der Glutpunkt der Zigarette flog zu Boden. Ein Fuß suchte ihn und trat ihn aus.

»Das haben Sie großartig gesagt, Benz.« Schimanek lachte amüsiert. »Ich habe mit Ihnen viel Spaß, wissen Sie das?«

»Was Sie Spaß nennen, Herr Wachtmeister, ist …« Er brach ab.

»Na – was?«, fragte der andere. »Reden Sie nur offen. Ich bin heute gut bei Laune, Benz.«

»Warum reiben Sie sich andauernd an mir?«, presste Benz hervor. »Können Sie es nicht vergessen, dass ich Sie seinerzeit in Frankreich beinahe niedergeschlagen habe?«

»Es ist nicht das, Benz … nein, nein!«

»Was denn sonst?«, schrie Benz unterdrückt. Er spürte, dass er die Beherrschung verlieren würde, wenn Schimanek nicht aufhörte, ihn zu peinigen. »Was sonst, Sie …!«

»Ich will wissen, ob Sie ein Scheißkerl, ein Heimtücker oder ein aufrechter Kerl sind, Benz. Mehr nicht.«

Benz schwieg. Er verstand diesen Menschen plötzlich nicht mehr. War etwa Psychologie sein Hobby? Es schien so.

»Es wird sich zeigen, Herr Wachtmeister«, murmelte Benz. Die Wut war verraucht, er empfand nichts weiter für sein Gegenüber als Gleichgültigkeit.

»Ja, das wird sich zeigen«, wiederholte Schimanek. »Wissen Sie überhaupt, dass die Russen die Lieferungen an Deutschland eingestellt haben und dass längs der polnisch-russischen Grenze 120 Divisionen aufgestellt sind?«

»Ich hörte was«, gab Benz zu.

»Darum sage ich, Benz: Sie werden bald Gelegenheit kriegen, Ihr Mütchen an mir zu kühlen.« Er lachte kullernd, er schien betrunken zu sein. »Aber eins bitte ich mir aus, Benz: Von vorn angreifen ... nicht von hinten. Aber so gemein sind Sie wohl nicht ... nee, glaub ich nicht ... Gute Nacht, Herr Gefreiter.«

Er verschwand zwischen den Fahrzeugen.

Benz war wie vor den Kopf geschlagen. War Schimanek verrückt? Hatte er sich bereits das Delirium tremens an den Hals gesoffen? Er dachte in den nächsten Stunden, die er auf Wache verbrachte, über vieles nach – über Schimanek, über das, was er gesagt hatte. Vieles blieb unklar. Nur eines war gewiss: Es würde Krieg mit Russland geben.

6

20. Juni 1941. Ein brüllheißer Tag, ein Tag voller Staub, Schweiß und unterdrückter Erregung. Je näher man dem Grenzfluss, dem Bug, kam, um so deutlicher wurden die Anzeichen, dass ein deutscher Aufmarsch stattfand.

In dem Dorf, das zehn Kilometer vor dem Bug lag, war eine Bahnstation. Hinter dem Silo war ein Mörser auf Schienenwagen in Stellung gegangen. Dick und drohend richtete er seinen Schlund zum diesigen Himmel empor. Noch weiter hinten, wo der Feldflugplatz lag, stand ein Eisenbahngeschütz mit überlangem Rohr. Graue Marschkolonnen strebten auf allen nur möglichen Wegen dem Grenzfluss zu und verschwanden, als hätte der Erdboden sie verschluckt.

Die 2. Abteilung rückte gemächlich bis vier Kilometer zum Fluss vor und zog auseinander, um in Wäldern, Kornfeldern und kleinen Dörfern zu verschwinden.

Die Sonne ging unter, und die Nacht brach an. Es herrschte stickige Schwüle, in der Wolken von Mücken sirrten und Mensch und Tier plagten. Die Landser versuchten, sich gegen diese sirrenden Wolken durch Abbrennen ölgetränkter Lappen zu schützen, die in leeren Konservenbüchsen schwelten und entsetzlich stanken.

Genau dem Standort der 1. Batterie gegenüber, hinter dem Uferwald des Flusses, sollte die Grenzstadt Brest-Litowsk liegen. Links von einem winzigen Dorf, in dem die Batterie vorläufig Quartier bezogen hatte, führte die Eisenbahnlinie vorbei und über eine Brücke, unter der der Fluss leise gurgelte und sein trübes Wasser südwärts trug.

Die Pferde waren getränkt und gefüttert, es herrschte Ruhe; man wartete auf das, was unweigerlich näher kam und zu einer unausgesprochenen, aber bereits vorhandenen Tatsache geworden war.

Unter dem Decknamen »Barbarossa« vollzog sich ein gewaltiger Aufmarsch, bereitete sich ein neuer Angriff vor, ein Angriff auf einen anscheinend ahnungslosen Gegner, der seine Grenzen noch immer offen hielt.

Ein hell erleuchteter Spätzug, der aus der Entfernung wie ein Kinderspielzeug wirkte, rollte drüben vorbei, pfiff und polterte über die Grenzbrücke. Welch ein seltsamer Anblick! Welch ein unheimlicher Friede! In den engen Abteilen des letzten Zuges nach Brest-Litowsk saßen polnische Arbeiter, die zur Nachtschicht nach drüben fuhren – ins städtische Gaswerk oder in die Fabrik. Sie unterhielten sich. Ein paar Bauern saßen auf den blankgescheuerten Abteilbänken und diskutierten über die Rübenpreise und das teuer gewordene Saatgut. Ein paar Freunde besuchten Bekannte. Einfache Leute saßen in den polternden, trüb erhellten Abteilen, verzehrten ihren kargen Reiseproviant, schliefen. Niemand ahnte, dass sie im letzten Zug saßen und morgen die Brücke brechen sollte.

Die Sterne funkelten, die Nacht roch nach reifendem Korn, nach dem Staub der Feldwege und verhauchender Hitze. Die Nacht verbarg einen falschen Frieden. In ihrem sternenhellen Licht vollzogen sich lautlose Dinge, wuchs das Lauern und Spähen.

Halblaut ertönte der Ruf:

»Batterie – antreten!«

Von Mund zu Mund flog der Ruf, gedämpft, verhalten. Gestalten bewegten sich, leise miteinander sprechend, zum Antreteplatz, der zwischen zwei Bauernhöfen lag.

Sie traten an.

»Keine Meldung!«, winkte Hauptmann Schröder ab, als er in Begleitung der beiden Leutnants der Batterie herankam.

»Halbkreis, Leute!«, befahl er.

Gedämpfte Schritte, Scharren. Leises Husten. Fluchen. Dann war der Halbkreis gebildet. Groß und dunkel ragte die Gestalt des Hauptmanns im Halbkreis. Eine vierte trat hinzu. Brillengläser blinkten im Sternenlicht, der Major tuschelte geheimnisvoll mit jemandem.

»Vielleicht will er uns noch schnell 'n Schlafliedchen singen!« Der Nebenmann lachte leise.

Groß und rund stand der Mond über den Silhouetten der Bäume und streute fahles Licht in die erwartungsvollen Gesichter der stumm dastehenden Gestalten. Der Major trat einen Schritt vor und hob den Kopf. Die Brillengläser funkelten. Er fing an:

»Kameraden, wir treffen uns zu ungewöhnlicher Stunde. Und wieder stehen wir vor großen Entscheidungen, die uns eine gehässige Welt diktiert ...«

Er sprach gedämpft, doch klar vernehmlich. Die Vorrede war kurz. Sie umriss in sachlichem Ton den 1939 zwischen Deutschland und der UdSSR geschlossenen Nichtangriffspakt und die bisherige Verständigungspolitik der beiden Reiche; doch dann erhob er die Stimme:

»Deutschland wollte mit der Sowjetunion in Frieden leben, Kameraden, und wünschte sich eine dauerhafte Freundschaft. Doch nun wissen wir, dass Stalin Deutschland in den Rücken fallen will, um unserem Volk den Todesstoß zu versetzen. Wir wissen, dass sich längs der Grenze und in aller Stille sowjetische Divisionen zum Angriff bereitgestellt haben, um das Großdeutsche Reich zu vernichten.« Die Stimme des Redners hob sich zu schneidender Schärfe. »Aber wir sind wachsam! Der Führer hat die große Gefahr rechtzeitig erkannt! Deshalb, Kameraden, sind wir hier! Wir werden unsere Heimat schützen, wir werden Falschheit und Verrat mit Feuer und Schwert bestrafen! Der Kampf gegen einen heimtückischen Feind, der uns mit falscher Freundschaft blenden will, steht kurz bevor, Kameraden! Unser Schwert ist scharf ...«

Es folgten wieder jene hohlen Phrasen, die jeder kannte und die bereits Hunderttausende das Leben gekostet hatten, es ertönten wieder jene maßlosen Anklagen, die die Vorboten eines vernichtenden Kampfes waren.

»Es lebe Großdeutschland!«, rief der Sprecher in die Nacht. »Es lebe der Führer! Heil dem Führer!«

Der Ruf schallte einsam in die Dunkelheit, ohne Echo. Das Schweigen war erschreckend. Die Versammlung schwieg sekundenlang, als sei sie bestürzt von der Wahrheit. Doch dann kam die Antwort: nicht zu laut, nicht zu leise, gedämpft, wie aus einer großen Gruft ausgerufen: »Heil!«

Der Major wandte sich an den Chef. Sie schüttelten sich die Hände und sprachen halblaut miteinander.

Hauptmann Schröder trat vor. Seine Stimme klang leidenschaftslos, als er sagte:

»Kameraden, wir werden wieder kämpfen, wie es befohlen wird. Weggetreten!«

Das war alles, was Hauptmann Schröder zu erwidern hatte. Benz ging mit Hirtz und Berger zu den Protzen zurück.

»Na also«, murmelte Hirtz, »jetzt wissen mer's, Buam. Unser Sieg reicht net aus, wir müssen no mehra siegen.«

»Krieg mit Russland«, erwiderte Benz und schüttelte verstört den Kopf.

Berger lachte trocken. »Er wird nicht lange dauern. Die Russen haben wir genauso schnell zusammengeschlagen wie die Franzosen.«

Hirtz, der Stangenfahrer, murmelte etwas, das wie ein Fluch klang. Die Nacht war voller Gespräche und heimlicher Erregung. Dunkle Gestalten standen umher und unterhielten sich über das, was man gehört hatte. Krieg mit Russland! Schwang in den Gesprächen nicht eine leise Sorge mit? Klirrte Stahl auf Stahl nicht beängstigend?

Die Uhren tickten. Am diesseitigen Ufer raschelte es im Gebüsch, ertönte Geflüster, huschten Gestalten hin und her. Leise klapperten Munitionskästen und Ausrüstungsgegenstände, ertönte dumpfes Gepolter.

In einer Mulde, dicht hinter dem Uferwald, standen plötzlich Geschütze. Unterdrückt gerufene Kommandos drangen durch die Nacht. Geschirre knirschten unter dem Zug der Pferde, Hufe polterten auf dem warmen Boden, Räder mahlten über Wege. Munition wurde herangebracht. Munition! Munition! Mengen an Munition!

Bis weit ins Hinterland hinein reckten sich lange und dicke Geschützschlünde zum Sternenhimmel empor, und der Himmel funkelte in einem strahlenden Frieden und verriet nichts von dem, was unter ihm geschah. Er verriet dem wohl ahnungslosen Gegner nichts von dem Tod, der sich entlang des Flusses, am Ufer, im dichten Gestrüpp, zwischen Unkraut und Bäumen bereitstellte. Sturmboote wurden herbeigeschleppt und leise an den Wasserrand geschoben, Pioniere und Sturminfanterie schlichen heran. Da und dort glomm eine Zigarette in der hohlen Hand, ertönte Geflüster, huschte eine Gestalt durch die Büsche, lagen andere, die zum sternenbesäten Himmel hinaufschauten oder schon schliefen.

Die Artilleriebeobachter spähten aus getarnten Beobachtungsnestern zum anderen Flussufer hinüber, wo sich die Konturen der russischen Wachttürme am hellen Nachthimmel abzeichneten.

Unter dem Decknamen »Barbarossa« rüstete sich der Tod zu einer Ernte von Millionen Menschenleben und zur Vernichtung eines Landes, in dem noch die Lichter brannten und tiefer Frieden herrschte. In dieser Nacht vollzog sich ein geschlossener Aufmarsch längs der östlichen Grenzen und schwenkten sich Tausende feuerbereiter Rohre nach oben. In dieser

Nacht polterten dumpf die Räder und ertönten gedämpfte Marschtritte zwischen den Kornfeldern und dunklen Fluren des polnischen Grenzlandes.

Die Stunde X nahte. In der Nähe des kleinen Dorfes, zwischen Kornfeldern, ertönten leise Kommandos, klirrte Stahl, schnaubten angestrengt arbeitende Pferde, mahlten schwere Eisenräder die staubige Erde. Die 1. Batterie hatte den Befehl erhalten, in Stellung zu gehen. In einer Mulde dicht hinter den Kornfeldern verstummte das Zirpen der Maulwurfsgrillen. Es war eine Bewegung im Gange, aus der die Umrisse von vier Geschützen wuchsen. Hinter der Batterie glomm ein rotes Auge.

Leutnant Bartsch, der Richtkreis-Offizier, rief den Geschützführern mit gedämpfter Stimme die jeweiligen Geschützplätze zu.

Rasch verschmolzen die Geschützrohre mit den Lafetten. Das gedämpfte »Zuuuu-gleich« hallte durchs Dunkel, die dräuenden Rohre, aus denen zu einer bestimmten Stunde die schweren Granaten fliegen sollten, reckten sich langsam zum Nachthimmel – ostwärts!

Benz hörte die heisere Stimme Schimaneks, der den 1. Geschützzug dirigierte. Er trieb heute nicht zur Eile an, sondern klang sachlich. Wie er ihn plötzlich wieder hasste!

Die Kanoniere, die Kameraden, arbeiteten gewohnt rasch. Da und dort ertönte ein gedämpftes Lachen. Es schmerzte Benz, dass er nicht dabei sein durfte und dass Emmerich jetzt die zugerufenen Zielwerte am Richtgerät einstellte. Es war für ihn peinigend, dass er als bedeutungsloser Mittelfahrer eingesetzt war, und mit zusammengebissenen Zähnen ritt er mit dem Lafettengespann in die am Dorfrande liegende Protzenstellung, die Hauptwachtmeister Dirks befehligte.

»Pferde abschirren, tränken und füttern!«

Die Tiere schwitzten und führten einen aussichtslosen Kampf gegen die dichten Mückenschwärme, die Rossschweife peitschten, unwillig klang das Aufstampfen der Hufe.

Das Gespann der 1. Lafette bezog unter dem dichten Dach einer riesigen Eiche Aufstellung. Hirtz hatte jetzt das Kommando übernommen und ließ die Protzen abspannen, die Tiere abschirren und unter dem Baum anpflocken.

Die Satteldecken waren nass vom Schweiß und wurden über die Protzendeichseln zum Trocknen gehängt. Zum Wasserholen gingen die Fahrer in den nahe gelegenen Bauernhof, wo sich ein alter Ziehbrunnen befand.

Das Bauernhaus war dunkel. Niemand zeigte sich, aber hinter den Fenstern standen Menschen und schauten ängstlich besorgt auf das seltsame Treiben, auf die fremden Gestalten, die im Hof herumliefen, Wasser aus dem Brunnen holten oder einen Blick in den Stall warfen, wo ein paar magere Kühe standen.

»Mann, was soll das bloß?«, flüsterte die Bäuerin. »Was wollen die Soldaten bei uns?«

»Sie werden sicher bald wieder fortgehen«, murmelte der Bauer, »ganz sicher werden sie wieder verschwinden.«

Am Brunnen quietschte der Balken. Wasser plätscherte in die Eimer. Benz und Hirtz gingen wieder zu den Pferden zurück. Der Gefreite aus Rosenheim war schweigsam geworden. Stumm tränkte er sein Gespann, stellte den Eimer weg, holte einen Arm voll Heu und warf es den Tieren vor.

»Robert«, sagte er dann plötzlich, »du hast dei Sach wirklich gut gemacht ... viel besser als der Däubler. Bist aber net gern bei uns Fahrern, gell?«

Hatte Hirtz durchschaut. Spürte der grobschlächtige Bayer, wie unlustig Benz seine Arbeit verrichtete, wie vergrämt er über die Versetzung zu den Gäulen war?

»Du musst das verstehen, Xaver«, erwiderte Benz. »Ich war zwei Jahre lang am Geschütz ... ich muss mich erst umstellen.«

»Ja, ja«, nickte Hirtz, »das versteh ich schon. Mir wär's aa net wohl, wenn sie mich plötzlich zu den Spritzen stecken täten. Der Schimanek is scho a Bazi!«

»Mit dem rassel ich noch einmal zusammen, verlass dich drauf, Xaver!«

»Mach bloß keine Dummheiten, hörst!«, warnte Hirtz. »Gegen diese Vereinsbrüder kommst du als kleiner Landser net an ... da ziehst allweil nur den Kürzeren. Schick dich drein, Robert, mach deinen Dienst und denk net an Revanche. Bei uns Fahrern ist's aa ganz schön. Wir san a Klub für sich, verstehst?«

Benz wusste, dass Hirtz ihn trösten wollte. Schließlich war die Versetzung zu den Fahrern ja auch keine Schande. Benz mochte die Pferde, er wusste, was sie im Ernstfall zu leisten hatten, er hatte gesehen, wie sie geschunden wurden – in Frankreich und auf den Übungsplätzen in der Heimat. Und wieder stand den Tieren Schweres bevor, wenn sie den stählernen Tod ins fremde Land ziehen mussten ... in ein Land, das niemand kannte, und das erobert, geschlagen werden sollte wie die bisherigen Gegner in Europa.

Hirtz setzte sich auf die Deichsel der Protze und schob die Feldmütze aus der Stirn; diese Stirn war weiß und hob sich in einem geradezu lächerlichen Kontrast von der Dunkelheit des Gesichtes ab.

»Wir san wieder amol an einer Wegscheid angelangt, Robert«, sagte er ernst und gedämpft. »Koa Mensch kann sagen, ob dös, was wir jetzt anfangen, gut ausgehn wird. Der Krieg mit den Russen wird länger dauern, als wia sich dös verschiedene Herren vorstell'n und am grünen Tisch ausrechnen.«

»Wir werden die Russen bald am Boden haben, Xaver. Wir sind zu stark, als dass es anders kommen könnte.«

Der Rosenheimer lachte trocken. »Bist auch einer von denen, Robert? Du glaubst auch felsenfest an den Sieg, was?«

»Bleibt uns was anderes übrig, Xaver?«

Der Gefreite schüttelte den Kopf.

»Weißt, Robert«, sagte er, »mitreden sollt man können, 's Maul müsst man aufmachen! Ganz weit aufmachen, sag ich! Aber sie kommandiern bloß – sie sagen: ›Krieg muss sein!‹ Also muss er auch sein!« Hirtz spie aus und wischte sich über den Mund, dann fuhr er halblaut fort: »Ich bin koa studierter Mensch, Robert, ich bin bloß a Bauernbursch und hab die Volksschul besucht. Wie ich noch a Bua war, musst ich meinem Vater bei der Arbeit helfen, und jedesmal, wenn mei Vater was ang'schafft hat, dann hab ich gewusst, dass es richtig und notwendig war. Jetzt haben uns höhere Herren was ang'schafft, Robert, aber i woaß net, ob's richtig ist! Mir kimmt's vor, als müsst man 's Maul aufmachen ... als müsst man's ganz laut schrein, dass es kein Krieg mit den Russen geben darf! – Aber wer macht's Maul auf, ha?«

»Keiner«, murmelte Benz, von Hirtz' Worten seltsam berührt und beeindruckt.

»Ja, keiner«, erwiderte Hirtz und stand auf. »Und dös kann bös enden, Robert. Nur hernach vielleicht werden wir sagen, dass wir 's Maul hätten aufmachen müssen, aber dann wird's zu spat sein.«

Hirtz erhob sich, ging davon und verschwand zwischen den Protzen.

Niemand schlief. Die Mücken sirrten, die Nacht atmete beklemmende Schwüle. In der Feuerstellung der 1. Batterie waren die Geschütze einsatzbereit. Die Richtkanoniere hatten die Beleuchtung des Rundblickfernrohrs und des Zielgerätes ausgeschaltet. Auch das rote Auge hinter der Batterie, wo Leutnant Bartsch sein Richtkreisgerät aufgestellt hatte, war verloschen.

Hinter jedem Geschütz lag ein Munitionsstapel. Fein säuberlich aufeinandergeschichtet. Die Zünder schimmerten im Mondlicht. Auf den Matten saßen die beiden Oberkanoniere Hamberg und Lehmann. Sie schwiegen und starrten die Silhouetten der Geschütze an, die sich vom Mondhimmel abhoben.

»Junge, Junge«, murmelte Hamberg, »wer hätte das gedacht! Jetzt fangen wir auch noch mit den Russen an!«

»Besser, wir greifen die Russen jetzt an, als wenn die irgendwann uns angriffen«, lautete gedämpft die Erwiderung.

»Was meinst du wohl, wie lange es mit Russland dauern wird?«, fragte Hamberg.

»Bestimmt nicht länger als mit Frankreich. In sechs, acht Wochen sind wir wieder in Bautzen, Sportsfreund.«

Bautzen war die Heimatgarnison des 40. Artillerie-Regiments und weit, weit weg. Die Bürger der Stadt schliefen und ahnten ebensowenig von der Eröffnung einer weiteren Front wie die Bewohner Russlands.

War das, was jetzt in einer nächtlichen Lagebesprechung bei den Truppenkommandeuren klipp und klar ausgesprochen wurde, nicht Wahnsinn? Ruhig und gefasst redeten die Kommandeure – der eine mehr, der andere weniger erregt. Die Gesichter rund um die Tische, auf denen die Generalstabskarten lagen, waren ernst.

Unaufhaltsam rückten die Stunden- und Sekundenzeiger der Uhren vor und verschlangen die Zeit, machten sie zu einem Kapitelbeginn der Weltgeschichte.

Die Abteilungskommandeure und Batteriechefs kehrten zu ihren Einheiten zurück. Die Nacht schwand langsam, und im Osten rötete sich der Himmel. Die Sterne verblassten.

Hauptmann Schröder und der Batterietrupp hatten ihr Quartier in einem kleinen Hof am Ostrand des Dorfes aufgeschlagen. Die Bewohner hatten sich tags zuvor scheu und ängstlich in enge Kammern, in die Scheunen oder auf die Dachböden zurückgezogen, um Platz zu machen für die neuen Herren. Quer durch das Grenzland, wirr wie Spinnenfäden im Herbst, waren die Nachrichtenleitungen gelegt worden. Da und dort stach eine Funkantenne zum heller werdenden Himmel empor.

Hauptmann Schröder saß beim Schein einer Kerze auf dem Feldstuhl und starrte zu Boden, die Hand aufs Knie gestützt. Das flackernde Licht warf unruhige Schatten auf die gekalkte Wand des Raumes. Die offenen Fenster waren mit Zeltbahnen verhängt. Die beiden Funker hatten sich in ihre Decken gerollt und schliefen im hintersten Winkel der Bauernstube. Ein Fernsprechtechniker war noch dabei, die Anode des Gerätes zu überprüfen.

Auf der Ofenbank hockte Hauptwachtmeister Dirks und schnallte die Sporen von den Stiefeln.

Von draußen ertönten Schritte. Hauptmann Schröder hob den Kopf. Sein Gesicht verriet gespannte Erregung, leise Ungeduld.

Leutnant Herrberg, der Batterieoffizier, trat ein, grüßte und meldete:

»Erste Batterie feuerbereit, Herr Hauptmann!«

»Danke.« Der Hauptmann stand auf und trat an den Kartentisch. »Wir wären also wieder einmal soweit, Herr Herrberg. Es geht los.«

»Schon irgendein Befehl da, Herr Hauptmann?«, Der Leutnant hatte eine raue Stimme; er war noch jung. Die Sonne hatte sein schmales Gesicht tiefbraun gesengt. Seine blauen Augen schauten ernst.

»Nein, noch nicht«, erwiderte der Hauptmann. Vom Ofen her ertönte Dirks Stimme:

»Kann sich doch nur noch um ein paar Minuten handeln.«

»Wahrscheinlich in den frühen Morgenstunden«, bestätigte der Hauptmann.

Er trat mit dem Leutnant an den Kartentisch. Beide schauten auf die ausgebreitete Karte – eine sehr genaue Karte. Auch Dirks trat heran.

»Wir sind also auf Brest-Litowsk eingerichtet, Herr Hauptmann?«

»Ja, vorläufig. Genauer Zielpunkt wird noch durchgegeben. Ich gehe dann selber zum VB vor.«

»Scheußlich – diese Warterei«, murmelte der Leutnant. »Macht einen ja fertig.«

»Und die Russen ahnen von nischt«, bemerkte Dirks. Er zündete sich eine Zigarette an, nachdem die beiden Offiziere das Zigarettenangebot stumm dankend abgelehnt hatten.

»Was halten Sie von dem Ganzen?«, fragte der Leutnant den Hauptmann.

»Das Überraschungsmoment wird ausschlaggebend sein. Wir wissen nicht genau, was die Sowjets weiter hinten alles aufgefahren haben und wie stark die Grenzlinie befestigt ist.«

»Wird 'nen Feuerzauber geben«, murmelte Dirks, »bei dem keen Ooge trocken bleibt.«

Der Hauptmann starrte auf das Kartenblatt nieder und nickte. »Und es wird einen Kampf geben«, ergänzte er mehr für sich, »bei dem wir entweder schnell siegen oder uns die Lungen rausrennen werden. Schauen Sie sich Russland mal an, meine Herren! Dieses Riesenland!« Er holte eine Gesamtkarte von Russland herbei und legte sie auf den Tisch. »Rund 23 Millionen Quadratkilometer! Bevor wir Moskau erreichen, müssen wir mindestens 1500 Kilometer marschieren!«

Leutnant Herrberg lächelte.

»Wenn wir Glück haben, sind wir in sechs Wochen dort, und die Sowjetunion wird deutsches Protektorat, Herr Hauptmann.«

Hauptmann Schröder sah den Offizier langsam an, mit tief ernster Miene, fast strafend.

»Das sind Thesen, Herr Herrberg«, erwiderte er. »Wer die Russen beurteilen will, sollte ein bisschen was über Geschichte wissen. Napoleon wollte das Gleiche, was wir jetzt wollen.«

»Gewiss.« Der Leutnant lächelte selbstbewusst. »Aber er besaß kein deutsches Heer.«

Hauptmann Schröder winkte müde, fast verdrossen ab. »Es hängt alles davon ab, wie schnell und ausdauernd wir sind.«

»Haben wir nicht schon bewiesen, dass wir es sind, Herr Hauptmann?«

»Ohne Zweifel«, murmelte Schröder. »Natürlich.«

In diesem Augenblick rasselte der Feldfernsprecher. Der Fernsprecher meldete sich, horchte, sagte »Jawohl« und reichte dem Hauptmann den Hörer:

»Oberwachtmeister Möhrike am Apparat, Herr Hauptmann.«

Oberwachtmeister Möhrike war der vorgeschobene Beobachter, der vor Mitternacht mit den beiden Funkern nach vorn gegangen war.

»Hier Nachtfalter«, meldete sich der Hauptmann. Er nickte ein paarmal. Dann murmelte er: »Es ist gut. Ich komme. Ende.«

Alles sah gespannt auf den Chef.

»Es ist bald soweit«, sagte er. »Ich fahre jetzt zum vorgeschobenen Beobachter vor und übernehme die Durchgabe der Zielwerte.« Fünf Minuten später fuhr

Hauptmann Schröder mit dem Batteriemelder Langewitsch zum Flussufer. Das Knattern der schweren Beiwagenmaschine verstummte in der heller und heller werdenden Nacht.

7

Drüben, auf dem anderen Flussufer, lehnte in einem hölzernen Wachtturm, der sich plump über den Baumkronen erhob, der russische Soldat Dimitri Wagapow sich an das Plattformgeländer und blinzelte zum pastellfarbenen Morgenhimmel empor.

Die Vögel sangen melodisch in den Uferbäumen. Eine Amsel pfiff ihr melodisches Solo. Eine Kette Wildenten flog mit sirrendem Flügelschlag dicht über dem silberglänzenden Fluss entlang und verschwand in der Biegung des träge dahinfließenden Wasserlaufes. Verschlafen gurgelte der Fluss am Ufer entlang, spielte mit überhängenden Zweigen, an denen sich Treibgras festgesetzt hatte, grunzte in Uferlöchem, schwappte an toten Baumstämmen entlang. Bachstelzen liefen flink auf einer Sandbank und suchten ihr Futter.

Der Soldat Dimitri Wagapow sah, wie ein Hecht aus der silbrig schimmernden Flut schnellte und aufklatschend ins Wasser zurücktauchte.

»Hei, Michail! Hast du den Hecht gesehen? Wir werden heute fischen!«

Michail Michailow, der Bauernsohn aus Tula, gähnte, reckte sich ausgiebig und schmatzte lüstern.

»Ja, wir werden heute fischen, Dimitri. Wann kommt endlich die Ablösung? Ich habe Hunger wie ein Bär. Hast du noch etwas zu rauchen?«

Dimitri Wagapow holte eine Handvoll Machorka hervor, den er lose in der Tasche aufbewahrte. Sie drehten sich zwei Zigaretten aus Zeitungspapier. Die langen Zigaretten mit den Pappmundstücken waren den Herren Offizieren vorbehalten.

»Es gibt hier viele Fische«, sagte Dimitri Wagapow. »Wir werden eine Menge fangen und sie auf heißen Steinen braten.«

»Besser, du steckst sie an den Spieß«, meinte Michail Michailow, »da werden sie schön braun und knusprig. Weidenrutenspieße müssen wir nehmen, weil die Weide den Fisch würzt.«

»Das habe ich noch nie gehört«, sagte Wagapow.

Der andere lachte kehlig. »Ach, du weißt vieles nicht, was ich weiß. Bei uns daheim braten wir die Fische sogar in Pfannen und in Sonnenblumenöl.«

»Das muss gut schmecken.«

Sie sprachen noch eine Weile von gebratenen Fischen und spuckten über das Turmgeländer auf die Baumkronen hinunter.

»Heute Nacht war drüben Lärm«, bemerkte Wagapow. »Es hörte sich an, als wären einige Autos herumgefahren.«

»Die Polen haben keine Autos«, gähnte Michail Michailow. »Es werden die Nemezi gewesen sein. Die haben doch ganz Polen eingenommen.«

»Ja, das haben sie«, nickte Dimitri Wagapow. »Die Nemezi haben viele Soldaten und gute Waffen. Ob die Polen so schlechte Soldaten sind, dass sie gleich kaputt waren?«

»Was heißt schlecht«, sagte Michail Michailow. »Die Nemezi sind stark und schnell. Du hast doch gehört, wie rasch sie Holland, Belgien und Frankreich erledigt haben.«

Dimitri Wagapow schaute gedankenvoll zum Flussufer hinüber, wo in der vergangenen Nacht Fahrzeuggeräusche zu hören gewesen waren. Er kratzte sich.

»Ich möchte mal so einen Nemezi sehen«, murmelte er, »ich möchte wissen, wie so einer aussieht, der alles kaputt macht.«

Michail Michailow lachte wieder und schlug mit der Hand auf das Turmgeländer.

»Wie so einer aussieht? Nicht anders als du oder ich, Dimitri. Mit einer Nase im Gesicht und zwei Ohren am Kopf.«

»Wir haben mit Deutschland einen Vertrag«, erwiderte Dimitri Wagapow, »wir sind mit ihnen befreundet.«

Der andere nickte zustimmend. Dann sprachen sie von den Frauen in Brest. Und gerade als Michail Michailow seinem Freund zu erzählen begann, wie er die blonde Sonja am 1. Mai in Tula kennenlernte, lief auf der deutschen Stoppuhr der Friede mit Russland ab.

Leutnant Herrberg rief den Geschützen die Schusswerte zu. Zugleich reckten sich längs der Grenzlinie Tausende und Abertausende Feuerschlünde zum flammenden Morgenhimmel empor und schwenkten auf die nahen und fernen Ziele.

Die Munitionskanoniere krempelten die Ärmel hoch und spuckten in die Fäuste. Die Verschlüsse klinkten zu.

»Erstes – feuerbereit!«

»Zwotes – feuerbereit!«
»Drittes – feuerbereit!«
»Viertes – feuerbereit!«
Leutnant Herrberg rief ins umgehängte Mikrofon:
»Nachtfalter – feuerbereit!«
Pause. Die Sekundenzeiger ruckten nervös. Jetzt war es so weit! Dann die gelassene Stimme:
»Batterie – Feuer frei!«
Der Leutnant reckte sich. Sein braunes Gesicht sah schwarz aus. Seine Augen glänzten wie im Fieber.
»Batteriiiie – Feuer!«
Sein rechter, hoch erhobener Arm sauste nieder wie der Schwerthieb des Henkers. Der Krieg brüllte los. Ein einziger, urgewaltiger Donnerschlag zerbrach den Frieden des Morgens. Rauschend, gurgelnd, heulend, flogen Granaten aller Kaliber gegen Osten und vernichteten Verträge, Abmachungen und Vertrauen.
Die Soldaten Dimitri Wagapow und Michail Michailow, die beiden Russen, die den Morgen so schön fanden und so gerne einmal einen Deutschen aus der Nähe gesehen hätten, erschraken. Sie erschraken nur für Sekunden. Dann starben sie im Bersten der Granaten. Der hölzerne Wachtturm verschwand in Blitz und Donner, flog in Stücken durch die Luft.
Die Stadt am jenseitigen Ufer hüllte sich in schwarzen Rauch. Die Straßen verwandelten sich in feurige Schluchten. Die Menschen schrien entsetzt und rannten, dürftig bekleidet, oft nur im Hemd, auf die Straßen, starben oder duckten sich im Keller vor dem Bersten des Weltunterganges.
Mit der schwarzen Rauchwand im Osten wuchs das Entsetzen dieses frühen Morgens im Juni 1941.

»Batterie – Feuer!«

Die Salven der zahllosen Geschütze ergaben ein wahres Höllenkonzert. Ein Gewitter aus Stahl und Feuer ging auf die Ostgrenze nieder und verbrannte Städte, Dörfer, die Menschen und die Erde! Die Sonne am Himmel verhüllte ihr feuriges Gesicht mit einem schwarzen Rauchschleier. Der Krieg mit Russland hatte begonnen.

Die Geschütze feuerten, bis die Rohre glühten. Die Munitionsberge schrumpften zusammen, die Kanonen waren von leeren Kartuschen umringt, die Holme hatten sich in die trockene Erde gewühlt. Dann kamen die Bomberverbände aus Westen. Der Himmel dröhnte. Die Sturmtruppen duckten sich zum Angriff. Das große Sterben hatte begonnen.

Stundenlang wütete das deutsche Trommelfeuer im russischen Grenzbereich und verstummte dann ebenso schlagartig, wie es begonnen hatte. Doch aus der einsetzenden, fast schmerzhaften Stille erhob sich gleich darauf das nächste todbringende Geräusch hoch oben am rauchdurchzogenen Himmel: deutsche Bomber, pfeilschnelle Jagdmaschinen, Stukas in keilförmiger Formation.

Warum wehrte sich der Feind nicht? Lag er jetzt schon zerbrochen am Boden?

Deutsche Sturmtruppen setzten über den Fluss und sprangen ungehindert an Land. Da und dort feuerte ein russisches Maschinengewehr im trägen, stotternden Rhythmus. Das schnelle Rasseln der deutschen MG beherrschte den Morgen, deutsche Infanterie drang in Brest ein und stürmte durch brennende, trümmerbesäte Straßen.

Aus den russischen Kasernen peitschten Gewehrschüsse. Doch sie verstummten schnell, und Soldaten, oft nur mit Hemd und Hose bekleidet, kamen mit erhobenen Armen und bleich vor Entsetzen hervor, um sich zu ergeben, noch ehe sie gekämpft hatten.

Die ersten Panzer klirrten über die Flussbrücke und drangen in Brest ein; das trockene Bellen der Panzergeschütze mischte sich in das Peitschen vereinzelt fallender Gewehrschüsse oder in das anhaltende Gehämmer eines MG.

Der Widerstand war schwach, die russischen Truppeneinheiten, so sie noch Zeit fanden, flohen ins Hinterland, kopflos, unter Zurücklassung ihrer Waffen und Ausrüstungen.

Der Horizont am östlichen Himmel war zu einer Wand aus Rauch und kochendem Qualm geworden. Im Sturm nahmen die deutschen Infanteristen die dünn besetzten Bastionen der Grenze, und wo sich der Feind dennoch zur Wehr setzte, wurde er überrollt, verjagt, vernichtet.

Die ersten Gefangenen standen auf freiem Feld und starrten mit Gesichtern, in denen fassungsloser Schreck zu lesen war, auf die deutschen Truppen. Das also waren die Sieger von Norwegen, Frankreich und dem Südosten! So sahen sie aus! Kämpferisch bestens ausgerüstet, mit siegestrunkenen Augen.

»Hurra!«, schrie es in den Gassen und Straßen, auf den Feldern und in den Uferwäldem. Mit »Hurra« eroberten die deutschen Truppen den östlichen Raum und drangen weit ins russische Land hinein, wobei sie jeden Verteidigungsversuch des Gegners schon im Ansatz zerschlugen. So stießen sie weit hinein ins russische Reich, das ihnen, den augenblicklichen Siegern, wenig später zum Schicksal werden sollte.

Genau über der Feuerstellung der 2. Abteilung spielte sich der erste Luftkampf ab. Drei sowjetische Iljuschin DB3-Bomber brummten in mittlerer Höhe heran. Aber da waren sie schon zur Stelle, die Jäger mit den Balkenkreuzen an Rumpf und Flügeln. Wie Raubvögel stürzten sie sich auf die träge heranfliegende Beute. Es ging alles atemberaubend schnell. Ein paarmal ertönten hoch droben Feuerstöße aus Bordwaffen, dann fielen der erste Sowjetbomber, kurz darauf der zweite und nahezu gleichzeitig der dritte als lodernde Fackeln mit schwarzer Rauchfahne.

»Mensch!«, rief Emmerich am 1. Geschütz entsetzt ud warf sich auf die Erde. »Mensch, die fallen uns auf den Kopp!«

Nur 300 Meter vom 1. Geschütz entfernt stürzte einer der Bomber zu Boden. Ein entsetzlicher Krach, eine Stichflamme beendete die Tragödie. Die Flugzeugteile wirbelten bis in die Feuerstellung der 1. Batterie. Ein Stück Tragfläche bohrte sich zwischen Richtkreisgerät und Batterie in den Boden, sprang noch einmal hoch und krachte an den Holm des 2. Geschützes. Die Kanoniere waren längst in Deckung gesprungen.

Der zweite Sowjetbomber zerbarst nahe der Protzenstellung. Die Pferde wieherten schrill vor Angst, sprangen hoch, keilten aus; ein paar rannten mit schrillem Angstgewieher durch das Dorf. Die dritte Maschine hatte sich bereits beim Abstürzen in ihre Bestandteile aufgelöst, und brennende Wrackteile segelten herab.

Die Besatzungen der ersten beiden Bomber waren mit Fallschirmen abgesprungen und pendelten langsam nieder – direkt auf die Feuerstellung der 1. Batterie zu. Einer der abgesprungenen Russen geriet mit dem Fallschirm in die Brandfackel des abstürzenden dritten Bombers.

Benz starrte entsetzt nach oben. Er sah, dass der Fallschirm des Russen sekundenschnell verbrannte. Ein dunkler Punkt fiel senkrecht wie ein Stein zur Erde. Aus!

Benz schloss die Augen. In seinen Ohren dröhnten noch die Abschüsse der Geschütze.

»Hin is er, der arme Kerl!« Hirtz hatte es gesagt. »Geh, sei stad, Emmi«, redete er beruhigend auf die schwere Fuchsstute ein, die am ganzen Leib zitterte. »Passiert dir scho nix ... sei stad.«

Auch Benz widmete sich den Pferden, die angstvoll die Köpfe hochwarfen und mit geblähten Nüstern schnaubten.

Die Bedienung des 1. Geschützes war verschwunden. Sie rannte ins Kornfeld, weil ganz in der Nähe einer der russischen Flieger am Fallschirm niedergegangen war.

»Vorsicht, Leute!«, rief Unteroffizier Brenner, die 08 schussbereit in der Hand. »Kann sein, dass er sich wehrt!«

»Er wird doch nicht so dusselig sein«, schnaufte Stöger.

»Er hat sicher 'ne Waffe bei sich«, sagte Josef Zinn, der als K 4 am Geschütz arbeitete.

Da! Dreimal krachte es aus dem hohen Korn heraus. Aus einer russischen Pistole.

Haarscharf sauste die Kugel an Emmerichs Kopf vorbei.

»Achtgeben!«, schrie der Unteroffizier. »Vorsicht! Zurückbleiben! Er ergibt sich nicht!«

Gleichzeitig knallte der vierte Schuss.

War der Russe verrückt? Sah er nicht ein, dass der Krieg für ihn zu Ende war?

»Einkreisen!«, befahl Brenner und ruderte mit den Armen in der Luft herum. »Wir müssen ihn lebend kriegen!«

Der Russe versteckte sich im hohen Korn. Man hörte Rascheln. Das hohe Getreide bewegte sich ein paarmal. Eine Gestalt tauchte kurz auf und verschwand wieder.

Emmerich hatte den Karabiner schussbereit. Da! Dort drüben tauchte eine in Leder gehüllte Gestalt auf. Emmerich riss den Karabiner hoch und zielte. Weiß Gott, warum er nicht schoss und den Karabiner sinken ließ.

»Stoj!«, schrie er hinüber. Es war so ziemlich das einzige russische Wort, das er kannte.

Da stand der Russe. Er hob langsam die Arme. Emmerich ging durch das raschelnde Korn auf ihn zu, den Karabiner im Anschlag. Ein blaues Augenpaar schaute ihm entgegen, ein junges, rußgeschwärztes Gesicht unter der Fliegerhaube. Der Russe nickte schweigend und lächelte bitter.

Plötzlich stand auch Wachtmeister Schimanek da. Er ging auf den Russen zu, packte ihn am Kragen und brüllte wütend: »Warum hast du geschossen, du Idiot!«

Der Russe lächelte hilflos.

»Nje ponjemaju«, murmelte er verlegen.

Schimanek versetzte ihm einen Stoß. »Dawai, dawai! Plen! Plen!«

Emmerich fing noch einen Blick des Russen auf, ein leeres Grinsen. Mit einer müden Bewegung übergab er Schimanek die Pistole.

»Vorwärts, du Kerl!«, röhrte Schimanek und schubste den Gefangenen auf die Feuerstellung zu.

Die ganze Batterie lief zusammen, um den ersten Gefangenen zu sehen. Schimanek stieß und schob ihn grob vor sich her, die Besatzung des 1. Geschützes folgte mit Siegermienen. Da tauchte Hauptmann Schröder auf. Rasch kam er heran.

»Diese Mistbiene hat auf uns geschossen«, schimpfte Schimanek und versetzte dem Russen einen Tritt.

»Lassen Sie den Mann in Ruhe!«, donnerte plötzlich Hauptmann Schröder. »Er hat sich ergeben und wird anständig behandelt, verstanden!«

Schimanek schaute den Hauptmann betroffen an. »Aber … aber er hat geschossen, Herr …«

»Na und…?« Ein verächtlicher Blick streifte Schimanek. »Hätten Sie an seiner Stelle es etwa nicht getan?«

Schimanek hatte einen roten Kopf bekommen. Verlegen zuckte er die Schultern, warf dem Russen einen wütenden Blick zu und wandte sich ab.

Hauptmann Schröder trat auf den Gefangenen zu und sprach ihn an. In russischer Sprache. Niemand wusste bisher, dass er der russischen Sprache mächtig war. Niemand wusste, dass Hauptmann Schröder dieses Sprachstudium schon auf der Münsinger Alb betrieben hatte.

Der Russe lächelte plötzlich wieder und stand stramm.

»Wie er feixt«, murmelte Brenner zu Emmerich. »Das wird ihm sicher bald vergehen.«

Wenige Minuten später brachte man den Gefangenen weg. Er trat den Weg in die Gefangenschaft an. War der Russe glücklich darüber? Lächelte er deshalb, weil er auf die Stärke und Größe seiner Heimat vertraute und auf eine baldige Wendung des Kriegsgeschehens hoffte?

Der deutsche Angriff rollte indessen unaufhaltsam weiter. Weit nach Russland drangen die deutschen Stoßkeile ein und brachen den mehr oder weniger starken feindlichen Widerstand. Man sah neu angelegte Bunkerlinien und Stacheldrahtverhaue längs der Grenze. Die Arbeiten daran schienen noch im Gange gewesen zu sein, als der deutsche Angriff losbrach, die Bunkerarbeiten waren zum Teil noch nicht beendet. Zurückgelassene Zement-Mischmaschinen, Werkzeuge und Panzer, die in die Erde eingegraben waren und mit ihren Kanonen gerade noch über den Erdwall hinwegreichten, verrieten, dass die UdSSR noch bei den Vorbereitungen war, als die Stunde X schlug und der Feuerschlag erfolgte. Hatte Stalin vor, Deutschland zu überfallen? Stimmte es, dass Russland sich eines Tages mit dem gleichen Feuerschlag, wie ihn nun die Deutschen ausgelöst hatten, über Deutschland hergefallen wäre? Die Anzeichen deuteten auf militärische Vorbereitungen nach Westen hin. Oder wollte Russland nur seine Grenze befestigen, um die Welteroberer abzuhalten?

Kopfschüttelnd betrachteten die vormarschierenden Infanteristen die halb fertigen Stellungen, die altmodischen Panzermodelle, die zurückgelassenen wassergekühlten russischen MG, die vorsintflutlich anmutenden Schützenpanzer, die von deutscher Spezial-Karabinermunition glatt durchlöchert worden waren. Panjewagen, Feldküchen, Stahlhelme säumten den Weg gegen Osten und verrieten, wie kopflos der Gegner floh.

»Mensch, mit solchen alten Klamotten wollten die uns angreifen«, lachten die Landser und machten Witze über den Gegner.

Niemand ahnte, dass es eines Tages anders kommen würde. Verblendet von bisherigen Siegen marschierten die deutschen Truppen dem fliehenden Feind nach und stießen kaum auf Widerstand. Baranowitschi fiel fast kampflos in deutsche Hand, von allen Abschnitten liefen Siegesmeldungen ein. Die Gefangenenzahlen stiegen von Tag zu Tag.

Wir werden in acht Wochen gesiegt haben, lautete der Text der Briefe, die nach Hause geschrieben wurden. Denn die Post ging wieder, der deutsche Landser durfte schreiben. Und in der Frontzeitung stand zu lesen: »Der Führer ist dem Feind zuvorgekommen! Wir werden Russland schlagen, wie einst Hindenburg den Feind bei Tannenberg schlug! Es lebe das Großdeutsche Reich!«

Die deutsche Infanterie stürmte weiter, die deutschen Verluste waren gering im Vergleich zum Erfolg. Nur wenige Zweifler gab es, die da sagten:

»Irgendwo muss sich der Iwan doch sammeln. Passt auf, er wird uns noch die Zähne zeigen.«

8

Die 2. Abteilung sah sich in ihrer Erwartung enttäuscht, Brest, die Stadt, die man beschossen hatte, zu sehen. Südlich davon überquerten Ross und Wagen den Bug, und dann begann jener Marsch, der ohne Wiederkehr war. Der Marsch von Mensch, Ross und Wagen, der mit Schwung angetreten wurde, aber von Woche zu Woche schwerer wurde.

Man folgte abseits der Rollbahn den vorstürmenden Panzern und Infanterieregimentern, man versuchte, die Rote Armee einzuholen und marschierte weiter und weiter und ließ verbrannte Dörfer und überrolltes, feindliches Kriegsmaterial am Wege zurück.

Die Straße abseits der nach Osten, in Richtung Moskau, führenden Rollbahn war nicht mehr als ein zweispuriger Weg, der sich mal sandig, mal staubig präsentierte. Er führte über flache Hügel hinweg, durch wogende Getreidefelder, durch endlose buschbewachsene Sümpfe, dann wieder durch dörrende Kiefernwälder.

Die winzigen Dörfer auf den Hügeln oder in den fruchtbaren Ebenen waren leer, verlassen von den Bewohnern. Irgendwo in den Tiefen der dunklen Wälder versteckten sich die Zivilisten und lauschten verstört den Geräuschen, die im Freien klirrten, ratterten, dröhnten.

Lange Staubfahnen im Lande verrieten die Bewegung der Eroberer, und der alte, schlohweiße Bauer fragte bang den jüngeren Nachbarn: »Du, *Gospodin*, wo sind die Unsrigen? Warum schießen sie nicht? Warum wehren sie sich nicht?«

»Sie laufen davon«, sagte der Nachbar traurig. »Sie haben ihre Waffen weggeworfen. Bald ist Russland nicht mehr, *Gospodin*, unser Mütterchen Russland stirbt wieder, wie damals, als die große Revolution am Horizont flackerte.«

Die Sonne brannte unbarmherzig aus wolkenlosem Himmel. Die Staubfahnen über den nach Osten führenden Wegen blieben Tag und Nacht hängen. Die Luft roch nach staubiger Erde, Schweiß und Kriegsbrand. Unendlich mühsam war der Marsch der schweren Artillerie. Die Eisenräder mahlten knirschend durch den Sand der Wege, die Gäule lagen schweißflockend in den Strängen und zogen mit keuchenden Lungen die tonnenschweren Geschützlasten.

Lang auseinandergezogen marschierte die 1. Batterie. Unbeirrt zog sie durch flaches, dann wieder hügeliges Land, Dörfer ohne Leben, ausgetrocknete Sümpfe, dürre Wälder zeigten sich den Blicken. Der Vormarschweg schlängelte sich hügelauf, hügelab, wand sich durch die Pripjetsümpfe und führte in eine mückenverseuchte Hölle.

»Das ist das Ende der Welt«, stöhnten die Landser. »Was wollen wir eigentlich hier?«

Die Kanoniere liefen mit staubbedeckten Gesichtern neben oder hinter den Geschützen her. Die Geschützführer und anderen Dienstgrade waren von ihren Gäulen abgesessen, um sie zu schonen, und stapften im wirbelnden Staub dahin, wobei sie das Ross am langen Zügel nachzogen.

Der Gefreite Benz hatte inzwischen erfahren, dass der Dienst als Geschützfahrer nicht leicht war. Er lenkte sein Sattelpferd in der Mitte der Gespanne und spürte, wie mühsam, wie entsetzlich schwer die Tiere zu arbeiten hatten. Die staubige Luft vermischte sich mit dem scharfen Schweißgeruch der Pferde, die Geschirre ächzten, die schweren Hufe stampften unverdrossen und legten Kilometer um Kilometer zurück.

»Fahrer absitzen!«

Mehr als einmal am Tag kam dieser Befehl von vorn. Und dann gingen die Fahrer neben ihren keuchenden Tieren her, führten sie am Zügel, tätschelten die schweißtriefenden Flanken und riefen ermunternde Worte, damit das Stampfen der schweren Hufe nicht langsamer wurde.

Da und dort blieb ein Tier mit fliegenden Flanken stehen und wollte nicht mehr.

»Weiter, verdammt! Weiter! Vorwärts – maarsch!«, schrien die Geschützführer, oder es hieß: »Kanoniere nach vorn! Im Mannschaftszug Geschütz Nr. 3 flottmachen!«

Mehr als einmal geriet ein Geschütz in ein Sandloch oder sackte vom Wegrand in nachgiebiges Erdreich ein. Dann wurden die armdicken Zugseile an die Radnaben gehängt, und die Kanoniere zogen unter heiserem »Hau-ruck« und »Zuuu-gleich« das Geschütz auf den Weg hinauf.

»Jetzt merkst, was das Viech aushalten muss, gell?«, sagte Hirtz zu Benz, als auch das 1. Geschütz stecken blieb und erst nach langem Mühen wieder flottgemacht werden konnte.

»Vorwärts, Emmi!«, rief er der schnaubenden Fuchsstute zu. »Vorwärts! Vorwärts!«

Benz ritt auf seinem Sattelpferd oder ging neben ihm her. Er ritt, wenn der Weg ein wenig besser wurde, und ging, wenn die Eisenräder tief im Sand oder Staub versanken. Das Denken wurde von der Sommerhitze gelähmt, der Staub legte sich wie ein hässlicher Schleier auf die Gesichter, auf das knarrende, dumpf klirrende Kriegsmaterial. Niemand konnte sagen, wie lange diese erst begonnene Strapaze, diese viehische Qual noch dauern würde. Jeder marschierte mit, wurde vorangetrieben durch Befehle, die Mensch und Tier das Letzte abforderten.

Immer tiefer drangen die Heere nach Russland ein. Der Riesenwurm wand sich durch Staub, durch weites Land, durch endlose Wälder und über hitzeflimmernde Ebenen. Die Kornfelder waren niedergewalzt, die Dörfer verbrannt oder verlassen, und am Horizont zeugten Rauchfahnen davon, dass die Sturmspitzen weit voraus waren und den zurückweichenden Gegner schlugen, wo immer er Widerstand zu leisten versuchte.

Tagsüber verstummte das Sprechen und Lachen, nachts, bei der Rast, belebten sich die Gemüter. Dann wurde vom Sieg geredet, erscholl ein Lachen. Der Feind war ja schon so gut wie geschlagen, der Sieg musste bald gewonnen sein.

Hirtz und Benz verstanden sich gut. Das Freundschaftsverhältnis vertiefte sich von Tag zu Tag mehr, der Kontakt zu den Fahrern verstärkte sich, je größer die Strapazen und je länger die Marschstrecken wurden.

Benz, der während des Polen- und Frankreichfeldzuges meist auf dem Geschütz mitgefahren war und nur gelegentlich dabei geholfen hatte, eine Panne der Fahrer zu beseitigen, erfuhr jetzt mit aller Deutlichkeit, was die Tiere zu erleiden und zu erdulden hatten. Er spürte, wie unendlich schwer die Gäule arbeiten mussten, er erkannte, dass die übertrieben erscheinende Pferdepflege in den Etappen der Kasernen berechtigt war. Das Pferd litt am meisten und musste gehorchen. Es gab sein Letztes, um die schwere Fuhre weiterzuziehen und ans befohlene Ziel zu bringen. Einmal sagte Hirtz während einer Marschpause zu Benz:

»Dieser verfluchte Krieg! Wer den angefangen hat, der soll bei lebendigem Leib verfaulen.«

Benz erwiderte darauf, dass jeder wissen müsse, wer den Krieg begonnen habe, und dass die Hoffnung sinke, in sechs oder acht Wochen gesiegt zu haben.

»Dös brauchst mir gar net zu sagen«, murmelte Hirtz, »dös woaß i selber.«

Berger, der Spitzenfahrer, musste das Sattelpferd gegen das Handpferd austauschen, da es sich einen schweren Satteldruck zugezogen hatte. Beim Tross liefen bereits mehr als ein Dutzend satteldruckkranke Tiere mit, die vom Spieß überwacht und vom Veterinär behandelt wurden. Jeden Tag wurde die Zahl der satteldruckkranken Pferde größer, jeden Tag verlängerten sich die Marschstrecken, und hatte man das befohlene Marschziel erreicht, glaubte man, endlich ein paar Tage bleiben und sich und die Pferde erholen lassen zu können, da kam bereits der Befehl zum Weitermarsch – ein Marsch ohne Ende.

Von allen Frontabschnitten kamen Siegesnachrichten. Deutsche Infanterie und Panzer stürmten mit ungebrochener Wucht weiter. Baranowitschi war überrannt, deutsche Stoßkeile drangen nach Bobruisk vor und erreichten die Beresina. Kursk fiel in deutsche Hand. Aus Charkow wurden harte Kämpfe gemeldet, die 4. Panzerarmee stieß in Richtung Don vor, aus dem Südabschnitt kamen die gleichen Sieges- und Erfolgsmeldungen. Isjum in deutscher Hand! Stalino überrannt! Die Südarmee drang über Taganrog nach Rostow vor! Der deutsche Rundfunk meldete täglich ansteigende Gefangenenzahlen. Tausende! Hunderttausende. Der millionste Gefangene!

Hirtz schüttelte den Kopf.

»Man sollt's net für möglich halten«, murmelte er, wenn von den vielen Gefangenen gesprochen wurde, von den Blitzsiegen, von den laufend eintreffenden Siegesmeldungen. »Und trotzdem marschieren wir weiter, Buam – trotzdem dauert der Krieg länger als sechs oder acht Wochen!«

Sie marschierten auf die Beresina zu. Irgendjemand sagte, dass die nächste größere Stadt Bobruisk heiße und dass man dort ein paar Tage Rast halten würde.

»I glaub gar nix mehr«, murmelte Hirtz. »Mir kimmt's vor, als täten wir bis ans Ende der Welt marschieren.« Und er setzte wieder einen Fluch hinzu, der demjenigen galt, der diese qualvolle Zeit heraufbeschworen hatte.

Die mückenverseuchten Pripjetsümpfe waren endlich durchquert, der Fahrweg wurde besser. Als sie endlich auf eine Straße stießen, sahen die Artilleristen die ersten Gefangenenkolonnen. Grau, geschlagen, abgerissen, mit stumpfen Gesichtern schlichen die Besiegten am Straßenrand dahin, bewacht von deutschen Infanteristen, die Witze herüberriefen und mit den Gewehren winkten.

Nachts traf die Abteilung in Bobruisk ein und bezog am Rande der noch rauchenden und schwelenden Stadt Ruhestellung. Die 1. Batterie zog in einen Kolchosenhof, wo ein paar scheue Zivilisten dazu abkommandiert wurden, Tränkwasser für die Pferde herzuholen und Futter zu bringen.

»Pferdemeldung!«, hieß es. Die Fahrer mussten ihre Tiere auf Satteldruck und Allgemeinzustand untersuchen.

»Du, Xaver«, sagte Benz, »der Toni hat jetzt doch einen Satteldruck bekommen. Es tut mir leid. Ich bin nicht schuld daran, ich habe immer vorschriftsmäßig gesattelt.«

»Woaß i scho«, brummte der Rosenheimer gutmütig, »brauchst mir nix zu verzähln, Robert.«

»Der Schimanek wird mich zur Schnecke machen«, meinte Benz.

»Der frisst auch koan Heuwagen«, erwiderte Hirtz und ging zum Zugführer, um den Satteldruck zu melden.

»Na ja«, höhnte Schimanek, von dessen Schikanen Benz während des Marsches einige Zeit verschont geblieben war. »Natürlich der Herr Benz! Dieser Heini!«

Dann kam Schimanek heran und untersuchte das Pferd. Benz stand neben dem Wachtmeister und erwartete den Anraunzer. Aber nichts davon kam. Schimanek schaute Benz nur an, grinste und sagte dann mit herausfordernder Lässigkeit:

»Umspannen, Herr Benz. Sie führen den Gaul so lange, bis der Satteldruck weg ist. Haben Sie mich verstanden?«

»Jawohl, Herr Wachtmeister.«

Schimanek verschwand wieder. Als Hirtz herankam und Benz ihm sagte, dass er den Weitermarsch zu Fuß machen sollte, antwortete Hirtz:

»Lass guat sein, Robert, dann marschieren wir eben alle drei neben den Zossen her, darauf kann sich der Schimanek verlassen.«

Die Feldküchen verströmten Essensgeruch, der sich mit dem brandigen Gestank der Ruinen mischte. Schwül war die Nacht, trocken und staubig.

Die Pferde standen in einer Scheune. Sie waren getränkt und gefüttert worden. Ein paar Zivilisten drückten sich scheu herum und versuchten, sich mit deutschen Sprachbrocken zu verständigen. Es fiel dabei ja etwas ab – ein Päckchen Krüllschnitt oder ein Kommissbrot. Die Deutschen waren nicht knauserig, obschon man sich vor ihnen hüten musste.

»Wie heißt du?«, fragte Benz einen mageren Mann in schlottrig sitzendem Arbeitszeug.

»Karel«, sagte der Mann, der mitgeholfen hatte, die Pferde zu tränken. »Karel Twaritschow.«

»Warum bist du nicht beim Militär?«, versuchte Benz die Verständigung fortzusetzen.

»Ich nix Militär«, radebrechte der Russe, »alt … viel alt.« Aber seine Söhne seien beim Militär, gab er umständlich zu verstehen. Wahrscheinlich seien sie tot oder gefangen. Er hob die Hand an die Augen, wischte darüber weg und ging gebeugt davon. Armes Volk, dachte Benz, warum musst du so leiden? Was hast du verbrochen, dass diese Strafe über dich verhängt wurde? Wolltet ihr uns wirklich angreifen und vernichten?

Benz dachte an die zerstörten Dörfer, durch die man gekommen war, an die Menschen, die da und dort ein paar Eier gereicht oder bereitwillig die Wasserstelle gezeigt hatten – die Futter für die hungrigen Pferde gemäht oder aus den Scheunen geholt hatten. Es waren freundliche, wenn auch scheue Menschen, diese Russen. Ihre Söhne marschierten jetzt in langen Elendskolonnen westwärts. Wer von ihnen würde die Heimat wiedersehen?

»Post ist da!«, erscholl es von Mund zu Mund. »Post von daheim!«

Auch Benz ging zur Postausgabe. Spieß Dirks verteilte Briefe und Päckchen. Er tat dies gern und übergab jedem Landser die Post mit einem kleinen Witz.

»Gefreiter Robert Benz!«, ertönte es.

Benz wusste, dass er jetzt mindestens zwei Briefe von Gerti erhalten würde. Doch es waren vier! Vier Briefe! Er las sie auf einem Hafersack sitzend, beim Schein eines Kerzenstummels. Gerti schrieb von Heidelberg aus. Sie war bei seinen Eltern, sie hatte vier Wochen Urlaub und schrieb von glücklichen, aber auch besorgten Stunden.

… und jetzt wissen wir, wo du bist, lieber Robert. Wir sprechen jeden Tag von dir, und deine Mama geht jeden Morgen zur Messe, um zu beten. Ich begleite sie …

Und als Benz weiterlas, Blatt für Blatt, die mit zierlicher Mädchenschrift bedeckt waren, vergaß er die Mühen und Strapazen und spürte sich in die Heimat zurückversetzt – daheim im kleinen Gärtchen am Ufer des Neckars. Die Müdigkeit war verschwunden, das Herz schlug wieder froh.

Zweimal las er jeden Brief, zu dem auch die Eltern etwas dazugeschrieben hatten.

Wir mögen Gerti, sie ist ein liebes Ding«, hatte die Mutter geschrieben. »Sie spricht sehr viel von dir, mein Junge. Welch ein Glück, dass du sie uns ins Haus gebracht hast …

Benz steckte sich eine Zigarette an. Tief sog er den Rauch in die Lungen. Er schaute durchs Tor zum Sternenhimmel empor und dachte an Gerti. Sie war um ihn, sie war da. Wenn er die Augen schloss, sah er sie vor sich: frisch, schlank, jung und liebevoll.

»Gerti …« Er hatte den Namen vor sich hingemurmelt und erschrak, als sich jemand neben ihn auf den Hafersack setzte und beschwerlich schnaufte.

»Was ist, Xaver? Was haben die Deinen geschrieben?«

»Ja mei«, erwiderte der Rosenheimer, »net viel Gutes, Robert. Der Vater hat einen Schlaganfall erlitten, die Mutter ist jetzt allein daheim und muss die ganze Arbeit machen.«

Sie schwiegen. Draußen auf dem großen Hof redeten die Kameraden, ertönten Schritte, lachte jemand. Die Sterne funkelten im Ausschnitt des Torvierecks.

»Habt ihr einen großen Hof, Xaver?«

»Naa, einen kleinen«, murmelte der Nebenmann. »Vier Hektar Land bloß, fünf Küh, a paar Schweine und Hühner. Und jetzt is die Mutter halt mit allem allein.«

»Ist dein Vater im Krankenhaus?«

»Naa, daheim liegt er.«

»Lass dir Urlaub geben, Xaver. Du kriegst ihn sicher, wenn du dem Chef die Lage schilderst.«

»Naa, i geh net auf Urlaub«, sagte Hirtz. »I bleib. Denn wenn i wiederkomm, hat vielleicht a anderer meine Gäul übernommen. I muss schon bei euch bleiben, Robert.«

So war Xaver Hirtz, der Bauernsohn aus Stephanskirchen bei Rosenheim. Seine Gäule waren ihm wichtiger als die Krankheit des Vaters. Bleiben wollte er, um die Pferde nicht zu verlieren!

Auch Josef Berger, der Spitzenfahrer, hatte Post bekommen. Ein Päckchen mit Kuchen und einem Stückchen schwäbischem Geräucherten. Der Kuchen, der eine Reise von mehreren Wochen hinter sich hatte, war staubtrocken geworden und bestand nur noch aus kleinen Stücken. Er roch mehr nach Geräuchertem als nach Backwerk.

»Da, nehmt euch«, sagte Berger, während er die zerfledderte Schachtel herumreichte. »Ein Jammer, wie der gute Kuchen ausschaut.«

Sie nahmen und aßen. Danach teilte Berger auch das Speckstück in drei gleiche Teile für sich und die beiden Kameraden.

»Was schreiben die Deinen?«, fragte Benz.

»Ja mei, was sollen sie schreiben«, seufzte Berger. »Dass sie halt arg in Sorgen sind, weil wir jetzt auch noch mit den Russen angefangen haben. Sie wollen wissen, wie's hier is.«

»Schreib ihnen: Es ist grausig schön in Russland«, sagte Hirtz. »Schreib ihnen, wie groß Russland ist und dass man sich hier leicht verlaufen kann … und schreib ihnen auch, dass wir die schönen Felder zusammenwalzen und die Häuser niederbrennen, Sepp. Und die daheim sollen es jedem weitererzähln, damit man weiß, wegen was wir da sind, in Russland.«

Es klang bitter und verzweifelt. Berger gab keine Antwort. Er aß aus der Kuchenschachtel und schüttelte den Kopf.

Benz konnte nicht schlafen, obwohl er zerschlagen und hundemüde war. Er ging noch einmal zu den angeseilten Pferden. Der satteldruckkranke Toni war verarztet worden; auf seinem Rücken schimmerte der inzwischen erhärtete Wundbelag aus einer heilenden Tonerdensalbe.

Benz legte behutsam die Hand auf den rosaroten Farbfleck. Das Pferd zuckte leicht zusammen.

»Wirst schon wieder werden, Toni«, murmelte Benz dem Pferd ins Ohr und kraulte dessen kräftigen Hals.

Benz war inzwischen mit Leib und Seele Fahrer geworden. Immer weniger dachte er an die Zeit, da er noch als Richtkanonier am 1. Geschütz eingesetzt war. Die Kameraden, mit denen er tagtäglich zusammen gewesen war, erschienen ihm – obwohl nur durch ein paar Pferdelängen von ihm getrennt – fern und fremd geworden. Er verspürte keine Sehnsucht mehr, zu den acht Kanonieren zu gehören, mit in ihren Zelten zu schlafen, mit ihnen zusammenzuleben. Hirtz und Berger waren seine Freunde. Sie gehörten zusammen, sie waren eins geworden während des beschwerlichen Vormarsches, und man wuchs immer fester zusammen, je mehr Kilometer man sich von der Heimat entfernte.

Benz drückte sein Gesicht ans Fell des Pferdes und sog den Geruch in sich hinein – ein Geruch, an den er sich genauso gewöhnt hatte wie an das Kutschieren und die Pflege der Tiere. Das Pferd roch nach Freund und Leidensgenossen, die Glattheit des Felles forderte Zärtlichkeit.

»Mein braver Toni ...« murmelte Benz und streichelte das Tier.

Das Pferd drehte den großen Kopf und schubste Benz sanft in die Seite. Es schnaubte leise, es rieb den Kopf.

»Na, Benz ...?«, ertönte jene Stimme, die Benz abgründig hasste und die immer dann da war, wenn er meinte, mit sich allein zu sein. »Na, Herr Benz, jetzt haben Sie wieder mal bewiesen, was Sie taugen. Satteldruck! Je schlechter der Reiter, um so besser der Satteldruck! Sie werden in den nächsten Tagen mauken, Benz, mauken, bis wir in Moskau sind.«

Es reizte Benz, Schimanek zu widersprechen, ihn spüren zu lassen, wie man über ihn dachte.

»Moskau?«, wiederholte Benz. »Ist wohl noch 'n ziemliches Ende bis dorthin, Herr Wachtmeister.«

»Na, wie weit wohl, Herr Schulrat?« Es klang ironisch.

»Ich tippe auf rund 500 Kilometer, Herr Wachtmeister.«

»Kann stimmen.« Schimanek tätschelte den Rücken des Pferdes. »Sie haben heute jede Menge Post bekommen, was?«

Was geht das ihn an? dachte Benz. Er hat mich also auch beobachtet, als ich meine Post in Empfang nahm. Möchte wissen, was ihn das interessiert.

»Jawohl«, gab Benz laut zu, »vier Briefe.«

»Vom Liebchen, was?«

Benz spürte, dass Wut in ihm hochkochte. Mühsam beherrscht antwortete er:

»Ich bin verlobt, Herr Wachtmeister. Liebchen können Sie Ihre Bekanntschaften nennen.«

»Hö, hö, Benzlein – warum gleich so giftig?«

»Weil ich meine Braut von Ihnen nicht Liebchen nennen lasse.«

»Pardon«, murmelte Schimanek mit Ironie, »aber ich dachte, dass das Fräulein Braut sich vielleicht erkundigt haben könnte, wie wir zwei miteinander auskommen. Sie hat sich ja seinerzeit auf dem Bahnhof ziemlich angelegentlich eingemischt ... Sie wissen noch, oder?«

Was will er von mir? fragte sich Benz. Was soll das Gerede um Dinge, die nur mich und Gerti angehen? Interessiert es ihn wirklich, ob sie etwas über ihn geschrieben hat?

»Sie irren sich«, erwiderte Benz eisig, »meine Braut hat Sie in den vier Briefen mit keinem Wort erwähnt, Herr Wachtmeister.«

»Mhm ...« murmelte der andere, »ich dachte, sie hätte es.«

»Was sollte sie für einen Grund dazu haben?«,

»Eben, Benz, eben! Das ist 'ne Sache, die wir zwei austragen müssen. Wir können uns nun mal nicht riechen, nicht wahr? Ich Sie nicht, und Sie mich auch nicht.«

»Ich sagte Ihnen schon einmal, wie ich darüber denke, Herr Wachtmeister.«

»Und ich hab's bestimmt nicht vergessen, Gefreiter Benz. Sie wollen mehr sein, als Sie sind, dabei sind Sie 'n so winziges Licht, dass ich ...« Er brach ab.

»Reden Sie nur zu Ende, Herr Wachtmeister«, höhnte Benz, dem plötzlich alles egal war und der den unwiderstehlichen Drang spürte, Schimanek an die Gurgel zu fahren, ihn zu würgen oder zu schlagen.

»Ich weiß genau, wer Sie sind, Benz«, fuhr Schimanek mit auffallender Gelassenheit in der Stimme fort. »Als Mensch und Lehrer mögen Sie Ihre Qualitäten haben – als Soldat aber sind Sie eine Niete.«

»Danke, Herr Wachtmeister!« Es klang herausfordernd höhnisch. »Haben Sie mir noch etwas zu sagen?«

»Jede Menge, Benz ... aber das braucht's wohl nicht mehr. Wir zwei wissen, woran wir sind.«

»Worauf wollen Sie eigentlich hinaus?« fragte Benz rau und stockend. »Ich tue meine Pflicht. Trüge ich nicht die Uniform, würde ich mich mit Ihnen auf ein ernsthaftes Gespräch einlassen. Ich bin jedoch Soldat und stehe unter Ihnen – was den Rang angeht«, fügte Benz hochmütig hinzu, »im andern Falle könnte ich Ihnen einiges über Sie sagen, das Ihnen vielleicht weniger gefallen würde.«

Schimanek lachte.

»Benz, was sind Sie doch für ein Hanswurst«, sagte er wie erheitert. »Sie machen mir wirklich Spaß. Bin gespannt, wann Sie mal aus der Haut fahren und mir ins Gesicht springen werden. Bin wirklich darauf gespannt.«

Benz trat einen Schritt auf ihn zu und sah ihm geradewegs ins Gesicht.

»Darauf warten Sie also, Herr Wachtmeister?«

»Sie werden lachen, Benz – ja, genau darauf warte ich.«

Benz versetzte Toni einen Klaps, drehte sich um und ließ den Wachtmeister stehen. Im Weggehen hörte er noch Schimaneks Stimme, die ihm halblaut nachrief:

»Und morgen, Benz, wird gemaukt, und wenn die Socken qualmen!«

Benz ging rasch davon. In ihm kochte Wut, und ein Gefühl von Hilflosigkeit überkam ihn. Er suchte sein Lager auf, warf sich hin und barg den Kopf im Arm.

»Dieses Schwein«, knirschte er in ohnmächtiger Wut. »Ich vergreife mich noch an ihm … Dieses Schwein!«

Neben Benz raschelte Stroh, dann kam eine verschlafene Stimme aus dem Dunkel:

»Robert, bist noch auf?«

»Ja.«

»Hat's was gegeben?«

»Nichts, Xaver.«

Hirtz gähnte und schmatzte mit den Lippen.

»Wie spat haben mer's denn scho?«, fragte er schlaftrunken.

Benz schaute auf das Leuchtzifferblatt seiner Armbanduhr.

»Null Uhr zwanzig«, sagte er.

»Scho wieder so spat«, murmelte Hirtz; dann wälzte er sich ächzend auf die andere Seite und schlief weiter.

Benz blieb noch eine Weile wach. Er beschäftigte sich mit Schimanek und wusste genau, dass es irgendwann zu einem gefährlichen Zusammenstoß kommen würde. Schimanek legte es vielleicht darauf an, Benz herauszufordern, ihn zur Weißglut zu bringen, bis alle Vernunft beim Teufel und er dort war, so Schimanek ihn haben wollte. Vergeblich redete Benz sich ein, Ruhe und Gleichmut zu bewahren. Sein Hass gegen Schimanek wuchs mit jedem Zusammentreffen, mit jedem Wort, das man tauschte.

»Die Abrechnung kommt noch«, murmelte Benz; dann zwang er sich zum Einschlafen.

Die Schritte des Wachtpostens entfernten sich, die Geräusche auf der Vormarschstraße zur Beresina verwirrten sich. Im Einschlafen hörte Benz noch das ferne Frontgewitter.

Der Weckruf erscholl, noch ehe sich im Osten der Himmel rötete – viel zu früh für die müden Gestalten in der Scheune und in den Winkeln des fremden Hofes. Gähnend und fluchend rappelten sich die Landser auf und schüttelten die Decken aus.

»Pferde tränken und füttern!«, rief Unteroffizier Brenner und pfiff da und dort noch ein paar letzte Schläfer vom Stroh. »Los, 'raus, meine Herren! Dalli, dalli!«

Benz fühlte sich zerschlagen an Leib und Seele. Taumelig vor Müdigkeit tränkte er seine Pferde, und als er Heu holte, meinte Hirtz besorgt:

»'s Futter geht aus. Wenn wir net bald Nachschub kriegen, können die Ross Staub fressen.«

Die Batterie hatte gehofft, in Bobruisk Pferdefutter zu fassen, aber es war keines eingetroffen. Nur

Kriegsmaterial und Munition. In langen Kolonnen standen die Trainfahrzeuge vor den Depots und luden das Rüstzeug für den Kampf ab.

Es dämmerte noch, als Spieß Dirks seine Stentorstimme erhob und zum Antreten auf der Straße schrie.

Benz hatte das Handpferd Tino gesattelt und beim Auflegen von Geschirr und Sattel peinlichst darauf geachtet, dass die Decke ja kein Fältchen schlug. Toni, der ausgetauschte Sattelgaul, war verarztet. Die angeschwollene Druckstelle war mit heilender Tonerdensalbe bestrichen worden.

»Hör zu, Robert«, sagte Hirtz, als sie anspannten, »wenn der Schimanek darauf besteht, dass du marschierst, dann marschieren wir auch.«

»Klar«, bestätigte Berger. »Da beißt die Maus keinen Faden ab, sag ich!«

»Schimanek macht uns alle drei zur Minna«, gab Benz zu bedenken. »Mischt euch mal nicht drein, Kameraden.«

»I sag, wir laufen, oder wir sitzen alle drei im Sattel«, knurrte Hirtz. Er war schlechtester Laune. Dann rief er den Kanonieren zu, die letzten beiden Heubündel auf die Lafette zu laden und festzumachen. Als Zusatzfutter besaß das Lafettengespann nur noch einen Sack Hafer.

Der Batterietrupp ritt auf die Straße und nahm Aufstellung. Dann folgten die Nachrichtenfahrzeuge mit aufgesessenen Funkern und Fernsprechern.

»Erster Geschützzug – Aufstellung nehmen!«, ertönte Wachtmeister Schimaneks ausgeschriene Kasernenhofstimme. »Beeilt euch, meine Herren! Schlaft aus!«

Das erste Geschütz nahm Aufstellung, das zweite folgte mit mahlendem Rädergeräusch. Der zweite Geschützzug zog aus dem anderen Ende des Gehöftes.

Schimanek saß auf seinem tänzelnden Gaul und überwachte die Aufstellung.

»Kanoniere und Fahrer – aufsitzen!«, schrie er. Und dann zu Benz herüber: »Benz, Sie laufen! Ist das klar?«

Benz krallte die Hand um die Zügel und schwieg.

»Ob das klar ist, Benz?«, röhrte Schimanek noch einmal.

Da ging Hirtz breitbeinig und ruhigen Schrittes auf Schimanek zu, nahm lasche Haltung an und sagte vernehmlich:

»Herr Wachtmeister, i bitt um die Erlaubnis, dass wir alle drei laufen dürfen.«

Schimanek richtete sich kerzengerade auf.

»Waaas?«, rief er wütend.

»Dass wir alle drei laufen dürfen, Herr Wachtmeister«, wiederholte Hirtz.

»Sie und Berger – aufsitzen«, schnaubte Schimanek. »Benz läuft! Ist das klar?«

»Net ganz«, grinste Hirtz. »Warum soll der Benz nebenherhatschen und wir andern reiten?«

»Halten Sie den Rand, Hirtz«, donnerte Schimanek. »Kehrt marsch und aufsitzen! Sind Sie noch nicht weg?«

Hirtz blieb stehen, die Hände lässig an den Hosennähten, ein herausforderndes Grinsen im Gesicht.

»I sag, wir laufen«, erwiderte er in unerschütterlicher Ruhe, »und dabei bleibt's, Herr Wachtmeister.

Meinetwegen können Sie mir einen Tatbericht aufhalsen … mir ist's wurscht!«

Der sture Oberbayer sprach aus Hirtz. Auch seine Miene verriet, dass ihm jetzt alles egal war.

»Xaver, sitz auf!«, rief Benz herüber. »Mach kein Theater!«

»Sie wollen meutern?«, schrie Schimanek mit verzerrter Miene aus dem Sattel herunter und trieb den Gaul so dicht an Hirtz, dass dieser ausweichen musste. »Ich soll Ihnen wohl den Hintern aufreißen, Sie …«

Der Gaul bäumte plötzlich vor Hirtz, weil Schimanek hart die Sporen ansetzte.

»Öha!«, ließ sich Hirtz vernehmen, und seine Augen blitzten in jäh aufflammender Wut. Gleichzeitig packte er Schimaneks Ross am Kopfriemen und riss es auf die Vorderbeine nieder. »Wo san mer denn, ha?« Hirtz wurde laut. »Eppa im Zirkus, Herr Wachtmeister, ha? Steh, du Schinder!«, schrie er das nervöse Ross an und fiel ihm in die Parade.

»Nehmen Sie die Pfoten weg!«, brüllte nun Schimanek. Seine Rechte tastete nach der Pistolentasche.

Benz befürchtete eine Katastrophe, sprang zu Hirtz hin, packte ihn und zerrte ihn zurück.

»Xaver sei vernünftig … sei doch gescheit!«

Unteroffizier Brenner kam jetzt herangeritten. Sämtliche Kanoniere schauten bestürzt auf die Szene.

»Hirtz, sind Sie wahnsinnig?«, schrie der Unteroffizier. »Was fällt Ihnen ein!«

Hirtz hatte sich bereits wieder beruhigt. Er tauschte einen raschen Blick mit Benz, ging zu seinem Gespann, ordnete Steigbügel und Zügel, schwang sich mit katzenartigem Sprung aufs Sattelpferd und rief mit lauter Stimme Benz und Berger zu:

»Aufsitzen, sag i, Sakrament! Weiter geht's!«

Schimanek war grau vor Wut. Mit brutalem Griff riss er seinen Gaul herum und schrie Hirtz zu:

»Mann, das kommt Sie teuer zu stehen, verlassen Sie sich drauf! Das gibt einen Tatbericht, der sich gewaschen hat!« Und mit sich überschlagender Stimme brüllte er: »Erster Geschützzug – in Fliegermarschtiefe – maaaarsch!«

Benz und Berger waren ebenfalls aufgesessen. Als Benz sich umschaute, begegnete er dem steinern grinsenden Gesicht von Hirtz.

Unteroffizier Brenner trieb seinen hochbeinigen Rappen heran und rief Hirtz zu:

»Menschenskind, Hirtz – sind Sie vom wilden Affen gebissen? Sie haben ja gemeutert!«

»Hüh, Emmi«, erwiderte Hirtz und gab der schweren Fuchsstute die Sporen. »Maaarsch, Kameraden!«, rief er Benz und Berger zu.

Die Lafette fuhr los.

Der Batterietrupp war schon auf der Straße verschwunden. Weit vorn sah man einen einzelnen Reiter galoppieren. Es war Wachtmeister Schimanek. Er ritt nach vorn, um Hauptmann Schröder über den Vorfall Meldung zu erstatten.

9

Die Beresina floss unmittelbar hinter Bobruisk nach Süden. Es gab keine Brücken. Die zurückweichenden sowjetischen Truppen hatten sie gesprengt, und die deutschen Pioniere mussten eine Behelfsbrücke über den Fluss schlagen. Die Pontonbrücke war von leichter Flak bewacht und stellte einen wichtigen Übergang für nachrückende Truppenteile und den Nachschub dar. Alles drängte sich hier zusammen, die Fahrzeugstauung reichte von der Brücke bis zum Stadtrand.

Der Himmel rötete sich, als die 1. Batterie ankam, deren Batterietrupp bereits auf der anderen Uferseite wartete.

Hauptmann Schröder und ein Pionierleutnant überwachten den Übergang der gefährlich schweren Kampfeinheit. Weitere Pioniere sorgten dafür, dass die Geschütze genau nach Anweisung anfuhren und die bedenklich schwankende Pontonbrücke passieren konnten.

Hauptmann Schröder sprach gerade mit dem Pionierleutnant, als Wachtmeister Schimanek angeritten kam und sich mit wütendem Ruck aus dem Sattel schwang.

»Mann Gottes!«, rief der Hauptmann. »Wo bleibt denn der erste Zug? Was ist das für eine lahme Fahrerei, Schimanek?«

»Herr Hauptmann, ich muss Ihnen melden, dass alle drei Lafettenfahrer einen Befehl verweigert und geschlossen gemeutert haben.« Schimanek schnarrte es in dienstlichem Ton herunter.

»Was war los?«, fragte der Hauptmann nervös. »Gemeutert?«

Schimanek nickte. »Hirtz, Benz und Berger. Ich melde die drei zur Bestrafung, Herr Hauptmann.«

Schröder zuckte ärgerlich die Schultern. »Menschenskind, Schimanek! Wir haben jetzt Wichtigeres zu tun. Schauen Sie lieber, dass Ihr Zug herankommt. Hinter unserer Batterie steht noch eine kilometerlange Fahrzeugschlange, die 'rüber will. Los, beeilen Sie sich ... Ach, da kommt ja endlich Ihr Zug!«

Tatsächlich trabte der erste Geschützzug auf die Brücke zu. Unteroffizier Brenner ritt nebenher, gab dann seinem Gaul die Sporen und galoppierte zu Hauptmann Schröder.

»Brenner!«, rief der Hauptmann hastig und ohne Schimanek zu beachten. »Fahrzeuge einzeln 'rüberziehen, verstanden! Kanoniere absitzen lassen! – Ich bitte um größte Achtsamkeit und Vorsicht!«

Der Pionierleutnant mischte sich jetzt ein:

»Auch die Fahrer absitzen! Pferde kurz führen!«

»Jawohl!«, rief Brenner. Er warf einen Blick zu Schimanek, der mit finsterem Gesicht etwas abseits auf seinem Gaul saß und an der Unterlippe nagte.

Hirtz, Benz und Berger saßen ab; auch die Kanoniere sprangen von ihren Sitzplätzen.

»Vorsicht! Vorsichtig 'rüberziehen!«, rief Brenner den Fahrern zu. »Zügel so kurz wie möglich halten, Leute!«

Jetzt gab Schimanek seinem Pferd Schenkeldruck und trieb es, dem Lafettenfahrzeug voraus, auf die Brücke zu.

»Auch Sie absitzen!«, schrie der Hauptmann Schimanek zu.

Schimanek saß ab, nahm sein Pferd lang am Zügel und führte es über die Brücke. In der Mitte blieb er stehen und drehte sich um.

»Vorwärts!«, befahl Brenner den drei Fahrern der ersten Lafette. Das Fahrzeug polterte auf die Brücke. Hohl klangen die Huftritte, dröhnend ratterten die schweren Eisenräder.

Da geschah weiter vorn, wo Schimanek mit seinem unruhigen Pferd stand, etwas Unvorhergesehenes. Schimaneks Gaul erschrak wahrscheinlich vor dem dumpfen Dröhnen der heranrollenden Lafette; er bäumte sich auf, wieherte angstvoll, schlug aus, drehte sich. Schimanek versuchte, den scheuenden Gaul am Zügel niederzuzerren, und wurde von dem Tier an das aus langen Seilen gebildete Brückengeländer gedrückt.

Berger verhielt erschrocken sein Gespann.

»Weiter, Sakrament!«, schrie Hirtz nach vorn. »Weiter, sag ich!«

Auch Benz beobachtete, wie Schimanek versuchte, den scheuenden Gaul niederzuhalten und zu beruhigen. Ein paar Pioniere liefen auf die Mitte der Brücke zu und schrien aufgeregt.

Dann ging alles blitzschnell. Benz sah nur noch, dass Schimaneks Pferd noch einmal bäumte und mit den Vorderhufen trommelte, und plötzlich war Schimanek verschwunden. Der Gaul raste über die

Brücke, keilte nach hinten aus, wieherte schrill, rannte an den erschrocken zur Seite springenden Landsern vorbei und verschwand dann schließlich auf der anderen Flussseite.

Das Lafettengespann stockte in der Fahrt. Berger und Benz brüllten aufgeregt nach hinten, dass Schimanek in den Fluss gestürzt und nicht mehr zu sehen sei.

»Weiter, Sakrament!«, brüllte Hirtz, als Berger die Pferde anhalten wollte und auch Benz die seinen stoppen musste. »Weiter, sag ich! Net aufhalten!«

Die Brücke schwankte bedenklich. Wenn das schwere Fahrzeug jetzt nur einen Meter zu weit nach links oder rechts kam, geschah ein Unglück!

Benz hatte die Zügel des Gaules losgelassen und war nach vorn gesprungen. Er wusste plötzlich nicht mehr, wie sehr er Schimanek hasste, er vergaß allen Zwist und Streit, alle erlittenen Schikanen. Im Rennen warf er den Stahlhelm weg, schnallte das Koppel ab, ließ es fallen und sprang zu der Stelle, wo Schimanek in den gelblich gefärbten Fluss gestürzt war.

Von Schimanek war nichts zu sehen! Doch! Dort trieb etwas. Zwei Arme hoben sich aus dem Wasser. Ein gurgelnder Schrei drang herüber. Dann verschwand Schimanek von Neuem.

Mit einem Hechtsprung setzte Benz über das Brückenseil und sauste kopfüber ins lauwarme Wasser. Er dachte nur noch an Schimaneks Rettung, er fragte sich nicht, warum er dies tat – er schwamm mit schnellen Arm- und Beinstößen auf die Stelle zu, wo Schimanek verschwunden war. Schwer sogen sich die Kleider und Stiefel voll Wasser, aber Benz schwamm kraftvoll weiter – mit dem stark fließenden Wasser. Wo war Schimanek? Schon ertrunken?

Benz schaute umher. Nach links, nach vorn. Da! Schimanek kam noch einmal hoch. Weit aufgerissen waren sein Mund und die Augen – die Augen eines Menschen in Todesangst.

Mit drei, vier, fünf Stößen schwamm Benz auf die Gestalt zu, und gerade als der Kopf wieder versinken wollte, packte er zu, bekam Schimanek an den Haaren zu fassen und riss ihn hoch und an sich heran.

»Benz!«

Der Ruf gurgelte. Zwei unkontrolliert krallende Hände fuhren Benz ins Gesicht und suchten Halt, ein Arm schlang sich um seinen Hals … ein gefährlich klammernder Arm.

Benz war ein ausgezeichneter Schwimmer. Gerettet hatte er zwar noch nie einen Menschen, aber er wusste ungefähr, was man tun musste. Aber der schlingende Arm des Ertrinkenden hinderte ihn daran, diesen von rückwärts zu fassen. Das stark treibende Wasser zog die beiden um ihr Leben Kämpfenden schnell flussabwärts.

Benz hatte schon ein paarmal Wasser geschluckt und kämpfte mit einem Hustenanfall. Er rang noch immer mit dem schon halb ohnmächtigen Schimanek. Wassertretend hielt er sich mit seiner um sich schlagenden und gurgelnden Last an der Oberfläche. Tief holte er Luft. Dann schlug er mit der rechten freien Faust so kräftig wie möglich zu. Noch einmal … ein drittes Mal.

Undeutlich wurde es Benz bewusst, dass ihm diese drei Fausthiebe in Schimaneks schon blau anlaufendes Gesicht irgendwie wohltaten, dass sie ihm neue Kraft verliehen.

Schimanek tauchte mit dem Kopf ins Wasser. Noch einmal packte Benz zu, bekam etwas Nasses, Lebloses zu fassen und zerrte es an die Oberfläche.

Weit trieben die beiden den Fluss hinunter, mit letzter Kraft erreichte Benz dann das Ufer und zog die reglose Gestalt auf den weißen Sand. Vor seinen Augen flimmerten Sterne. Keuchend, spuckend, das Wasser aus den Augen wischend, lag er am sandigen Ufer und schnappte nach Luft. Schimanek lag wie tot da. Das Wasser troff von ihm ab und sickerte in den Sand.

Erst jetzt wurde Benz klar, was er getan hatte: Er hatte seinen ärgsten Feind gerettet – den Mann, den er hätte umbringen können!

Da lag er nun. Blau im Gesicht, mit geschlossenen Augen. Karl Schimanek, ein Wachtmeister der Großdeutschen Armee. Ein widerlicher Kommisskopf, ein Schinder vor dem Herrn!

Benz bedauerte plötzlich, dass er sich dieses Mannes wegen in akute Lebensgefahr gebracht hatte, ja er wurde sogar von dem Gedanken beschlichen, Schimanek zu packen und noch einmal in den Fluss zu werfen.

Rufe ertönten von der Brücke her. Gestalten kamen gerannt. Es waren ein paar Pioniere. Dahinter ritt Hauptmann Schröder heran.

»Lebt er noch?«, fragte ein Landser.

Benz zuckte die Schultern. Ihm war plötzlich elend zumute; er verspürte das Bedürfnis, sich zu übergeben. Taumelnd stand er auf.

»Gefreiter Benz, meine Hochachtung! Respekt, Benz!«

Hauptmann Schröder war vom Pferd gesprungen und klopfte Benz auf die Schulter. Undeutlich hörte Benz, dass der Hauptmann etwas von Meldung beim Herrn Abteilungschef sagte.

Wie betrunken ging Benz davon, auf unsicheren Beinen, mit weichen Knien. In den Ohren war ein dumpfes Sausen und Dröhnen.

Warum, ging es ihm durch den Kopf, warum bin ich bloß diesem Kerl nachgesprungen! Um ein Haar wären wir alle beide abgesoffen! Wie feige er war! Wie er mich umklammerte! Ein Scheißkerl ist er, der wahrscheinlich nicht mal schwimmen kann! Aber das Maul aufreißen, das kann er!

Benz befand sich in einem unerklärlichen Zustand; einerseits ärgerte er sich über seine Tat, andererseits war er stolz auf sich.

Die Batterie war inzwischen am anderen Ufer angelangt und stand auf der rechten Straßenseite. Die Letzten vom Tross zogen noch über die Brücke.

Hirtz kam Benz entgegen.

»Mensch, Robert«, sagte Hirtz, »hast du ihn an Land gebracht?«

Benz nickte nur. Schwer hingen ihm die pitschnassen Klamotten am Leib, in den Stiefeln schmatzte und schwappte Wasser.

Im Nu war er von Brenner, Emmerich, Berger, der ganzen Geschützbedienung umringt. Man fragte, man lobte seine Tat.

»Benz, das macht vieles gut«, sagte Unteroffizier Brenner.

Benz ging zur Seite, zog die Stiefel aus, schüttete das Wasser heraus. Die Sonne stand rot am Horizont und schien warm. Er wrang gerade seine Feldbluse aus, als Schimanek herankam. Auch in seinen Stiefeln schmatzte das Wasser, auch seine Uniform troff vor Nässe. Mit verlegenem Gesicht stand er vor Benz, und dann streckte er langsam die Hand aus und sagte:

»Danke, Benz.«

Benz schaute nicht auf, übersah deshalb auch die in der Luft hängende Hand. Verdrießlich murmelte er:

»Schon gut, Herr Wachtmeister.«

Schimanek wollte noch etwas sagen, aber dann machte er abrupt kehrt und ging mit weichen Knien davon.

Trocken und öde war das Land, durch das der Heerwurm zog und dabei eine kilometerlange Staubfahne in die flimmernde Luft zeichnete. Grasige, von der Sonne vergilbte Hügel wechselten mit dürren Kiefernwäldern ab. Da und dort, in meilenweitem Abstand, kauerten Dörfer auf einem Hügel, von ein paar Feldern umgeben, die vergessen und verlassen schienen.

Die Pferde stampften den ausgedörrten Boden, die Hufe wirbelten gelblichen Staub auf, der sich beklemmend auf die Lungen legte. Wütend klang das Schnauben der angestrengt arbeitenden Tiere, missmutig hörte sich das Knarren der Zuggeschirre an. Die Luft roch nach Pferdeschweiß und Staub.

Man hatte den ganzen Tag über von dem Ereignis auf der Pontonbrücke gesprochen, und der Name »Benz« war in aller Munde – von der Batteriespitze bis hinten zur Feldküche. Wachtmeister Schimanek fehlte. Wie es hieß, sollte er zwei Rippen gebrochen haben und sich beim Tross aufhalten.

»Dass du dem Kerl nachgesprungen bist, werd i nia begreifen«, hatte Hirtz während des Marsches Benz zugerufen.

Benz gab keine Antwort. Ihn beschäftigte seine eigene Person, sein seltsames Verhalten. Er wurde aus sich selbst nicht schlau. Klarheit brachte erst Hauptmann Schröder in die Sache.

Bei der nächsten längeren Rast stand der Hauptmann plötzlich vor Benz und sagte freundlich:

»Ich werde Sie für eine Auszeichnung vorschlagen, Benz. Denn was Sie getan haben, das muss irgendeine Anerkennung finden.«

»Nicht nötig, Herr Hauptmann«, erwiderte Benz.

Der Hauptmann lächelte fein und fragte:

»Sagen Sie mal, Benz – was haben Sie sich überhaupt gedacht, als Sie Schimanek nachgesprungen sind?«

»Eigentlich gar nichts, Herr Hauptmann.«

»Sie harmonieren doch nicht sonderlich gut mit Schimanek, Benz. Ich muss also annehmen, dass Sie ein guter Mensch, aber kein guter Soldat sind.«

So war es also! Der Hauptmann hatte mit seiner Feststellung ins Schwarze getroffen. Benz wusste jetzt über sich Bescheid: ein guter Mensch, aber ein schlechter Soldat! Was ist in diesem Falle und in dieser Zeit besser? fragte sich Benz, und er kam zu dem Ergebnis, dass er sich über seine Menschlichkeit mehr freute als über die Uniform, die er trug.

Die Batterie kam nicht zum Schuss. Ihr Daseinszweck schien nur noch aus dem Sammeln von Russlandkilometern zu bestehen.

Der Feind zog sich ständig zurück und war nicht zu fassen; aber dafür wurden Befehle ausgegeben, die die Marschleistungen einforderten und Mensch und Tier in ständiger aufreibender Bewegung hielten. Wie lange sollte dieser sinnlos erscheinende Marsch noch dauern? Wo führte der Weg hin? Welcher Sinn steckte hinter diesem Verschleiß von Mensch und Tier?

Drei Tage dauerte der an der Beresina begonnene Marsch nach Osten. Man sah weder Spuren des Krieges noch deutsche Soldaten, und es schien vielen, als sei man allein in diesem Land, das menschenleer aussah und ohne Grenzen wirkte.

Die Pferde magerten schnell ab, da das Futter zur Neige ging und nirgendwo ein Depot, eine Bahnstation lag, an der man ein paar Waggons Hafersäcke oder Heu hätte ausladen können. Mit hängenden Köpfen und eingefallenen Wänsten standen die Pferde in den Marschpausen wie geduldige Opfer, deren Kräfte zu Ende gehen. Das Tränkwasser, das man unterwegs aus Sumpflachen holte, bewirkte bei den Tieren Durchfälle, die die Abmagerung und den Verfall der Kräfte noch mehr beschleunigten.

»Mei, was soll dös bloß werden«, murmelte Hirtz besorgt, als er sah, dass auch sein Rösserpaar zugmüde wurde und die Lendenknochen immer mehr hervortraten.

»Scheißkrieg«, schimpfte Berger, weil jetzt auch der zweite Gaul Satteldruck bekommen hatte; außerdem hinkte er auf der linken Vorderhand.

»Woher kriegen wir Ersatz, wenn noch mehr Pferde ausfallen?«, fragte Benz.

Hirtz zuckte nur die Schultern; er war in den letzten zwei Tagen sehr schweigsam geworden. Dachte er an daheim, wo sein Vater arbeitsunfähig und krank darniederlag, oder galt seine Sorge den Pferden? Hafer und Heu waren nun endgültig verbraucht. Man musste sehen, woher man Futter bekam.

Wieder wurde es Abend, als die Batterie über einen kahlen Hügel in ein winziges Dorf einzog und auf der kurzen Straße anhielt. Ein paar ängstliche Zivilisten, meistens alte Leute, schauten aus den Fensterlöchern. Zottige Hunde verbellten die Fremden.

»Los, Robert«, sagte Hirtz, »wir müssen Futter organisieren. Egal wie!«

Hirtz und Benz zogen also los und drangen in einen kleinen Hof ein. Es zeigte sich kein Mensch, aber dass jemand da war, verriet der brandige Geruch eines dünn rauchenden Schornsteinstummels.

Hirtz inspizierte die windschiefe Scheune und fand nur ein paar Arme voll Haferstroh. Benz schlich um das niedrige, aus Lehm und Feldsteinen gebaute Haus, versuchte durch eines der Fensterlöcher zu spähen und entdeckte drinnen, in einer finstern Stube, ein paar Gestalten.

Er klopfte ans Fenster und rief: »Kommt 'raus, wir tun euch nichts!«

Es dauerte eine Zeitlang, bevor sich die Tür öffnete und ein alter Mann mit schlohweißem Bart, bekleidet mit einer schlotterig sitzenden Leinenhose und einer Kittelbluse, heraustrat.

»Wir brauchen Futter«, sagte Benz.

Der Alte schüttelte treuherzig den Kopf; er verstand nicht.

»Futter! Futter«, sagte Benz eindringlich, rupfte eine Handvoll Gras, hielt es dem *Muschik* vor die Nase und bedeutete, dass das Futter für Pferde, für Panje, benötigt würde.

Allmählich begriff der Alte. Vollkommen verstand er aber, als Benz ihm zwei Zigaretten gab.

Er winkte Benz, und gerade als Hirtz mit einem zusammengeschnürten Bündel muffigen Haferstrohs aus der Scheune kam, zeigte der Bauer ins Dunkle – auf einen kegelartig aufgebauten Haufen und gab zu verstehen, dass dieses Futter besser sei, als das, was Hirtz gefunden hatte.

»Mensch, dös is ja Heu!«, jubelte Hirtz. »Dös reicht für den ganzen ersten Zug!«

Für zwei Zigaretten wurden sieben hungrige Pferde satt. Gierig fraßen sie das Heu, das ihnen vorgeworfen wurde. Auch die anderen Fahrer gingen organisieren und handelten für Zigaretten oder Krüllschnitt mehr oder weniger gutes Heu ein.

Die Sterne funkelten wieder, als die Batterie Rast hielt. Dass auch die Verpflegung nachließ, merkte man schon seit einigen Tagen. Es gab knochenhartes Brot, Büchsenkäse, Muckefuck, und die warmen Mahlzeiten bestanden ausschließlich aus dick verkochten Erbsensuppen, in denen kein Stückchen Fleisch schwamm.

Benz, Hirtz und Berger hockten auf den abgelegten Sätteln und aßen schweigend ihre Kochgeschirre leer.

»Wie lang san mer denn jetzt schon am Marschieren?«, murmelte Hirtz in Gedanken.

»Heut hab'n wir den vierten Juli«, erinnerte sich Berger, während er den Löffel sorgfältig ableckte und in die Tasche steckte.

»Angefangen hat der Krampf am 21. Juni«, rechnete Hirtz laut nach, »dann wären wir ja erst vierzehn Tag auf der Roas, Buam.«

»Ja, vierzehn Tag erst«, murmelte Berger. »Mir kommt es aber vor, als wären es schon Monate.«

Benz legte sich auf den Rücken und streckte die knochenlahmen Glieder. Die Arme unter dem Nacken verschränkt, schaute er zum flimmernden Sternenhimmel empor.

»Das Land hat uns aufgesogen«, sagte er wie im Selbstgespräch. »Wir marschieren ins Leere. Es gibt keinen Halt mehr, es gibt kein Zurück.«

Hirtz warf einen verwunderten Blick auf die liegende Gestalt und fragte:

»Hast jetzt eppa philosophiert, Robert?«

»Nur 'n bisschen nachgedacht, Xaver«, erwiderte Benz.

»Und je mehr man nachdenkt, um so stärker wird die Ahnung, dass wir in einen großen Sack marschieren, der plötzlich zugemacht werden kann.«

»Ja«, nickte Hirtz, »und dann steck' ma drin und kommen nimmer raus!«

Sie schwiegen. In weiter Ferne rumpelte etwas. Es hörte sich wie ein aufziehendes Gewitter an.

»Ob das die Front ist?«, ließ sich Berger vernehmen.

»'s is die Front«, sagte Hirtz. »Ganz weit vorn is Rabatz, da geht's um. Bloß bei uns is alles stad ... so unheimlich stad. Koa Lüfterl rührt sich, und die

Finsternis schmeckt nach Dorf.« Er ließ sich auf den Rücken sinken und murmelte mehr für sich. »Wenn i die Augen zumach und tief Luft hol, schmeckt die Luft wie bei uns daheim in Stephanskirchen … wie im Hochsommer …«

Er verstummte. Jeder dachte an daheim. Die Gedanken schlugen eine Brücke aus der öden Fremde ins Heimatland, wo man groß geworden war, in das Haus, in dem Geborgenheit war. Hier, in diesem unendlich erscheinenden Reich, kamen sie sich verloren wie Sandkörner vor. Und von Tag zu Tag vergrößerte sich die Entfernung nach hinten, von Tag zu Tag entstand eine Kluft, die sich ausbreitete und tief war – so tief, dass man sie nie mehr überwinden konnte.

»Du, Robert«, ließ sich der Rosenheimer noch einmal vernehmen, »du bist doch a Gebildeter. Kannst mir sagen, wo Russland zu End is?«

»Ungefähr 5000 Kilometer ostwärts ist es zu Ende, Xaver.«

Hirtz richtete sich langsam auf. »Maria und Josef«, stammelte er, »ist dös wahr?«

»Ja, Xaver. Von hier weg sind es gut 5000 Kilometer, von daheim weg sind es 6000.«

»Und so a großes Land wollen wir besiegen!«, Hirtz schüttelte fassungslos den Kopf. »Nia, sag i … nia!«

Auch Benz richtete sich auf. Er legte Hirtz die Hand auf die Schulter und rüttelte ihn sanft.

»Nur wenn ein Wunder geschieht, werden wir Russland besiegen, Xaver. Frag dich selber, ob's im Krieg Wunder gibt!«

»'s gibt koane«, murmelte Hirtz.

Sie horchten. Wo die Pferde standen, ertönte das Mahlen der kauenden Kiefer. Ab und zu stampfte ein Ross mit dem Huf. Irgendwo auf der kurzen, dunklen Straße ertönten Schritte, drang ein deutscher Laut herüber, und weitab, in der Ferne, in der Nähe der Sterne am Horizont, wummerte Geschützfeuer.

10

Weiter ging der Marsch. Der Staub wirbelte, die Räder mahlten den beschwerlichen Weg, die zuversichtlichen Gespräche verstummten allmählich. Die Gesichter wurden ernst, und man redete nicht mehr von einem Sieg in sechs bis acht Wochen.

Sie schienen allein in der hügeligen, von der heißen Sommersonne ausgedörrten Landschaft. Sie gehorchten einem Befehl, der die Hufe stampfen, die Lungen keuchen, die Räder mahlen ließ.

Am Batterieende hinkten und stolperten die maroden Pferde, die abgesattelt oder ausgespannt werden mussten. Spieß Dirks konnte sich einfach nicht dazu entschließen, dieser oder jener armen, abgemagerten, von schwärenden Fuß- oder Satteldruckwunden heimgesuchten Kreatur den Gnadenschuss zu geben.

Sein eigenes Ross hatte er heute hergeben müssen. Es hatte eine Hufschlagwunde am Vorderbein, die grässlich angeschwollen war und heftig eiterte. Mühsam, fast auf drei Beinen, schleppte sich das Tier eine Weile mit.

Dirks hatte einen anderen Gaul unter dem Sattel, ein kleines, struppiges Polenpferdchen; es biss und schlug bei jeder Gelegenheit, aber es war zäh und kräftig. Alle Augenblicke musste Dirks sich umschauen – zu seinem hinkenden Willi, den er schon in Frankreich geritten hatte. Immer weiter blieb der zierliche Braune zurück, und dann stand er da und blähte die verstaubten Nüstern, setzte zu einem Wiehern an, das wie ein Hilfeschrei an Dirks Ohren drang.

Da ritt Dirks zurück, zog die Pistole und zielte auf den weißen Fleck auf der Pferdestirn. Aber der Schuss fiel nicht, die Hand sank herab, und Dirks sprengte der Batterie nach. Sein Gesicht sah aus, als sei ihm ein lieber Verwandter gestorben.

»Ich kann's nicht«, sagte Dirks ehrlich zum Küchenbullen, »er hat mich derart angeschaut, dass mir ganz komisch zumute wurde.«

»Ja, ja«, nickte der Küchenunteroffizier, »die Gäule können einen anschaun wie Menschen.«

Zwei Tage später, während einer nächtlichen Rast am Ufer eines kleinen Baches, kam Willi angehoppelt und fand Hauptwachtmeister Dirks beim Tross wieder. Dirks traute seinen Augen nicht, aber es war tatsächlich Willi. Das Pferd wieherte und rieb den Kopf an Dirks Schulter. Weiß Gott, wie es Willi mit seiner schwärenden Wunde fertiggebracht hatte, den weiten Weg zu schaffen und zu seinen geplagten Artgenossen zurückzufinden.

Am übernächsten Tag erst erbarmte sich der Veterinär und gab Willi den Gnadenschuss, weil die Vorderhand unheilbar geworden war. An diesem Abend soff Hauptwachtmeister Dirks eine Flasche Dreisterne-Cognac aus, die er sich für die Siegesfeier in Moskau aufbewahrt hatte.

»Nach Moskau 350 km«, stand auf einem Wegschild, das Infanteristen in der Nähe von Orscha aufgestellt hatten. Ein anderer Wegweiser verkündete:

»Nach Köln 2150 km«, und ein dritter: »Nach Berlin 1450 km«.

Niemand lachte über den Einfall. Stummen Blickes zogen sie an dem Schild vorbei und dachten an jene Entfernungen, die man eines Tages wieder würde zurückgehen müssen – als Sieger oder als Besiegte? Niemand wusste es, und derjenige, der von trüben Ahnungen heimgesucht wurde, sprach sie nicht aus, sondern schwieg.

Das Land links und rechts des Weges war wieder fruchtbar geworden, die Dörfer mehrten sich, es gab wieder besseres Pferdefutter, aber in ihm war nicht die Kraft, die die schwer arbeitenden Tiere benötigten. Es fehlte an Hafer. Ein paarmal gelang es Hirtz, bei russischen Bauern einen oder auch nur einen halben Sack voll schwarzen Hafers zu erbetteln. Mit penibler Genauigkeit verteilte er die paar Handvoll Kraftfutter an die anderen Gespanne und achtete dabei auf jedes Korn, das herabfiel. Benz ertappte ihn sogar dabei, dass er seine Brotration an die Pferde verfütterte.

Weit auseinandergezogen quälte sich die Batterie über die Strecken, oft blieben Fahrzeuge zurück und erreichten die rastende Truppe erst, wenn die Marschpause fast zu Ende war.

Dass die vorausstürmende Infanterie und die Panzerverbände auf gegnerischen Widerstand stießen, konnte man aus fernem Geschützfeuer und Rauchwolken am Horizont schließen. Die Anzeichen, dass die zurückgedrängten Sowjets sich zur Gegenwehr stellten und den deutschen Vorstoß abzubremsen versuchten, mehrten sich von Tag zu Tag. Am Wegrand lag ausgebranntes Kriegsmaterial: sowjetische Lkws, feindliche Schützenpanzer. Stumm nahm die vorbeiziehende Artillerie zur Kenntnis, dass auch deutsche Panzerwracks in niedergewalzten Feldern standen. Tote lagen in der heißen Sonne, und der Wind trug jenen abscheulich süßlichen Geruch heran, der schon über Frankreichs Fluren geweht hatte.

Am Rande eines von seinen Bewohnern verlassenen Dorfes lagen acht erschossene Zivilisten im Feld. Sie lagen auf den Gesichtern, so als seien sie von der Straße weggejagt und im Davonlaufen niedergemacht worden.

»Russische Soldaten sind es«, erklärte Leutnant Herrberg. »Sie wurden in Zivilkleidem aufgegriffen und wegen Spionageverdacht erschossen.«

Niemand wollte mehr daran glauben, dass der Krieg in vier, in spätestens acht Wochen zu Ende sein würde, keiner sprach mehr davon. Das ferne Hämmern deutscher und russischer Maschinengewehre, das Bellen von Infanteriegeschützen und Panzerkanonen verkündete, dass der Kampf härter wurde und der Krieg mit Sowjetrussland sich in die Länge zog.

In einem Dorf ohne Namen kam plötzlich das Halt. Ein staubbedeckter Kradmelder erschien und überbrachte von vorn einen Befehl.

»Feuerstellung!«, hieß es dann.

Die müden Gesichter hellten sich auf, die Laune stieg plötzlich, die dumpfe Gleichgültigkeit wich spontaner Einsatzfreude. Endlich kam man zum Schuss! Das brachte doch Abwechslung in den Verein! Auf dem endlos scheinenden Marsch kam man sich nur als wandelnde Kriegsattrappe vor.

Plötzlich tauchte auch Schimanek auf. Er war magerer geworden und sah kränklich aus. Benz beobachtete, dass der Wachtmeister es vermied, ihn anzuschauen.

»Jetzt haben mer unseren Sportsfreund ja wieder bei uns«, sagte Hirtz und grinste. »'s wird net lange dauern, dann san mir wieder tatberichtverdächtig!«

Der Batterietrupp war bereits in Richtung auf den Wald zu verschwunden, durch den die schmale Straße zu zwei hintereinanderliegenden Dörfern führte. Aus dieser Richtung kam anhaltendes MG-Feuer.

Es hieß, in den beiden Dörfern werde von versprengten Rotarmisten Widerstand geleistet. Der Vormarsch war ins Stocken geraten. War die Front so nahe? Oder hatte sich zwischen Front und Vormarschstraße eine zweite Front gebildet?

Die Kanoniere fragten nicht danach. Sie waren froh, endlich wieder einmal die Ärmel hochkrempeln zu können.

Im Galopp fuhren die Geschütze in die Feuerstellung. Leutnant Bartsch stand bereits am Richtkreisgerät und winkte die Geschütze ein. Schimanek schrie wie eh und je und gebrauchte die gewohnten Ausdrücke.

»Vorwärts, ihr lahmen Enten! Tempo, ihr Pflaumen! Gebt den Zossen Saures!«

Auch er war wieder in seinem Element.

In Rekordzeit meldete Geschütz eins die Feuerbereitschaft, dann Geschütz zwo. Rasch hintereinander kamen die Meldungen auch vom zweiten Zug.

»Batterie – feuerbereit!«, gab Leutnant Bartsch nach vorn durch. »Bitte die Zielwerte.«

»Warten«, sagte die Stimme des Chefs.

Die Fahrer zogen in die Protzenstellungen und schirrten die schwitzenden Gäule ab. Das letzte vorhandene Futter wurde ihnen vorgeworfen. Wasser gab es nicht.

»Der Zauber wird nicht lange dauern«, verkündete Spieß Dirks. »Is bloß 'ne kleene Spritze, die wir dem Iwan geben.«

Benz schüttelte gerade die schweißnassen Satteldecken aus, als die Batterie schoss. Erschrocken warfen die Gäule die Köpfe hoch und schnaubten ängstlich.

Drei Salven feuerte die Batterie ab, dann wurde es still. Der Abend verbreitete bläuliches Licht, die Sterne begannen wieder zu strahlen. Hinter dem Wald kleckerte dann und wann Schützenfeuer. Auch dieses verstummte schließlich, und die Stille breitete sich wie eine Glocke über das Land.

Benz kaute auf einem Stück Brot herum. Hirtz machte sich an seinen Rössern zu schaffen und untersuchte den Zustand des Beschlags. Berger lag auf den Decken und schlief; er schnarchte bereits. Da tauchte plötzlich die baumlange Gestalt Hauptwachtmeister Dirks auf und kam auf Benz zu.

»He, Benzlein! Ick kann Ihnen eene freudige Mitteilung machen. Raten Se mal, wat für eene?«

»Keine Ahnung, Herr Hauptwachtmeister?«, sagte Benz. »Soll ich etwa auf Urlaub geschickt werden?«

»Nee, den Zahn müssen Se sich schon ziehen lassen, Benzlein.« Dirks lachte. »Aba Sie können, wenn Se wollen, wieder zum Geschütz zurück.«

Benz erschrak.

»Zum Geschütz zurück?«, stammelte er.

»Nu ja, Sie sind ja Richtkanonier, und Ihre Versetzung zu den Zossen war so wat wie 'ne kleene Abreibung. Sie verstehen mir schon, wa?«

»Hat der Chef das befohlen?«, fragte Benz, noch ganz benommen vor Überraschung.

»Nehmen Sie's an, Benz«, lachte Dirks. »Hängt vielleicht mit Ihrer Heldentat an der Beresina zusammen.«

Hirtz stand auf und kam heran:

»Na, Robert, freust dich jetzt?«

Die Frage klang traurig und neugierig zugleich.

Benz dachte nach. Er wusste plötzlich, dass er die innere Beziehung zu den Kameraden am Geschütz verloren hatte. Er spürte deutlich, dass er zu Hirtz und Berger gehörte, zu seinen beiden Rössern, auf denen er mehr als drei Wochen geritten war. Nein, eine Versetzung zum Geschütz kam nicht infrage. Er wollte bleiben, wo er hingestellt worden war und feste Wurzeln geschlagen hatte.

»Herr Hauptwachtmeister, ich möchte gern bei Hirtz und Berger bleiben. Ich bitte, das zu verstehen, Herr Hauptwachtmeister! Ich bin Fahrer geworden, ich möchte es jetzt auch bleiben.«

»Mensch, Benz – det hat doch der Chef so angeordnet«, drängte Dirks. »Machen Se keene Zicken! Packen Se Ihre Klamotten, und siedeln Se gleich um. Ick weeß doch, dass Sie mit Leib und Seele K 1 sind, Benz.«

»Ich bin es nicht mehr, Herr Hauptwachtmeister.«

Benz spürte, dass Hirtz nach ihm tastete, seine Hand erwischte, sie hart quetschte und damit bat, zu bleiben. Wortlos. Nur durch einen Händedruck.

»Ich melde mich zum Rapport beim Chef«, sagte Benz zu Dirks. »Ich will ihn ersuchen, dass er mich bei den Pferden lässt.«

Dirks trat heran. Sein scharf geschnittenes Gesicht schaute ernst und forschend unter dem Stahlhelmrand hervor.

»Benz, Sie bestehen also darauf, bei den Zossen zu bleiben?«

»Was ist dabei, Herr Hauptwachtmeister!«

»Es kann Ihnen passieren, dass Sie den ganzen Krieg lang Brackenschiss bleiben, Benz.«

»Jawohl, Herr Hauptwachtmeister!«

»Na schön«, brummte Dirks. »Ich werd es dem Chef melden. Wenn Sie bis morgen keine Rapportbestellung kriegen, bleibt alles beim Alten. Im anderen Falle, Benz – Befehl ist Befehl! Kapiert?«

»Kapiert, jawohl!«, bestätigte Benz.

Hauptwachtmeister Dirks drehte sich um, klatschte Toni auf die Kruppe und ging davon.

In diesem Augenblick wummerten wieder zwei Salven. Der Luftstoß drang bis hierher, und die Gäule schnaubten erschrocken.

»Robert«, sagte Hirtz, »'s is prima, dass du bei uns bleibst! Darauf trinken wir jetzt einen Enzian.«

»Ja, hast du denn noch welchen?«, staunte Benz.

»Für alle Fälle, woaßt … in meiner privaten Hausapothek!« Hirtz lachte dröhnend und begann, in der Satteltasche zu wühlen, bis er ein kleines, bauchiges Fläschchen herausholte. Es war Reichenhaller Enzianschnaps. Es befand sich noch ein guter Rest in der Flasche. Hirtz versetzte dem schlafenden Berger einen sanften Fußtritt.

»Los, Seppei – aufstehn!«

Berger hatte trotz des Geschützfeuers geschlafen und fuhr hoch.

»Was is'n los?«, fragte er erschrocken. »Geht's scho wieder weiter?«

Hirtz hielt ihm die Enzianflasche unter die Nase. »Riech amal und sag mir, was das ist!«

Berger schnupperte und wurde plötzlich wach.

»Mensch – Enzian!«

»Genau«, lachte Hirtz und schwenkte die Flasche. »Den machen wir jetzt alle.«

»Wegen was denn? Hast etwa Geburtstag?«, fragte Berger.

»Naa, aber der Robert bleibt bei uns als Fahrer.« Hirtz reichte Benz die Flasche. »Da, trink, Robert! Auf dass wir zusammenbleiben bis zum guten End!«

»Prost darauf, Xaver«, erwiderte Benz.

Er trank und reichte den Schnaps an Hirtz weiter. Alle drei tranken, und es war, als vollzöge sich ein Treueid, den keiner aussprach, aber innerlich schwor.

In der Geschützstellung blieb alles still. Die Nacht roch nach Pulverrauch und Kiefernnadeln. Hirtz und Benz saßen noch lange beisammen und erzählten sich aus ihrem Leben.

Die gesamte 2. Abteilung war in Stellung gegangen und bepflasterte mit Salven- und später mit Einzelfeuer Ziele, die hinter dem Waldstück lagen.

Die erste Kampfnacht ging zu Ende, der nächste Tag brach an, und noch immer blieben die Geschütze in Feuerbereitschaft. Den Pferden bekam die Marschunterbrechung gut; sie erholten sich sichtlich von den Strapazen. Das Wasser wurde von weither geholt, und da das Land grün und fruchtbar war, zogen die Fahrer mit kurzen Sensen, die sie sich aus den winzigen Bauernhöfen holten, aus, um Gras zu mähen und Futter für die Rösser zu sammeln.

Beim Tross wurde die Feldschmiede aufgestellt. Lustig tönte das »Kling-klang« am Amboss. Die Fahrer ließen ihre Pferde beschlagen oder brachten sie zum Veterinär, um Hufverletzungen oder verharschende Satteldruckwunden behandeln zu lassen.

Noch eine Nacht ging vorüber, ohne dass die Batterie feuerte. Im frühen Morgengrauen kam dann der Befehl zum Packen und Abrücken.

»Erste Batteriie ... marsch!«

Sie zogen durch den Wald in freies Land hinaus, den Dörfern zu, über denen rauchiger Dunst hing. Sanka mit Verwundeten holperten heran und fuhren langsam vorbei. Staubbedeckte Infanteristen saßen im Straßengraben und riefen herüber, dass der Weg nach Smolensk wieder frei sei und der Iwan sich zurückgezogen habe.

Das Dorf, durch das man zog, war niedergebrannt. Nur da und dort stand noch ein kleiner Hof. Die Bevölkerung war verschwunden, an den Straßenrändern lagen Tote. Im Straßengraben hing ein deutsches Panzerabwehrgeschütz mit verbogenem Rohr und zerstörter Lafette. Ein Holm ragte krumm in den Himmel. Ein verbeulter deutscher Stahlhelm auf einem Birkenkreuz verkündete, dass die Geschützbedienung gefallen war.

Die Hufe stampften den Boden, und die Eisenräder mahlten weiter. Das nächste Dorf kam näher. Die Häuser lagen in Schutt und Asche, brandiger Geruch wehte in die Nasen. Rechts unter einem Baum, dessen Krone von einer Granate zerzaust war, stand ein halbes Dutzend Zivilisten. Ihre Gesichter verrieten Todesangst. Ein Rudel Infanteristen umringte die angstvollen Gestalten mit schussbereiten Karabinern. Ein paar waren barhäuptig, man sah, dass ihre Haare geschoren waren.

Russische Soldaten? Es schien so. Sie wurden angeschrien, hoben die Arme und stolperten in das Haus, gefolgt von den Infanteristen. Krachten da nicht Schüsse? Schrien nicht Menschen? Niemand wagte es, sich umzuschauen, manche hätten sich gern die Ohren zugehalten.

Die Sonne schien heiß und überschüttete das Land mit grellem Licht. Gewunden, endlos, hügelauf, hügelab, durch verlassene Dörfer, vorbei an zerschossenen Kirchen, an frischen Gräbern und scheuen Menschen führte der Weg.

Dann sahen sie mit einem Male das schimmernde Band des Flusses. Sie hatten den Dnjepr erreicht.

»Wir marschieren nach Smolensk«, sagte jemand, und das musste auch stimmen.

»Von Smolensk nach Moskau sind's nur noch 300 Kilometer«, verriet mit lachender Miene ein verwundeter Panzermann. »Jungs, beeilt euch, dass ihr weiterkommt! Wir brauchen schwere Artillerie! Der Iwan mausert sich und haut ganz schön zurück!«

Einige Pioniere, die eine Dnjeprbrücke bewachten, erzählten, dass am Vortag russische Bomber dagewesen wären und Bomben geworfen hätten.

»Der Iwan setzt sich immer stärker zur Wehr«, war auch ihre Meinung.

Die Batterie setzte über den Dnjepr. Und wieder lag ein breites Wasser zwischen Truppe und Heimat – ein Hindernis, wenn es heimgehen sollte, eine tiefe Schlucht, eine Trennwand.

Benz fragte sich, wie viele an diesem Wasser sterben würden, wenn man zurückgeschlagen würde. Angesichts des flimmernden, mit flachen Ufern eingesäumten Wassers überkam Benz die Ahnung, dass dieser Fluss zum Schicksal werden könnte, zu einem Massengrab. Etwas wie Angst stieg in ihm empor, als sie den Fluss überquert hatten, weil er ein neues Trennstück zwischen vorwärts und zurück, zwischen der Armee und der fernen Heimat war.

Warum rief niemand Halt? Warum marschierte alles weiter? Vertraute man so sehr auf die eigene Stärke? War man so siegesgewiss, dass man einen zurückweichenden Gegner einholen und vernichten wollte?

Benz musste an Napoleon denken, an die französische Grande Armée. Auch der Franzosenkaiser hatte sich tief ins Land locken lassen und dabei an den Sieg geglaubt. Doch es hatte in einer großen Niederlage geendet, dem Untergang einer ganzen Armee, einem Massensterben in Russlands eisigen Weiten …

Wenn Benz die Augen schloss und das Stampfen und Keuchen der Rösser, das dumpfe Mahlen der Räder, das Klirren des Stahls hörte, die Rufe der Fahrer, die Flüche, dann wollte es ihm vorkommen, als zöge die Truppe dem gleichen Schicksal entgegen, das einst Napoleons Soldaten erleiden mussten.

»Xaver«, sagte Benz zu seinem Freund, »je weiter wir marschieren, desto sicherer muss es sein, dass wir die Russen schlagen.«

»Ja«, nickte der Rosenheimer, »dös müssen wir, sonst wird's zappenduster für uns, und die Lichter gehen alle aus.«

Man musste siegen, um nicht auf der Strecke zu bleiben, und die Chancen standen gut für die deutschen Armeen. Immer tiefer drangen sie in Russland ein, Stadt um Stadt fiel, heiß umkämpft oder kampflos. Das Kriegsglück schien sich der deutschen Wehrmacht zuzuneigen.

Und setzt ihr nicht das Leben ein …, summte Benz ein wenig besorgt vor sich hin und dachte dabei: Wir müssen es schaffen, sonst kommen sie über uns … alle, die jetzt geschlagen am Straßenrand in die Gefangenschaft schleichen, alle, die uns mit angstvollen Augen verfolgen. Alle, alle! Es gibt kein Zurück mehr, wir sind drin im Sack!

Die Abteilung zog gegen Smolensk. Befehle trafen ein, das Marschtempo zu beschleunigen. Auf der Rollbahn rollte der Nachschub, dröhnten schwere Zugmaschinen, zwängten sich Sanka mit Verwundeten. In der Luft brummten Ju 52, oder eine Staffel Stuka flog zum Einsatz an die Front. Auf allen Straßen und Wegen Russlands kroch der feldgraue Heerwurm ostwärts und suchte den Feind in der Erwartung, dass er sich zur Schlacht stelle.

In einer kleinen Ortschaft rechts der Rollbahn hielt die Batterie und blieb einige Stunden stehen. Einsatz? Brauchte man schwere Artillerie, um irgendwo weit vorn Widerstand zu zerschlagen?

Der Abteilungschef tauchte auf, die Batterieführer wurden zusammengerufen. Plötzlich preschten auch

Kübelwagen heran, in denen Offiziere anderer Artillerieeinheiten saßen.

»Was mag denn da wieder los sein?«, fragten sich die wartenden Kanoniere.

»Vorn wird's brandeln«, sagte jemand. »Sie brauchen uns jetzt.«

Die Gäule standen mit hängenden Köpfen in den Geschirren, die Sonne brannte aus einem wolkenlosen Himmel. Im Schatten der Häuser hockten die Kanoniere und rätselten, worum es wohl drüben in dem russischen Gehöft ging und was dort besprochen wurde.

Jetzt kamen die Offiziere heraus. Die Kübelwagen surrten davon. Wenige Minuten später wusste man, was anlag und weswegen man warten musste. Die Geschütze mussten eiligst Richtung Smolensk. Zugmaschinen sollten kommen, um die Haubitzen auf der Rollbahn zum Einsatzort zu bringen.

»Kanoniere und Batterietrupp fahren voraus«, hieß es. »Pferde und Fahrer kommen nach. Hauptwachtmeister Dirks übernimmt Restbatterie.«

Aufregung! Durcheinander! Freudige Erregung! Meinungen!

Und noch während die nötigen Vorbereitungen getroffen wurden, um die Lafetten und Rohrwagen für den Transport mit Zugmaschinen fertig zu machen, brummten die schweren Zugmaschinen, von der Rollbahn kommend, heran.

»Menschenskinder, wenn die mit ihrem Affenzahn abhaun, gehn die Spritzen zum Teufel!«

Leutnant Herrberg gab das zu bedenken, als die nur für den Pferdezug bestimmten Lafetten und

Rohrwagenfahrzeuge an die Zugmaschinen gehängt wurden. Aber Befehl war Befehl. An der Front wurde schwere Artillerie gebraucht, gleich, auf welche Weise sie herangeführt wurde.

Die Umspannung vollzog sich mit viel Geschrei und Gefluche. Artilleristen der motorisierten Einheit waren zur Unterstützung mitgekommen und wiesen die Kameraden von der Bespannten ein, wie man Lafetten und Rohrwagen an die Zugmaschinen zu koppeln hatte. Die Kanoniere holten ihr Marschgepäck und kletterten auf die Zugmaschinen. Geschützführer instruierten noch einmal die zurückbleibenden Fahrer. Auch Wachtmeister Schimanek kletterte auf die Zugmaschine. Der Batterietrupp war schon verschwunden.

»Macht's gut, Kameraden!«, riefen die Kanoniere von den mit bequemen Sitzplätzen ausgestatteten motorisierten Fahrzeugen herunter und winkten strahlend.

»Kommt gut rüber, Kumpels!«, riefen die Fahrer hinauf.

Der Abschied war heiter, die Kanoniere fühlten sich wohl auf ihren luftigen Plätzen. Selbstsicher nickten die Mot-Fahrer und kündigten eine flotte Fahrt an.

Und dann setzte sich der graue Spuk in Bewegung. Die schweren Motoren brüllten auf, die Raupenketten begannen zu mahlen. Schwerfällig hoppelten die für einen solchen Transport vollkommen ungeeigneten Lafetten und Rohrwagen hinter den dröhnenden Riesenkästen her und klirrten auf die Rollbahn.

Was dann kam, blieb jedem in Erinnerung, der an dieser Fahrt auf der Rollbahn nach Smolensk teilnahm. Nur eine kurze Zeit dauerte das freudige Gefühl an, gefahren zu werden und schnell weiterzukommen, nur ein paar Kilometer weit sangen die Kanoniere auf den Zugmaschinen, dann passierte das Vorhersehbare und Unvermeidliche: Der Knall, mit dem die erste Achsfeder einer wie verrückt hinter einer Zugmaschine hin und her schwankenden Lafette brach, übertönte sogar das Dröhnen des Dieselmotors.

»Haaaalt!«, brüllten die Kanoniere, und der Fahrer trat auf Kupplung und Bremse.

»Was 'n los?«

»Guck selber, du Dussel!«

Die Lafette des dritten Geschützes stand schief auf der Straße. Fluchend umstanden Kanoniere und Geschützführer das havarierte Gefährt. Was sollte man mit einer Lafette anfangen, deren Achsenfederung im Eimer war?

»Weiterfahren!«, lautete der Befehl.

Also fuhren sie weiter. Und es brachen noch weitere Achsfederungen und Achsen, ehe sie zwanzig Kilometer vor Smolensk ankamen, es gingen noch weitere Radlager zum Teufel. Zielaufsätze brachen, Geschützrohre hingen schief, Bolzen flogen davon, Nieten platzten.

Nur zwei Geschütze der 1. Batterie erreichten in einigermaßen intaktem Zustand das Ziel. Die 2. Batterie, die gleichfalls motorisiert zum Einsatz gebracht wurde, meldete nur ein Geschütz feuerbereit, die 3. Batterie hatte etwas mehr Glück, weil die Fahrer vorsichtiger fuhren, und meldete drei Haubitzen als einsatzfähig.

»Junge, Junge – det hat sich jelohnt«, bemerkte einer der Kanoniere, »der Schirrmeister kriegt jede Menge Arbeit!«

Trotz allem eröffnete die Abteilung das Feuer auf die andere Dnjeprseite und deckte den Feind mit Feuerschlägen ein.

11

Frei von der Last schwerer Geschütze und Fahrzeuge trabten die Rösser und der Tross unter dem Kommando Hauptwachtmeister Dirks in Richtung Smolensk. Die Stimmung war gut, da und dort wurde gelacht, ertönte rauer Gesang. Der Spieß sorgte schon dafür, dass aus Eile gute Weile wurde. Er ritt mal zu diesem und jenem und unterhielt sich mit ihm, mal zur Küche und hieß den Küchenbullen, ja nicht zu knausern und etwas in den Topf zu tun. In einem Dorf, dessen Bewohner mehr neugierig als ängstlich den Einzug der Reiter beäugten, schlug Dirks vor, Leuten und Rössern einen Tag Pause zu gönnen und die Rast mit einem Festessen zu verschönen.
Hauptwachtmeister Dirks kam deshalb auf diese Idee, weil er auf einer Koppel mehrere Panjegäule weiden sah, zwischen denen zahlreiche schwarzgefleckte, spitzköpfige und nicht allzu magere Schweine herumliefen.

Der Schreibstuben-Obergefreite Hopf und der Küchenbulle Endres zogen also mit gewetzten Messern los, suchten den *Muschik* auf, verhandelten eine Weile mit ihm, und eine halbe Stunde später hing eines der Rüsseltiere an einer Leiter.

»Heute Abend gibt es für alle Metzelsuppe und Wellfleisch!«, verkündete Dirks den Männern der Rest-Batterie.

Das Hallo war groß, und jeder freute sich auf den Abend. Hopf und Endres waren gerade dabei, große Stücke Schweinefleisch in den Kessel zu geben, als der Kübelwagen des Veterinärs aus einer Staubwolke am Horizont auftauchte und mit Geratter vor dem kleinen Heerlager hielt.

»Na, was gibt's Neues?«, begrüßten sich Spieß und Tierarzt.

»Metzelsuppe und Wellfleisch gibt's heute Abend«, lachte Dirks vergnügt und lud den Veterinär zum Essen ein.

Der aber runzelte bedenklich die Stirn und fragte, wo das Schwein sei.

»Wo soll es sein? Im Kessel natürlich«, erwiderte Dirks.

»Ihr seid wohl wahnsinnig«, sagte der Veterinär. »Ihr wollt euch wohl partout mit Trichinen verseuchen!« Und er hielt Spieß Dirks einen ausführlichen Vortrag über die Auswirkungen des Genusses trichinenverseuchten Schweinefleisches.

Hauptwachtmeister Dirks verriet sehr deutlich, dass ihm der Appetit auf Metzelsuppe und Wellfleisch vergangen war.

»Wenn das so ist«, sagte er erschrocken, »dann darf natürlich keiner das Fleisch essen.«

Küchen- und Schreibstubenbullen schnitten saure Mienen, als ihnen die Einstellung des Kochvorganges befohlen wurde, und der Obergefreite Endres behauptete mit größter Sicherheit, dass er an die Gesundheit des Schweines glaube. Die ganze Rest-Batterie umringte das Gespräch an der Feldküche, bis plötzlich Hirtz dem Veterinär zurief:

»Ja Kruzifix, dann schaugen S' doch amal nach, ob man dös Viech net doch no fressen kann, Herr Vetrenäääär!«

»Habt ihr die Schweineohren mitgekocht?«, fragte der Veterinär den Küchenbullen.

»Nee«, antwortete Endres, »die haben wir weggeschmissen.«

Man suchte die Schweineohren, die noch am Kopf geblieben sein sollten, und erst nach längerer Suche entdeckte man, dass sich zwei Hunde darüber hergemacht hatten. Die Hunde sträubten sich heftig, die Beute herzugeben, aber schließlich bekam der Veterinär doch den Schweinekopf und untersuchte mit penibler Sorgfalt die Ohren auf Trichinen.

Das Schwein erwies sich als trichinenfrei, das Abendessen war gerettet. Es schmeckte allen, und auch der Veterinär aß Metzelsuppe und Wellfleisch. Nur Hauptwachtmeister Dirks verzichtete darauf und begnügte sich mit einem Kanten Kommissbrot und Tubenkäse, zu denen er als Würze drei rohe Zwiebeln verspeiste.

Die ausgiebige Rast tat Mensch und Tier wohl. Man genoss den Abend und setzte sich zusammen. Die Dorfbewohner kamen nach und nach heran und versuchten durch Gesten eine Verständigung herbeizuführen. Lachen und Heiterkeit belebten den Abend, und beim Ziehbrunnen standen ein paar Trossfahrer, die Kontakt mit den drallen Mädchen suchten. Irgendwer spielte Mundharmonika, und dann wurde gesungen.

Der Krieg war für kurze Zeit vergessen, die Menschen rückten näher zusammen, Freund und Feind suchten eine Verständigung, und niemand dachte daran, dem anderen ein Leid zuzufügen.

Hirtz und Benz fühlten sich gleichermaßen wohl und saßen vor der Scheune, in der die Gäule satt und müde standen und von den Strapazen ausruhten. Der schwere Wallach Alf hatte sich sogar hingelegt, was Hirtz als ein sicheres Zeichen dafür schien, dass er vollkommen erschöpft war.

»Die Viecher brauchen halt a Kraftfutter«, erklärte Hirtz. »Mit Heu allein bleiben sie net stark. Hafer brauchen wir, Robert. Was meinst – ob wir wohl irgendwo a paar Säck guten Hafer organisieren können?«

»In diesem Dorf nicht«, sagte Benz. »Hier ist schon alles abgegrast worden. Aber möglich, dass noch irgendwo außerhalb ein Bauer Hafer hat.«

»Wollen wir amal nachschauen?«, schlug Hirtz vor. »Heut hätten wir Zeit dazu.«

»Fragen wir den Spieß«, sagte Benz.

Der Hauptwachtmeister war gerade dabei, mit dem Veterinär eine Flasche Kartoffelschnaps zu leeren. Die Schreibstubenbesatzung bekam auch etwas ab; man saß vor dem Haus des Starosten und sang bereits mit viel Gefühl: *Heimat, deine Sterne …*

Benz wartete, bis der Gesang zu Ende war, dem ein paar Dorfbewohner Beifall spendeten, dann baute sich Benz vor Dirks auf und ging ihn um die Erlaubnis an, mit Hirtz auf Hafersuche gehen zu dürfen.

»Möglicherweise kriegen wir welchen«, sagte Benz. »Auf den Feldern ist Hafer angepflanzt.«

»Schwirrt ab«, sagte Dirks, »und kommt bloß nicht ohne zurück! Wenn ihr hundert Sack Hafer herschafft, schlag ich euch fürs Kriegsverdienstkreuz vor. Übrigens, Benz: Rapport fällt flach. Der Chef ist einverstanden, dass Sie bei den Zossen bleiben.«

»Danke«, sagte Benz.

»Vergesst bloß nicht, euere Knarren mitzunehmen!«, riet Stallmeister Unteroffizier Brechtmann lallend.

»Herr Hauptwachtmeister«, sagte Hirtz, »dürfen wir uns zwoa leichte Reitpferdln vom Tross nehma?«

»Genehmigt«, antwortete der Spieß und wandte sich an die fröhliche Tischrunde. »So, meine lieben Vereins- und Sportbrüder, und jetzt singen wir det schöne Lied vom Sanitätsjefreiten Neumann! Drei … vier!«

»Es lebe hoch, es lebe hoch …« sangen sie, und am lautesten sang Dirks.

Hirtz und Benz gingen zur Unterkunft zurück. Berger sollte als Pferdewache zurückbleiben und war einverstanden. Die beiden schulterten die Karabiner, suchten den Tross auf, der um ein flackerndes Lagerfeuer saß, erbaten zwei leichte Reitpferde, sattelten sie und saßen auf.

»Gehn ma«, sagte Hirtz und schnalzte mit der Zunge. »Vorwärts, du Goaßbock!«

Sie ritten im schlanken Trab zum Dorf hinaus. Die Nacht war hell und warm, in den Feldern sangen die Grillen, der Mond hing als halbe Scheibe im Meer der Sterne. Seit Wochen schon hielt das hochsommerliche Wetter an. Die nächtlichen Fluren atmeten Wärme aus, den Geruch des Korns. Der Weg, den die beiden Reiter einschlugen, führte zwischen den Feldern hindurch.

Es war nicht ganz gefahrlos, was Benz und Hirtz unternahmen. Versprengte Rotarmisten trieben sich in der Gegend umher und wichen der Gefangennahme aus; später sollten sie jene Partisanenverbände organisieren, die entscheidend dazu beitrugen, dass alles anders kam, als man es sich im Hauptquartier am grünen Tisch ausgerechnet hatte.

Hirtz hatte eine Menge alter Frontzeitungen in die eine Satteltasche und zwei Päckchen Krüllschnitt sowie einen alten Wecker in die andere gepackt – als Tauschobjekte.

»Die Leut san arm«, sagte er, »ich möcht ihnen nix wegnehma.«

Benz hatte auf der Karte ein Dorf ausgemacht, das abseits lag und wahrscheinlich noch nicht von organisierenden Fahrern und hamsternden Landsern heimgesucht worden war. Es lag etwa vier Kilometer von der Vormarschstraße entfernt. Dort wollte er mit Hirtz sein Glück versuchen; es musste ihnen gelingen, den für die Rösser so bitter notwendigen Hafer zu beschaffen.

Die beiden Reitpferde gingen leicht, das Traben war eine Freude.

»Gell, dös is scho ganz was anders!«, rief Hirtz. »'s reinste Kirchweihvergnügen ist's!«

Der Weg senkte sich. Plötzlich sahen sie das Dorf in einer Mulde liegen, umgeben von hohen Bäumen und den Feldern, die fahl im Mondlicht schimmerten.

Die Pferde fielen in Schritt. Im Näherkommen sahen Hirtz und Benz ein paar armselige, strohgedeckte Katen und alte Schuppen. Kein Mensch zeigte sich, kein Lichtschein blinzelte aus den kleinen Fenstern dieser dürftigen Anwesen. Langsam ritten die beiden an das erste Gehöft heran, vor dem sich ein Ziehbrunnen befand. Ein Eimer mit Wasser stand auf seinem gemauerten Rand.

Hirtz und Benz saßen ab und wollten die Pferde tränken, aber sie waren nicht durstig und schnaubten und schlabberten bloß im Eimer.

»Alles schläft scho«, sagte Hirtz und blickte prüfend um sich. »Oder moanst, dass sie spitzen?«

Benz hatte das Gefühl, von irgendwoher beobachtet zu werden – aus den finsteren Fensterlöchern heraus oder von einer Dachluke herab. Ihm war nicht besonders wohl zumute, und er dachte an Kriegsgräuel. Herumirrende Feinde waren nicht besonders human, wenn man mit ihnen zusammentraf oder sich von ihnen überraschen ließ.

»Los«, sagte Benz entschlossen, »machen wir Krach, holen wir die Leute aus ihren Löchern.«

Er ging mit dem Karabiner in der Hand zu einem der Fenster und schaute in die Stube hinein. Sie war stockfinster. Nichts rührte sich. Und dennoch – das spürte er ganz deutlich – waren Menschen da. Ängstliche Menschen!

Hirtz pochte jetzt gegen die Haustür.

»Hö! Hallo! Kommt 'raus, Leutln! 's tut euch scho koaner was! Wir sind deutsche Soldaten!«, rief er in komisch klingendem Hochdeutsch.

Jetzt vernahm Benz durch das Fenster Geräusche und leise Stimmen. Schritte ertönten drinnen. Dann ging knarrend die morsche Haustür auf. Eine große Gestalt tauchte auf – ein älterer Bauer in Hemd und Hose, einen Strick um den Hosenbund geknotet.

Der Mann sagte etwas auf Russisch; es konnte ein scheuer Gruß gewesen sein, ein ängstliches »Willkommen«.

»Jetzt müsst ma Russisch könna«, seufzte Hirtz. »Wie solln wir ihm sagen, dass wir Hafer wollen?«

»Hast du Hafer für Pferd?«, fragte Benz den Bauern. »Für Pferd Fressen!« Er deutete erst auf die Pferde und schmatzte dann, um verständlich zu machen, was man wollte. Benz kam sich reichlich albern vor mit seinen Taubstummengebärden.

Der Bauer musterte die beiden Landser sehr eingehend; hinter ihm bewegten sich noch ein paar Gestalten und flüsterten miteinander.

Plötzlich sagte der Bauer: »Futter für Pferd?«

»Mensch, der versteht uns«, lachte Hirtz. Und fragte: »Du redest deutsch?«

»Ja, ja«, antwortete der Bauer, »bisschen. Ich Iwan Matwojow. Ich arm. Groß Familie und zwei kleine Kind.«

»Wir tun euch nichts«, sagte Benz. »Wir sind im Dorf dort drüben.« Er deutete in die Richtung. »Brauchen Hafer für die Pferde. Wir bezahlen. Verstehst du?«

Der Bauer murmelte »Da, da« und ging zu den Pferden, besah sie sich von vorn und hinten, streichelte ihnen übers Fell und wandte sich an die beiden Landser:

»Schöne Pferd.« Er sagte es wohlgefällig, wie ein Pferdekenner. »Serr schöne Pferd.«

Indessen wagten sich die anderen Bewohner des Hofes aus der Haustür. Es waren zwei Frauen, eine davon noch jung; die andere schien deren Mutter zu sein. Scheu und misstrauisch kamen sie heran und fragten leise den Mann; er antwortete ihnen kurz.

»Wo hast du Deutsch gelernt?«, erkundigte sich Benz interessiert und war sicher, dass man Hafer bekommen würde.

Der Alte sagte, er sei in seiner Jugend acht Jahre auf einem baltischen Gut als Pferdeknecht gewesen. Er habe schon besser Deutsch gesprochen als jetzt.

»Ich viel vergessen«, sagte er. Er wandte sich noch einmal an die Frauen und berichtete ihnen wohl, worum es ging.

Die Frauen nickten. Xaver Hirtz hatte bereits die Frontzeitungen, den Krüllschnitt und den alten Wecker ausgepackt. Er reichte die Tauschartikel dem Bauern.

»Mehra haben mer net«, sagte er, verdeutschte dann noch einmal: »Nix haben wir! *Ponjemaju*?«

»Versteh«, sagte der Bauer und nahm den Packen Zeitungspapier, die zwei Päckchen Krüllschnitt, öffnete eines, roch hinein. Den Wecker schüttelte er ein paarmal, horchte und murmelte dann zufrieden: »Gutt, gutt!«

»Hast du Hafer?«, fragte Benz noch einmal.

»Da, da«, sagte der Bauer. Er drehte sich bereits eine Zigarette aus Krüllschnitt in das Zeitungspapier.

Benz gab ihm Feuer. »Wie viel Hafer gibst du uns?«

Der Bauer nahm erst ein paar tiefe Lungenzüge, stieß den Rauch mit Genuss durch die Zähne, und dann radebrechte er:

»Nicht viel haben, aber was da, könnt ihr nehmen.« Er winkte mit dem Kopf und ging auf einen der Schuppen zu.

Hirtz nestelte die Taschenlampe vom Blusenknopf, knipste sie an und leuchtete in den scheunenartigen Schuppen hinein.

»Mi leckst!«, entschlüpfte es ihm.

Im Schuppen, auf einem erhöht liegenden Boden, lag ein Berg Hafer. Es war zwar schwarzer, aber es war Hafer! Hafer, der für die Rösser so dringend gebraucht wurde.

»Robert«, sagte Hirtz aufgeregt, »den muss er uns geben. Koa Körndl lassen mir da!«

Benz meinte, dass Towaritsch Matwojow, da er so viel Hafervorrat besaß, auch Pferde und einen Wagen haben müsste.

Diese Frage beantwortet der Bauer merklich zögernd. Ja, gab er schließlich zu, er habe zwei Pferde und einen Wagen.

»Gut«, sagte Benz, »dann bringst du den Hafer zu uns ins Dorf. Du wirst dafür gut bezahlt. Ich werde dafür sorgen, dass du noch mehr Tabak und Rauchpapier bekommst.«

»Kriagst, was wir haben«, steigerte Hirtz, der mit der Taschenlampe herumleuchtete und den Hafer wie Sand durch die Hände rinnen ließ. »Mei, guter Hafer ist's, Robert! Wir kriegen noch 's Kriegsverdienstkreuz, sag i!« Er lachte froh.

Der Bauer musste wohl spüren, wie erfreut die beiden Deutschen waren und wie dringend sie seinen Hafer brauchten.

»Alles nehmen«, sagte er. »Ich fahren mit Pferd und Wagen nach Julitschkow.«

Julitschkow hieß also das Dorf, in dem die Rest-Batterie Rast hielt.

Es ging bereits auf Mitternacht zu, als der Bauer und die beiden Frauen den Hafer in geflickte Jute- und auch in Zementsäcke füllten. Dann holte Matwojow einen Wagen aus dem Hofwinkel. Gemeinsam wurde er beladen.

Die Frau des Bauern hatte mit ihrem Mann ein paar Bemerkungen getauscht und verschwand plötzlich. Sie schien sich wohl sehr über den alten Wecker gefreut zu haben und tischte jetzt in der Stube einen Imbiss für die Feinde ihres Landes auf.

»Mensch«, sagte Hirtz, als sie Platz nahmen, während das Mädchen auf die Weide ging, um die beiden kleinen, aber kräftigen Pferde zu holen, »Mensch, da haben mir aber Glück gehabt. Dös is mei schönstes Erlebnis in Russland, und dös werd i aa hoamschreiben.«

Von der Balkendecke herab hingen Zwiebelzöpfe, ein Ofen aus Lehm, auf dem man im Winter schlafen konnte, ragte weit in die dürftig ausgestattete, aber saubere Stube. Der Tisch war mit einer Decke geschmückt. Hölzerne Teller und Bestecke aus Aluminium lagen bereit, ein irdener Topf mit Sauermilch war aufgetischt. In der Stube roch es nach brutzelnden Eiern.

Der Bauer nickte den Soldaten zu. Er hatte ein ledernes Gesicht, aus dem ein Paar himmelblaue Augen schauten. Das graue Haar hing ihm in Fransen in die Stirn. Iwan Matwojow lächelte, und er verkörperte mit diesem Lächeln den guten Menschen Russlands, den Gastgeber, den Freund und Helfer.

Matwojows Frau war hager und klein, ihre Hände, die den unerwarteten Gästen gebratene Eier aus der schwarzen Pfanne servierten, waren abgearbeitet. Sie lächelte scheu und nickte den Soldaten aufmunternd zu.

»Essen«, grinste Matwojow. »Viel essen. Gutt, gutt!«

Und er setzte sich auf die Bank vor dem Lehmofen und drehte sich noch eine Zigarette aus Zeitungspapier und Krüllschnitt.

Hirtz und Benz fielen hungrig über die Spiegeleier her, aßen schwarzes Brot und tranken saure Milch.

Nach einiger Zeit kam das Mädchen herein. Sie war keine Schönheit, hatte ein rundes Gesicht und blassblaue Augen, die scheu und neugierig die beiden Landser musterten.

»Dein Dirndl?«, fragte Hirtz den Bauern, und als der verständnislos guckte, setzte er hinzu: »Tochter von dir?«

»Ja, ja«, nickte Matwojow. »Tanja, mein Tochter!«

Er sah stolz auf sie und sagte etwas, worauf Tanja die Stirn runzelte, aber dann gab sie eine zustimmende Erwiderung und ging hinaus.

»Nur bis Julitschkow fahren mit Pferd«, sagte der Bauer. »Nix weiter! Du können?«

Er sah Benz an und hob die drei Schwurfinger.

Benz verstand. Er nickte. Der Bauer nickte ebenfalls, ging in den Stubenwinkel, nahm eine Jacke und zog sie an. Dann griff er nach der Peitsche, die in der Ecke stand.

Hirtz und Benz aßen die letzten Bissen, als Matwojow leise mit seiner Frau redete, und beide Landser sahen, dass sie die Tränen unterdrückte und ein Zucken um ihren Runzelmund irrte.

»Sie hat Angst, er kommt nicht gleich zurück«, sagte Benz zu Hirtz.

»Er kimmt scho wieder hoam«, murmelte Hirtz und wischte sich mit dem Handrücken über den fettigen Mund. »Wir sorgen scho dafür, dass er schnell wieder hoamfahren kann.«

Hirtz und Benz standen auf, bedankten sich bei der Frau für das Essen und gaben ihr die Hand.

»Keine Angst, *Matsch*«, sagte Benz zu ihr. »Mann kommt bald zurück.«

Sie nickte nur, und jetzt weinte sie und ging hinaus. Draußen standen die beiden Panjegäule schon vor dem Wagen. Zwölf Säcke Hafer hatte man ergattert! Dirks würde Augen machen! Man hatte sich tatsächlich einen Orden verdient!

»Tanja auch mit uns kommen«, sagte der Bauer zu Benz.

»Meinetwegen«, erwiderte Benz. »Wir reiten voraus, komm hinterher, Towaritsch.«

»Gutt gutt« sagte der Bauer.

Benz und Hirtz schwangen sich in die Sättel. Die Bäuerin stand unter der Haustür und winkte zaghaft. Ein leises »Doswidanja« ertönte.

»Vielen Dank und adieu!«, rief Benz der Frau zu.

Dann trabten sie los. Der Panjewagen mit den Hafersäcken knarrte hinterher. Iwan Matwojow saß auf dem Wagen und redete aufgeregt auf seine Tochter Tanja ein.

»Es sind gute Leute«, sagte er. »Sie nehmen uns nichts weg, sondern haben uns den Hafer abgekauft. Wir hätten auch nicht mehr gekriegt, wenn wir den Hafer dem Kommissar abgeliefert hätten.«

»Der Kommissar ist ja nicht mehr da, er ist sofort weggelaufen, als die Deutschen kamen«, entgegnete Tanja.

»Er braucht nicht wiederzukommen«, erwiderte Matwojow. »Die Deutschen sind mir lieber als alle Kommissare zwischen Julitschkow und Tula.«

Die kleinen Pferde stampften hurtig und zogen den Wagen den beiden voraustrabenden Reitern nach.

Hinten, in der Mulde, zwischen Bäumen und den Feldern, blinzelte ein einsames Licht. Vielleicht kniete Matwojows Frau jetzt im Ikonenwinkel und betete, dass Mann und Tochter bald heimkommen sollten.

12

Im Osten färbte sich bereits der Himmel rosig, als die Haferfuhre und die beiden Einzelreiter in Julitschkow ankamen. Alles schlief noch, nur die Posten waren wach und machten mit umgehängten Karabinern ihre Runden.

Benz und Hirtz dirigierten das Haferfahrzeug gleich in den Hof, wo die Gespanne des 1. Geschützes untergebracht waren. Berger sprang aus den Decken und freute sich über die Haferbeute. Er verriet den Heimkehrern auch, dass Spieß Dirks und seine Leute ganz schön einen »weggemacht« hätten, und dass die Feierstunde in Julitschkow mit viel Kartoffelschnaps und Lärm zu Ende gegangen sei.

»Wir behalten vier Sack Hafer für uns«, sagte Benz, und sie luden sie ab, wobei ihnen Matwojow und seine Tochter halfen. Und noch während sie dabei waren, tauchten Hauptwachtmeister Dirks und Unteroffizier Brechtmann, der Stallmeister, auf. Sie sahen unausgeschlafen und schlecht gelaunt aus und rochen nach Alkohol.

»Großartig«, lobte Dirks, als er die Hafermengen sah. »Habt ihr prima jemacht, Jungs.«

Er klopfte Benz und Hirtz auf die Schultern. Dann ging er mit Brechtmann zum Wagen des Russen, dort musterten sie die zwei kleinen, aber ziemlich kräftigen Pferde.

»Tadellose Zossen«, stellte Brechtmann zufrieden fest. »Können wir gut gebrauchen, Herr Hauptwachtmeister.«

In diesen Minuten wurde über das Schicksal von Iwan und Tanja Matwojow entschieden. Beide sollten mit Rössern und Wagen bei der Batterie bleiben und als Hilfskräfte mitkommen.

Der Bauer und seine Tochter schienen zu ahnen, was über sie beschlossen wurde. Ihre Mienen wurden ängstlich, und als Dirks ihnen klarzumachen versuchte, dass sie mitkommen müssten, spiegelte sich in Matwojows Gesicht blanker Schreck.

»*Njet*, Pan Offizier ... *njet*«, sagte er mit zitternder Stimme und radebrechte mit bittend erhobenen Händen: »Ich heim zu Frau ... zu kleine Kind von meine Tochter!«

»Du bleibst ’n bissken bei uns«, knurrte Dirks übellaunig und rief Brechtmann zu: »Übernimm die Leute und mach ihnen klar, dass sie den Befehl zu befolgen haben.«

Damit war für Dirks die Angelegenheit erledigt. Er ging davon.

Hirtz und Benz hatten von dem Vorgang nichts bemerkt. Sie wurden erst darauf aufmerksam, als am Hof Gezeter anhub und Iwan Matwojows Stimme in einem Gemisch aus Russisch und Deutsch gegen die Zwangsverpflichtung protestierte.

»Quatscht nicht und pariert!«, hörte Benz Brechtmann schreien. »Ihr kommt mit, und damit basta!«

Benz und Hirtz sahen sich an.

»Die werden doch nicht ...« murmelte Benz besorgt und ging auf den Hof hinaus. Er kam gerade dazu, als Matwojow auf Brechtmann einzureden versuchte und ihn am Ärmel zupfte. Brechtmann stieß den alten Russen zurück und schrie:

»Jetzt halt den Rand, Panje, sonst erlebst was!«

Benz ging rasch hin.

»Was ist los?«, fragte er Brechtmann.

»Was soll los sein?«, knurrte dieser. »Die zwei kommen mit. Wir brauchen die Zossen und das Fahrzeug. Sie fahren als Schreibstubenwagen mit. Benz, mach den Leuten klar, dass sie es nicht umsonst tun und für ihre Arbeit auch was kriegen.«

Damit drehte sich der krummbeinige, untersetzte Stallmeister um und ging davon.

Draußen auf der Straße gellte bereits die Trillerpfeife des Spießes.

»Fertig machen zum Abrücken!«, hieß es.

Benz wandte sich an den alten Bauern und das scheu dastehende Mädchen mit dem Kopftuch, dem geflickten Kittelkleid und den ausgelatschten Stiefeln an den Füßen.

»Wir heim, Pan Soldat«, greinte der Alte mit Tränen in den Augen. »Wir nicht mitfahren, Pan Soldat.« Er hob bittend die Hände, und auch das Mädchen schaute Benz flehend ins Gesicht.

Benz kochte vor Empörung und Zorn. Er dachte an die alte Frau, die daheimgeblieben war, die den fremden Soldaten Essen aufgetischt hatte, die jetzt wartete und Stoßgebete zum Himmel schickte. Durfte man diese Leute so behandeln?

»Wartet hier!«, sagte Benz und suchte Hauptwachtmeister Dirks auf. Der schimpfte beim Tross herum und trieb die verschlafenen Leute zur Eile an.

»Was gibt's, Benz?«, fragte er, als Benz vor ihm stand.

»Sie wollen die zwei Russen mit Pferd und Wagen mitnehmen?«, fragte Benz, sich zur Ruhe zwingend.

»Na und?«, erwiderte Dirks und sah Benz scharf an.

Benz' Stimme zitterte vor Erregung, als er antwortete: »Herr Hauptwachtmeister, die Leute haben uns nicht nur zwölf Sack Hafer abgegeben und somit alles, was sie in der Scheune an Hafer hatten, sondern sie haben uns auch ihr Vertrauen geschenkt. Außerdem habe ich ihnen versprochen, dass sie sofort heimfahren könnten, sobald wir den Hafer übernommen haben.« Benz schlug einen bittenden Ton an: »Ich bitte Herrn Hauptwachtmeister, dass die Leute heimfahren dürfen. Ich bin dazu verpflichtet, darum zu bitten, Herr Hauptwachtmeister.«

Dirks schien einen Augenblick verlegen zu sein; er wich Benz' Blick aus, dann aber sagte er rau und rasch:

»Das geht Sie nichts an, Benz! Ich habe angeordnet, dass der Bauer mit seiner Fuhre mitkommt, und dabei bleibt's. Haun Sie jetzt ab, und satteln Sie Ihre Gäule! In zehn Minuten rücken wir ab.«

Benz blieb stehen. Er sah blass aus, in seine Augen trat ein zorniges Licht.

»Herr Hauptwachtmeister«, sagte er mit erzwungener Ruhe, »der alte Mann weint, die Tochter …«

»Abhauen sollen Sie!«, schrie Dirks. »Haben Sie nicht gehört, Benz!«

»Jawohl, ich habe gehört, Herr Hauptwachtmeister.« Benz wusste, dass er sich jetzt auch bei

Dirks alles verdarb. »Aber ich bestehe darauf, Herr Hauptwachtmeister, dass mein gegebenes Wort nicht gebrochen wird. Damit würden wir das Ansehen der deutschen Wehrmacht schädigen!«

Da war es heraus! Benz war sich bereits in dem Augenblick, in dem er es gesagt hatte, vollkommen klar darüber, dass er nicht nur im Recht war, sondern auch einem Vorgesetzten eine Rüge, eine moralische Ohrfeige verabreicht hatte, die ihm, dem kleinen und bei gewissen Dienstgraden ohnedies schwer in Misskredit geratenen Gefreiten, in Zukunft beträchtlich schaden würde.

Dirks glaubte, nicht recht gehört zu haben. Er starrte Benz betroffen an. Dann holte er Luft, wölbte den Brustkasten, und nun erscholl sein berüchtigt schmetterndes, niederschmetterndes Organ, das bis zum letzten Haus zu hören war.

»Sie sind wohl komplett wahnsinnig geworden, Sie frecher Hund …«, begann das Gewitter, und es folgten Titel, wie sie nur im ungeschriebenen Wörterbuch des Kommiss zu finden sind.

Die Fahrer und Trossleute ringsum guckten erschrocken auf. Brechtmann kam heran und blieb stehen, ein paar Zivilisten, die durch den Lärm aufgescheucht waren, tauchten auf und schauten um die Ecken der Häuser vorsichtig herüber.

Benz ließ den Zorn des Hauptwachtmeisters in strammer Haltung über sich ergehen, die Hände wohl an der Hosennaht, aber im Gesicht jenes steinerne, unmerkliche Grinsen, das seine Verachtung verriet und das schon Wachtmeister Schimanek zur Weißglut gebracht hatte.

»Sind Sie noch nicht weg?«, brüllte Dirks zum Schluss und stemmte die Arme in die Hüften, wie es nur Spieße zu tun pflegen.

Benz zögerte. Er wusste, dass es keinen Zweck hatte, sich weiterhin für den *Muschik* einzusetzen. Auch ihm war das Hemd näher als der graue Rock, den er abgründig hasste. Er grüßte militärisch, sah Dirks noch einmal mit einem seltsamen Blick an, machte kehrt und ging davon.

Matwojow und seine Tochter standen mit ängstlichen Mienen bei ihrem Wagen und schauten Benz entgegen.

Er trat auf den alten Bauer zu und sagte:

»Du musst mitkommen, Iwan, aber du wirst wieder zu deiner Frau und deinen Enkelkindern zurückfahren können. Ich verspreche es dir.«

Hatte der alte Bauer verstanden? Ahnte er, womit sich der deutsche Soldat auseinanderzusetzen hatte? Spürte Iwan Matwojow, dass dieser deutsche Gefreite mehr Mensch als Befehlsempfänger war? Der Bauer senkte den Kopf und tastete nach der Hand seiner Tochter. Er sagte leise etwas zu ihr, und Tanja nickte nur, wischte sich mit dem Handrücken über die Augen und nahm die Zügel des Gespannes.

Drüben rief jemand, dass der Bauer mit seinem Fahrzeug zum Nachbarhof ziehen solle, wo Fracht auf das Gespann warte.

Sie waren wieder auf dem Marsch. Ganz am Schluss der Reiter- und Fahrzeugkolonne fuhren Iwan Matwojow und Tanja mit ihrem Panjewagen. Man hatte Verpflegungskisten, Kanister und sonstiges Material aufgeladen, das zum Schreibstuben- und Küchenbereich gehörte.

»Wenn du türmst«, hatte Unteroffizier Brechtmann zu Matwojow gesagt und drohend die Finger erhoben, »fangen wir dich wieder, und du wirst erschossen. Bum-bum! Verstanden?«

»*Ponjemaju*«, hatte der alte Mann gemurmelt und gesehen, dass der Pan Offizier einen begehrlichen Blick auf die Tochter warf, und begehrlich schauten auch andere auf Tanja, so dass Iwan Matwojow eine Sorge mehr mit sich herumtrug. Aber er folgte ergeben und gehorsam den fremden Soldaten, und er zog die schmierige Mütze, wenn er mit dem Pan Offizier oder sonst einem Soldaten sprach. Still und ergeben, wie er seit fünfzig Jahren leben musste, folgte er den Eroberern seines Landes.

Die Kampfspuren mehrten sich. Immer häufiger tauchten Dörfer auf, die niedergebrannt oder von Granaten zerstört waren. Immer öfter lagen tote Pferde oder Menschen links und rechts des Weges.

Die restliche Batterie hatte den Befehl erhalten, so rasch wie möglich der vorausgeeilten Batterie nachzukommen. Zurückkommende Infanteristen und Pioniere berichteten, dass die Kämpfe um die Dnjeprübergänge schwer und verlustreich seien und dass die Rote Armee sich immer heftiger und entschlossener zur Wehr setzte.

Es kamen auch lange Gefangenenkolonnen entgegen; sie stolperten am Straßenrand entlang und sahen aus, als wären sie nur mit knapper Not dem Tod entronnen, aber keineswegs froh darüber, am Leben geblieben zu sein.

In einem Waldstück, das von Granaten zerfetzt war, geschah es plötzlich, dass ein Dröhnen nahte und anschwoll. Jemand brüllte:

»Fliegerdeckung!«

Erschrocken und zweifelnd, dass es feindliche Flieger sein könnten, trieben die Fahrer ihre Gäule von der Straße in den zerschossenen Wald. Die Fahrzeuge konnten nicht mehr schnell genug verschwinden. Dann sauste es auch schon aus den Lüften herab, und sogleich krachte es, als ginge die Welt in Stücke.

»Du meine Fresse, das waren ja russische Maschinen«, stammelten die Landser. »Haben denn die noch welche?«

Sie schienen tatsächlich noch Flugzeuge zu besitzen. Man erlebte sie zwar während des Nachrückens zur Batterie nicht mehr, aber man hörte sie in der Ferne oder nachts am einsamen Himmel oder hinter einem Hügelzug.

Benz, der mit Verwundeten sprach, die in Sankas zurückgebracht wurden, erfuhr, dass die Sowjets an vielen Frontstellen neuartige Salvengeschütze eingesetzt hätten mit ganz abscheulicher Wirkung.

»Aber es geht trotzdem gut voran«, sagte ein verwundeter Leutnant mit der Zigarette im Mundwinkel und einem blutverschmierten Notverband um den Arm. »Die Infanterie stürmt jetzt Smolensk. Guderians Panzer sind schon über den Dnjepr und wollen auf Wjasma zu. O ja, es geht wirklich gut voran.«

Der Frontlärm verstärkte sich, je weiter Reiter und Trosskolonnen nach Nordosten gelangten. Mal war er näher, mal ferner zu hören. Nachts vernahm man die Stimme des Krieges am deutlichsten, wehte der

Kampflärm besonders klar heran – so klar, dass man die Abschüsse deutscher Kanonen hören konnte und das ferne Rattern von Maschinengewehren.

Beklommen sah Benz nachts, als er Wache hatte, ganz in der Nähe Leuchtkugeln aus einem Feld steigen, langsam niederfallen und verlöschen. Irgendwo dort drüben peitschten Schüsse. Die Ruhe danach war unheimlich und drohend.

In dieser Nacht tauchte auch plötzlich Dirks vor Benz auf und sagte schroff:

»Benz, es ist verboten, mit den Zivilisten Freundschaft zu schließen. Wenn ich Sie noch einmal bei dem Panje sehe, mache ich Sie zur Minna! Verstanden?«

Benz hatte einige Male mit Matwojow gesprochen, ihm ein paar Zigaretten geschenkt und Tanja einen Kamm und ein Stück Toilettenseife zugesteckt. Jemand musste dies beobachtet und Dirks gemeldet haben.

»Ich habe verstanden, Herr Hauptwachtmeister«, sagte Benz. Er war sich sicher, dass er sich bei Dirks die bisher guten Beziehungen verscherzt hatte.

»Und noch eins sage ich Ihnen, Benz«, schnarrte Dirks, »Sie sin een ausjesprochen renitenter Kerl, dem man mal 'n Hintern aufreißen sollte, und zwar bis zum Stehkragen!«

»Jawohl, Herr Hauptwachtmeister.«

»Sagen Sie nich immer ›Jawohl‹«, giftete Dirks. »Ick weeß nu, dass sich Wachtmeister Schimanek nich zu Unrecht üba Sie beklagt. Denken Sie bloß nich, dass Sie sich jetzt wejen der Lebensrettung wat Besonderes rausnehmen können, Sie Knallkopp! Bei mir, da beißen Se uff Granit!«

Dirks verfiel so stark ins Berlinerische, dass Benz grinsen musste. Der Spieß legte dieses Grinsen aber anders aus und schrie mit krebsrotem Gesicht:

»Sie lachen noch? Det wird Ihnen vagehn, wenn Se demnächst vorm Kriegsjericht stehn, Sie … Sie …«

Er fand anscheinend nicht den richtigen Titel für Benz, warf ihm einen verächtlichen Blick zu, machte kehrt und stelzte wütend davon.

Ich bin bei ihm unten durch, dachte Benz. Schade. Ich mochte ihn. Dass ich aber auch immer ins Fettnäpfchen treten muss!

Benz mied es daher, mit Matwojow oder Tanja zu sprechen. Er ging nicht mehr zu ihnen hin, um den Konflikt mit Hauptwachtmeister Dirks nicht zu verstärken.

Sie kamen rasch voran. Bis auf die Trosspferde brauchten die Tiere ja nichts zu ziehen. Hinter Orscha wurden die lahmen und besonders schwer an Satteldruck leidenden Pferde in ein Sammellager gebracht, eine Art Genesungsheim. Man konnte dort einige genesene Tiere gegen kranke austauschen.

Nach dreitägigem, zügigem Marsch stieß man wieder auf die Haubitzen-Batterie. Sie war inzwischen, wie die Kanoniere berichteten, viermal in Feuerstellung gewesen. Als die Rest-Batterie ankam, war man gerade dabei, die auf dem motorisierten Marsch beschädigten Geschütze zu reparieren. Ein Werkstattzug war da, und es wurde fieberhaft an der Instandsetzung der Kanonen gearbeitet.

»Wir kriegen jetzt mehr zu tun«, sagte Emmerich zu Benz, als man sich begrüßt hatte. »Die Front ist nur fuffzehn Kilometer weit weg.«

Das konnte man hören. Kanonendonner und Gefechtslärm drangen bis in die kleine Ortschaft, wo man vorläufiges Quartier genommen hatte.

Auch mit Schimanek traf Benz wieder zusammen. Dass dieser inzwischen schon von Hauptwachtmeister Dirks über den Vorfall in Julitschkow informiert worden war, konnte Benz aus dem Begrüßungsdialog schließen.

»Na, Benz – wieder mal in die Nesseln gesetzt?«

»Wie meinen Sie das, Herr Wachtmeister?«

»Mit Ihrer frechen Schnauze.«

»Ich hatte mit dem Herrn Hauptwachtmeister nur einen kleinen Gedankenaustausch und dachte …«

»Sie dachten! Sie dachten! Wenn Sie bloß das Denken den Pferden überlassen würden, Benz – die haben die größeren Köppe!«

»Ich will mir's merken, Herr Wachtmeister.«

Ein merkwürdiger Blick beschloss diese Unterredung. Schimanek ließ Benz kopfschüttelnd stehen, als sei dieser Gefreite ein Unikum, mit dem man sich besser nicht einlassen sollte. Eigentlich erwartete Benz, dass Dirks den Vorfall gemeldet habe und er zum Chef zitiert werde, aber es erfolgte in den nächsten zwei Tagen keine Aufforderung zum Rapport. Anscheinend gab es Wichtigeres zu tun. Die Batteriechefs wurden zu langen Lagebesprechungen beim Kommandeur gerufen, und dann hieß es plötzlich, dass sich der deutsche Angriff am Dnjepr festgelaufen habe, dass die Sowjets jetzt schwere Geschütze aufgefahren hätten und sich heftig zur Wehr setzten.

Es regnete endlich, und hatte man diesen Regen – nach all den stauberfüllten und quälend heißen

Wochen – auch herbeigesehnt, so wurde er doch im Nu zu einem neuen Übel. Die Straßen und Wege verwandelten sich in Schlamm und Morast, in grundlose Sumpflandschaften. Als man einem neuen Einsatzziel entgegenmarschierte, hatten alle die Zeltbahnen umgehängt, und unter den tief sitzenden Stahlhelmrändern schauten mürrische, verdrossene Soldatengesichter hervor, denen man ansah, dass ihnen der Krieg mit Russland immer weniger zusagte. Es galt als absolut sicher, dass der Krieg nicht in sechs, nicht in acht Wochen zu Ende sein und dass es wahrscheinlich doch noch Winter werden würde, bis man Sowjetrussland in die Knie gezwungen haben würde.

Unendlich schwer hatten es die Rösser auf den morastigen Wegen. Keuchend, mit letzter Kraft ziehend, lagen sie in den Sielen, und aus dem dumpfen Gepolter der Hufe auf staubtrockenen Wegen war ein scheußliches Schmatzen und Spritzen geworden.

Bergers Gespann ließ merklich nach. Der Handgaul blieb andauernd zurück, sodass Hirtz von der Stange her schrie:

»Hau eahm oans drüber, Sepp! Vorwärts!«

Und dann klatschte eben die Peitsche auf die nassen Pferderücken nieder, und die geschundenen Tiere legten sich für kurze Zeit wieder ins Geschirr.

Es war ihnen in den letzten Wochen zu viel zugemutet worden, die Strapazen waren zu groß gewesen. Jedes Geschützfahrzeug meldete ein Nachlassen der Zugkraft. Immer weiter wurden die Abstände von Geschütz zu Geschütz. Die Unteroffiziere schrien Befehle zum Aufrücken, die Zugführer galoppierten mit besorgten Mienen um die mühsam dahinholpernden Lasten, ließen Kanoniere und Fahrer absitzen und trieben immer wieder zur Eile an.

Weiter ging es, immer weiter, vorangetrieben durch Befehle, die von dort kamen, wo der Kanonendonner zu einem anhaltenden Gewitter geworden war, wo nachts Leuchtkugeln aufstiegen und ferner Gefechtslärm an die Ohren drang.

Berger war der Erste, der einspännig weiterfahren musste. Es gab kein Austauschpferd mehr, der Sattelgaul musste allein an der Spitze ziehen, und die anderen fünf stampfenden, keuchenden Tiere hatten den Ausfall zu ersetzen.

Hirtz trieb sein Gespann mit verzweifelt besorgter Miene an. Auch Emmi und Alf fielen in den nächsten Tagen schnell vom Fleisch. Sie magerten rapide ab. Nicht besser ging es dem Gespann von Benz. Den Pferden traten die Knochen aus den Weichen, die einst so wohlgenährten Kruppen fielen zusammen, die vormals breiten Brüste wurden knochig.

An einem ansteigenden Straßenstück blieb die 1. Lafette plötzlich stehen.

»Vorwärts, weiter!«, schrie Unteroffizier Brenner die Fahrer an. »Nicht aus dem Zug kommen! Gebt den Gäulen Saures!«

Die Fahrer waren bis hierher gelaufen. »Aufsitzen«, rief Hirtz und schwang sich in den Sattel.

Vom Sattel aus konnte man die Pferde besser vorantreiben, deren letzte Kraftreserven mobilisieren.

»Los, gehts!«, rief Hirtz, und dann tat er etwas, das er noch nie getan hatte. Er hob die schwere Peitsche und schlug sie den Pferden über.

»Vorwärts! Vorwärts!«

Er schrie es heiser, und mit jedem Schlag, den er seinen Tieren versetzte, mit jedem harten Sporentritt traf er sich selbst.

Sie kamen auf die Straßenkuppe. Die Lafette rollte wieder. Es regnete in Strömen, und aus dem grauen, rauschenden Vorhang hallte das Brüllen von Kanonaden. Langsam kam Fahrzeug um Fahrzeug nach. Müde kroch die Batterie auf der morastigen Straße dahin, hielt da Rast, gönnte den Pferden dort eine kurze Pause. Die Wolken hingen tief und grau, und es schüttete wie aus Kübeln.

Es war das schlimmste Stück Weg, das die Batterie zu überwinden hatte. Durch bergiges Gelände quälten sich die tonnenschweren Lasten, die Straße war in schrecklich ausgefahrenem Zustand, voller Löcher und Tücken. Dreimal blieb die Lafette stecken und kam nur unter Aufbietung aller Menschen- und Tierkräfte weiter, ganz zu schweigen von den anderen Pannen, die weiter hinten passierten. Lang auseinandergezogen schlich die Batterie durch das triefende, vor Nässe dampfende Land. Russland sah trostlos aus, grau – ohne Ende, ohne Hoffnung.

In der Nähe eines zwischen kahlen Hügeln liegenden Dorfes stockte der Vormarsch plötzlich. Das Dorf weiter vorn war verstopft. Infanterie und Munitionskolonnen, dreckbespritzte Lkws, sogar ein paar Panzer hatten sich hineingepfercht und warteten. Erschöpfte Infanteristen saßen oder standen, in triefend nasse Zeltbahnen gehüllt, unter den überhängenden Strohdächern der armseligen Häuser und rauchten. Die Gesichter unter den Stahlhelmen sahen ernst, verstört – manche sogar verzweifelt aus.

»Vorn geht's ganz schön rund«, verriet ein unrasierter Infanterist. Den Karabiner hatte er um den Hals gehängt, und seine Kommissstiefel lösten sich in Fetzen auf. »Der Iwan knallt aus allen Knopflöchern. Es wird immer schwerer, voranzukommen.«

Kradmelder torkelten auf schlammbespritzten Maschinen, die Beine weit gespreizt, die entsetzlich morastige Straße entlang und berichteten, dass sich der Widerstand weiter vorn versteift habe und dass ein Infanteriebataillon versuche, den Weg nach Smolensk freizukämpfen.

Im strömenden Regen stand die wartende Batterie. Allmählich kamen die zurückgebliebenen Fahrzeuge nach – die Fahrer neben den erschöpften Gäulen schlurfend, die Kanoniere neben den schmutzigen Geschützfahrzeugen.

Da heulte es plötzlich im triefenden Grau, und mit Getöse krepierten schwere feindliche Granaten rechts vom Dorf im freien Feld. Finstere Rauchpilze schossen aus dem Boden und zerflossen im Regenwind. Die Luft roch nach Pulver.

»Batterie – auseinanderziehen!«, brüllte Leutnant Herrberg, und die Zugführer brüllten wiederum ihre Geschützführer an, mit den Lasten links und rechts der Straße in Deckung zu fahren.

Noch einmal legten sich die Gäule in die Siele, noch einmal wurden die Peitschen geschwungen, und unsäglich mühevoll schleppten sich die Tonnenlasten in einen Hohlweg, in eine Senke, hinter einen Strohschober oder einen alten Schafstall.

Wumm ... wumm-wumm-wumm ... dröhnte es im grauen Dunst jenseits des Dorfs hinter dem kahlen Hügelzug. Man konnte die Sekunden zählen, die die nächsten Brocken für ihre Reise nach hüben brauchten. Heulend, orgelnd, mit hohlem Gejammer, wie verzerrtes Kindergeschrei kamen die feindlichen Granaten über den Hügel hinweg. Mit ohrenbetäubendem Krachen barsten sie. Sprengpilze schossen hoch, immer näher an den Dorfrand heran! Dreck und Feuer spritzten auseinander. Pulverqualm kroch in den grauen Nässedunst.

»Junge, wenn die ins Dorf ballern, dann ...«

Der Landser, der dies sagte, kam nicht zu Ende. Die nächste Lage, die der Feind herüberschoss, schlug bereits ins Dorf ein. Aus dem Getöse der Detonationen drang das wilde Geschrei, das Brüllen aufgescheuchter, getroffener, fliehender Menschen. Wumm ... wum-wumm-wumm ... rrrreng ... rrreng! Es war die Hölle los! Dächerfetzen flogen durch die Luft, finsterer Qualm kochte aus dem Dorf.

Die Fahrer standen bei den nervös zuckenden Pferden und hielten sie am Kopfriemen fest, klopften beruhigend die Hälse, riefen besänftigende Worte. Blass und verstört pressten sich die Kanoniere an die schützenden Eisenräder ihrer Geschütze.

»Was hab ich euch gesagt, Kumpels«, sagte Emmerich. »Die Iwans werden uns schon noch zeigen, was sie alles haben!«

»Ja«, nickte Werner Stöger, »das zeigen sie uns bestimmt. Horcht nur, wie es hinten wummert! Die haben ja allerhand aufgefahren!«

Lage auf Lage krachte links und rechts vom Dorf ins Feld, oftmals trafen Granaten direkt ins Ziel und schufen zwischen den strohgedeckten Häusern, zwischen brennenden Katen ein heilloses Durcheinander. An den Hauswänden, in Hofwinkeln, in Gräben und hinter morschen Gartenzäunen lagen Menschen in Deckung und hielten die Arme über die in den Dreck gepressten Gesichter. Dort schmorte ein getroffener Lkw zum Gerippe zusammen, hier wälzte sich jemand und schrie nach dem Sanitäter. Zwei Gäule preschten in irrer Angst davon und zogen eine abgebrochene Deichsel mit.

Allmählich ließ das feindliche Feuer nach. Nur noch wenige Einschläge spritzten hoch, dann wurde es weit hinten still, und man hörte nur noch aus dem zerschossenen Dorf wirren Lärm, Schreie, heisere Befehle, Knarren und Dröhnen von Fahrzeugen.

»Vorwärts – maaarsch!«, hieß es plötzlich. »Weiter geht's! Uns hält nichts auf! Nicht einmal des Teufels Großmutter!«

Die Infanterie gruppierte sich wieder, die Trillerpfeifen der Chargierten gellten. Waffen und Ausrüstung klirrten.

13

Auch die 1. Batterie setzte sich in Marsch, nachdem wiederum ein paar Geschützfahrzeuge stecken geblieben und unter Geschrei, Gefluche und Aufbietung aller Kräfte flottgemacht worden waren. Mit finsteren, ernsten, scheuen Mienen zog man durch das teilweise noch brennende Dorf.

Die Pferde schnaubten ängstlich, wenn sie an Tierkadavern vorbeistampften, an dicht an der Straße verschmorendem Kriegsmaterial, an verkohlenden Häusern – oder an einem Toten, den man noch nicht der Erde übergeben hatte. Immer häufiger kamen Sankas angerollt – langsam, vorsichtig den Schlammlöchern ausweichend.

»Macht den Weg frei, Leute! Wir haben Verwundete im Wagen! Los, macht den Weg frei, wir müssen schnellstens zum Verbandsplatz!«

Oft hörte man aus den Sankas Geschrei, Gebrüll, Gestöhne. Der Kampf kostete Opfer, immer noch mehr Opfer, je länger er dauerte und je heftiger er wurde.

Ganz am Schluss der Batterie zog ein vollbeladener Panjewagen. Iwan Matwojow ging neben seinen kleinen, zottigen Pferden her und trieb sie dann und wann mit leisen Zurufen an. Vater und Tochter fragten nicht mehr, wann sie umkehren und nach Hause fahren dürften. Still und ergeben gingen sie mit, wohin es der Pan Offizier haben wollte. Sie erhielten die Verpflegung der Truppe, man war nicht unfreundlich zu ihnen, und Tanja hatte auch keine Angst mehr, dass ihr einer der grauen Männer ein Leid antun würde.

»Da, komm, Alter«, sagte der Küchenbulle zu Iwan und gab ihm ein paar Zigaretten. »Rauch und lach endlich, Opa! Bei uns ist's doch ganz schön. Wir tun dir nichts!«

Nein, sie taten den beiden nichts, sie verlangten bloß Gehorsam. Solange die beiden zähen Russenpferde noch zogen und man Lasten auf dem Panjewagen befördern konnte, waren Iwan und Tanja Matwojow Hilfskräfte der deutschen Wehrmacht. Dafür bekamen sie Essen und gute Worte, dafür bekamen sie auch kleine Geschenke, die die Freundschaft erhalten sollten.

Weit hinter Orscha war es, etwa 15 Kilometer vor Smolensk, als sich plötzlich Bergers Handpferd Achmed legte und den Kopf mit den Nüstern auf die nasse Erde stützte.

»Xaver, der Achmed macht's net mehr. Du musst es Schimanek melden.«

Hirtz kniete vor dem Gaul nieder, beugte sich tief über ihn, schaute ihm unter ein Lid, nickte und stand wieder auf.

»Total fertig, dös arme Viech«, murmelte Hirtz und ließ einen leisen Fluch folgen.

Schimanek nahm die Meldung mit gerunzelter Stirn entgegen. »Was fehlt denn der dämlichen Zosse, Hirtz?«

»Fressen, Herr Wachtmeister – mehr Futter und weniger Arbeit.«

»Geben Sie mir gefälligst 'ne andere Antwort, Hirtz!«

»I woaß koa andere, Herr Wachtmeister.«

Sie gingen zusammen zu dem matten Ross. Es war schon dunkel auf dem Hof, wo sie Rast hielten.

»Licht«, befahl Schimanek.

Berger schaltete die Taschenlampe an und leuchtete auf Achmed. Er hatte sich jetzt schon auf die Seite gelegt und streckte die Beine von sich.

»Mhm ...«, machte Schimanek und klopfte dem Pferd das nasse Fell. »Fertig ... mhm ... So ein verdammter Mist!«

»Jetzt hab ich kein Ross mehr, Herr Wachtmeister«, sagte Berger, und seine Stimme klang, als beklage sie den Tod eines nahen Verwandten.

»Mensch und Vieh gehen drauf ...«, murmelte Schimanek und erhob sich.

Auch Benz stand da und schaute auf den zu Tode erschöpften Gaul nieder.

»Was jetzt?«, fragte Hirtz den Wachtmeister. »Mit vier Gäulen können wir die Lafette net weiterbringen, Herr Wachtmeister.«

Schimanek wischte sich mit der Hand übers Gesicht.

»Bei uns muss alles möglich sein, Hirtz – verstanden! Alles hab ich gesagt!«

Hirtz schwieg. Er schnaufte nur tief, als er daran dachte, dass jetzt Emmi, Alf, Tino und Toni vier Tonnen Lafettenlast zu ziehen hatten. Vier Pferdestärken für viertausend Kilo Last!

»Können wir nicht beim Tross ein Austauschgespann kriegen?«, wagte Benz zu bemerken.

Schimanek lachte trocken. »Sie Knallkopp, Benz! Woher nehmen?«

»Im Zweierzug schaffen wir's nicht, Herr Wachtmeister«, sagte Benz.

»Wetten wir, dass ihr es schafft?«, erwiderte Schimanek.

»Ös seid's ja verrückt«, murmelte Hirtz. »I reit doch meine Rösser net zuschanden!«

»Wir werden sie alle zuschanden fahren, Hirtz«, sagte Schimanek auffallend ruhig. »Bis zum letzten Heiter!« Er wandte sich an Benz: »Und Sie, Benz – haben heute Wache, Vergatterung in einer halben Stunde.«

»Jawohl, Herr Wachtmeister.«

Schimanek ging davon.

An diesem Abend musste Hauptmann Schröder dem Abteilungskommandeur noch weitere neun Gespanne melden, die ausgefallen waren und nicht ersetzt werden konnten.

»Organisieren Sie Bespannung!«, lautete der Befehl. »Beschaffen Sie Pferdematerial, wo immer es auch herkommt.«

»Dann müssen wir die Reitpferde einspannen«, sagte Spieß Dirks.

»Alles, was vier Beine hat!«

»Organisieren Sie sofort sämtliche Pferde, die sich bei den Bauern herumtreiben«, befahl Hauptmann Schröder.

»Ick habe ooch Kühe jesehn«, grinste Dirks.

»Werden auch beschlagnahmt«, sagte der Hauptmann. Er lachte nicht, sondern schaute finster vor sich hin, als er es sagte.

An diesem Abend zog Unteroffizier Brechtmann mit noch ein paar Mann aus und organisierte magere, zottige, widerspenstige Pferde, wo immer sie sich in russischen Ställen und auf Weidekoppeln blicken ließen. Sogar vier Zugochsen wurden herangetrieben und für den nächsten Marschtag als Zugmaterial bereitgestellt.

Indessen war Benz zur Wache vergattert und als Posten eingeteilt worden. Ein Unteroffizier vom Tross war der Wachhabende. Das Wachlokal befand sich in einem ehemaligen Schulgebäude, auf dessen Hof die Trossfahrzeuge und auch das Gespann von Iwan Matwojow aufgefahren und zu einer Wagenburg zusammengestellt worden waren.

Es regnete nicht mehr, aber es wehte ein nasskalter Wind, der aus den Bäumen des Schulhofes das Nass beutelte und die Pfützen auf der Straße kräuselte. Doppelposten hatten ihre zweistündigen Runden ums Dorf und alle Fahrzeuge zu gehen.

Benz war dem Obergefreiten Kirner zugeteilt worden, dem Führer des vierten Munitionswagens, einem netten Kerl, der aus Dortmund stammte. Benz und Kirner hatten den zweiten Wachturnus zu machen, der von zehn bis Mitternacht, bis null Uhr also, dauern sollte.

Punkt zehn zogen die beiden los. Im Weggehen sah Benz beim Panjefahrzeug ein winziges Feuerchen, vor dem Iwan Matwojow mit seiner in eine Decke gehüllten Tochter saß. Sie kochten etwas und schauten schweigsam in die züngelnden Flämmchen.

Benz hatte es bisher vermieden, mit Iwan und Tanja zusammenzutreffen. Er fühlte sich mitschuldig an deren Los. Man hatte diese beiden einfach entwurzelt, mitgenommen wie eine Beute. Und obschon sie keiner schlechten Behandlung ausgesetzt waren, musste man ihnen doch Mitleid entgegenbringen. Es drängte Benz plötzlich, zu Iwan zu gehen und ihm ein freundliches Wort zu sagen.

»Sag dem Panje, dass er das Feuer löschen soll«, bemerkte Kirner zu Benz, als sie an den beiden vorbeikamen. »Offenes Feuer ist verboten.«

Benz nickte und ging zu ihnen, während Kirner auf die Straße hinaustrat und langsam seine Wachrunde anfing.

»*Dobri Wjetscher*«, grüßte Benz den alten Bauern. »Wie geht es euch?«

Tanja hielt das Gesicht gesenkt, Iwan aber schaute langsam auf. Seine hellen Augen sahen aus dem dunklen Gesicht – ein Gesicht, das bewegungslos erschien.

»Es gehen uns gutt«, sagte er halblaut.

»Ihr seid jetzt schon lange bei uns«, sagte Benz.

Der Russe nickte. »Drei Wochen«, sagte er und legte den Arm um Tanja. »Weite Weg … serrr weite Weg und viel Krieg, Pan Offizier.«

Benz atmete schwer und laut. Es war ein Seufzer. Der Russe starrte in das winzige Feuerchen, und Tanja schmiegte sich, das Gesicht beharrlich gesenkt, an den Vater.

»Ihr müsst das Feuer löschen«, sagte Benz ohne Strenge. »Feuer machen ist verboten. Die Flieger können kommen.«

Iwan Matwojow löschte sogleich das Feuerchen und zerdrückte Glut und die letzten Flämmchen mit einem Stein. Tanja nahm den rußigen Topf, stand auf und trug ihn zum Wagen, an dem die beiden Panjegäule festgebunden mit traurig hängenden Köpfen standen.

Benz spürte, dass das Mädchen traurig war, dass es starkes Heimweh, dass es Angst vor dem Krieg und dem weiteren Schicksal hatte. Da trat der alte Bauer an Benz heran und suchte seine Hand.

»Lass uns heim«, flüsterte er flehend. »Schau weg, wenn wir davonreiten mit unseren Pferden. Die Himmelsmutter von Astrachan wird es dir lohnen!«

»Ich kann euch nicht wegreiten lassen, Iwan«, murmelte Benz, »das weißt du doch. Ich bin ...«

Die Hand des Russen klammerte sich an Benz' Arm. »Du bist gutte Mensch«, raunte er eindringlich. »Ich weiß, du bist gutt, und du nix dafür kannst, dass wir mitkommen müssen. Meine Mat ja allein daheim ... auf Hof ... allein, Pan Offizier. Sie weinen sich die Augen aus, sie beten für Iwan und Tanja.«

»Ich kann nicht, Iwan. Versteh es doch«, sagte Benz gequält und schaute über den Schulhof auf die Straße. Von Kirner war nichts zu sehen.

Da trat auch Tanja heran und versuchte, ihm ins Gesicht zu schauen.

»Pan Offizier«, flüsterte sie bittend und umklammerte mit flehender Geste seinen Arm. »*Domoi ... Kulsary*, bitteeee!«

Benz wollte den Zugriff abstreifen, wollte sich brüsk umdrehen und die beiden stehen lassen. Was sie von ihm verlangten, war etwas Unmögliches! Wenn man auch Iwan Matwojows Wagen und Pferde bisher nur wie nebenbei brauchte, so war jetzt der Zeitpunkt da, wo Wagen und Pferde bitter notwendig geworden waren. Nein, er durfte sie nicht weglaufen lassen, er käme in des Teufels Küche!

»Hör auf, Iwan«, sagte Benz ärgerlich und doch voller Mitleid und Verständnis. »Es geht nicht, ihr müsst mitkommen. Vielleicht schickt euch der Chef bald heim … morgen schon … oder nächste Woche.«

Er wollte gehen, aber Iwan hielt ihn am Ärmel zurück.

»Muttergottes von Astrachan es dir lohnen, Pan Offizier«, raunte der alte Russe mit beschwörender Stimme, und dann verfiel er in seine Sprache, redete hastig und zupfte Benz andauernd am Ärmel, ja er berührte sogar sein Gesicht, wollte es streicheln.

Benz wandte sich ab und gab sich einen Ruck.

»Befehl ist Befehl«, sagte er.

Da vernahm er ein verzweifeltes Schluchzen, ein ersticktes Weinen. Und als er sich umdrehte, sah er, dass auch der alte Mann mit dem Handrücken über die Augen fuhr. Iwan Matwojow weinte – ein alter Mann, der für ein Stück Kernseife, für eine Zigarette, für einen Napf Essen arbeiten und gehorchen musste. Vater und Tochter umschlangen sich, lehnten die Köpfe einander auf die Schultern und gaben Töne von sich, die Benz wie Messer ins Herz stachen.

Um Gottes willen, dachte Benz, dieses Elend kann ich nicht mehr mit ansehen! Ich muss sie laufen lassen, komme, was da will! Sie sollen heimreiten! So schnell wie möglich! Ich will gar nicht den Lohn des Himmels, ich will bloß dieses erdrückende Gefühl loswerden, zwei Menschen verschleppt und tief unglücklich gemacht zu haben! Pfeif auf Strafe! Pfeif auf Tatbericht! Ich lasse sie laufen!

Er trat zu den beiden Gestalten.

»Passt auf«, sagte er heiser und leise. Vorsichtig blickte er sich um, ob jemand da wäre, aber es zeigte sich niemand. »Hört her. Sobald ich weg bin, verschwindet … haut ab! Lasst euch aber nicht erwischen, verstanden!«

Zwei Gesichter drehten sich ihm zu – ein altes, runzeliges, ein junges, breites, mit vorstehenden Backenknochen und tränenfeuchten Augen. Weiße Zähne schimmerten. Tanja lächelte.

»*Spassibo*, Pan Offizier … *spassibo*!« Sie hatte instinktiv verstanden, was der deutsche Soldat sagte. Sie haschte nach seiner Hand und wollte sie küssen. »*Spassibo!*«

Benz wich erschrocken zurück, drehte sich um und ging ein paar Schritte weg.

Da hörte er Matwojows leise Stimme rufen: »Himmelsmutter von Astrachan wird deine Augen beschützen, Pan!« Und es folgte ein Spruch in russischer Sprache, der wie ein Segen klang.

Benz ging rasch davon. Ihm war nicht sonderlich wohl zumute, und es wollte ihm vorkommen, als müsse er das Gesagte rückgängig machen; aber er konnte nicht stehen bleiben, er ging weiter – als triebe ihn eine innere Gewalt aus dem Schulhof auf die Straße.

Der Gefreite Robert Benz holte alsbald den Kameraden ein, erzählte, dass der Russe das Feuerchen gelöscht habe und dass die beiden sich schlafen gelegt hätten, sprach vom fernen Frontgewitter und lachte über einen Witz, den der Dortmunder machte. Hoffentlich erwischt sie niemand, dachte er, als sie ihren

Wachrundgang machten und sich über die Ereignisse der letzten Wochen unterhielten.

Früh am Morgen wusste man, dass Iwan und Tanja Matwojow nicht mehr da waren.

»Abgehaun sind se«, sagte Spieß Dirks wütend. »Und die Zossen haben se ooch mitjenommen, diese verlausten Banditen!«

Die Landser beim Tross lachten über das Verschwinden von Vater, Tochter und der zwei zottigen Russengäule.

»Ist kein schlimmer Verlust«, sagte Hauptmann Schröder, als ihm das Verschwinden der Hilfswilligen gemeldet wurde.

Spieß Dirks war anderer Meinung.

»Wer hat heute Nacht Wache gehabt?«, schrie er Hopf an. »Wache von vergangener Nacht – sofort antreten!«

Hauptwachtmeister Dirks war entschlossen, den Schuldigen herauszufinden und gehörig durch den Wolf zu drehen.

»Du hast aber auch Pech«, sagte Hirtz zu Benz, als er hörte, dass Benz noch einmal antreten und Rechenschaft über das Verschwinden der Russen abgeben sollte – Benz und die anderen Wachposten, die Dirks in ein scharfes Verhör nahm.

Auch Schimanek war anwesend, als Benz beim Schreibstubenwagen ankam. Dirks brüllte herum und bezeichnete den Vorfall als eine »Nachlässigkeit« und »bodenlose Schweinerei«. Das Wort »Tatbericht« fiel.

Benz schwante nichts Gutes, als er vom Spieß aufs Korn genommen wurde, und Schimanek grinste dermaßen schief und höhnisch, dass Benz befürchtete, sein schwärzester Tag bei der deutschen Wehrmacht sei gekommen.

Dirks ging bei dem Verhör systematisch und nach einem einfachen Schema vor: Er fragte die Posten, die von acht bis zehn ihre Runden gingen, ob zu der Zeit die zwei Russen noch dagewesen wären.

»Jawohl«, hieß es. Dirks knöpfte sich die zweite Wachablösung vor.

»Als wir losgegangen sind«, sagte Kirner, »waren sie auch noch da. Benz hat dem Iwan ja gesagt, dass er das Lagerfeuer auslöschen soll.«

»Aha«, fauchte Dirks und nahm Benz aufs Korn. »Sie haben mit den Leuten also geredet?«

»Jawohl, Herr Hauptwachtmeister.«

Dirks machte einen Schritt auf Benz zu und nagelte ihn mit einem durchbohrenden Blick fest.

»Freundchen, ick kenne dir«, grinste er boshaft. »Ick kann mir jut erinnern, dass Sie Ihr Maul weit uffjerissen haben, als ick befahl, dass die Russen mit uns kommen. Sie haben sie laufen lassen! Stimmt's?«

»Das müssen Sie mir erst mal beweisen, Herr Hauptwachtmeister«, erwiderte Benz ruhig. Er war entschlossen, alles abzustreiten; er musste es, wenn er nicht wegen Kollaboration vors Kriegsgericht gestellt werden sollte.

Dirks fragte die nächsten Wachposten. Als die ihre Runden gingen, waren die Russen bereits weg.

»Also muss es passiert sein, als ihr zwei auf Posten wart!«, schrie Dirks Kirner und Benz an. »Gebt es zu, ihr feigen Kerle!«

»Ich hab nischt zuzugeben«, sagte Kirner mit blassem Gesicht.

»Aber Sie, Benz!« Dirks brüllte es heraus und nahm seine drohendste Haltung ein: vorgebeugt, die Arme in die Hüften gestemmt, die Beine gespreizt. »Geben Sie's zu, Sie … Sie Memme!«

Benz stand steif und stumm da, und als er an Dirks vorbeischaute, sah er, dass Schimanek misstrauisch und forschend herüberguckte.

»Ich habe nichts zuzugeben, Herr Wachtmeister.« Er blieb beharrlich bei seiner ersten Aussage.

»Freundchen, ick seh's Ihnen doch an«, grollte Dirks. »Sie können mir ja kaum in die Oogen kieken! Raus jetzt mit der Sprache!«, donnerte er Benz an. »Sonst zieh ick Ihnen det Fell über die Ohren!«

Tu's doch, dachte Benz, tu's doch. Nachweisen kannst du mir nichts, und blöken kannst du, so viel du willst. Aus mir kriegst du nichts heraus, du dämlicher Schreihals!

»Ich kann Ihnen nichts anderes sagen, Herr Hauptwachtmeister.«

»Andere Posten – weggetreten!«, befahl Dirks.

Die Posten der vergangenen Nacht verkrümelten sich rasch. Benz stand Dirks allein gegenüber. Im Hintergrund lauerte Schimanek – so schien es Benz wenigstens. Der Wachtmeister wartete anscheinend darauf, dass Benz die Anschuldigung zugab und sich demnach einen Tatbericht einhandeln würde.

»Alsdann, Benz«, setzte Dirks sein Verhör fort. »Jetzt unter uns alleene – haben Se die Russen loofen lassen? Jetzt jeben Sie's endlich zu. Ick will wissen, ob Sie Mumm in den Knochen haben, oder ob Sie een feiges Aas sind, dat bloß vor der Bestrafung Bammel hat!«

»Ich habe alles gesagt«, erwiderte Benz. Er sah grau und verstört aus. Irgendwie fühlte er sich von Dirks Worten getroffen.

»Benz, machen Se mir doch nischt vor«, sagte Dirks. Seine Stimme klang ruhig, aber in seinen Augen glommen Heimtücke und der Entschluss, Benz auf den Boden zu kriegen.

»Ich kann nichts anderes sagen, Herr Hauptwachtmeister. Ich bin nicht daran schuld, dass die beiden Russen auf und davon sind. Im Grunde genommen, Herr Hauptwachtmeister – im Grunde genommen stand den beiden ja das Recht zum Türmen zu. Jedem Kriegsgefangenen steht das zu. Man kann's im Soldbuch auf der letzten Seite lesen.«

Dirks holte Luft, schloss die Augen zu einem Spalt, stemmte die Arme noch einmal in die Hüften.

»Benz …«

Da trat Schimanek auf Dirks zu und legte ihm die Hand auf die Schulter.

»Wilm, lass es gut sein. Schwamm über die Sache. Wegen zwei russischen Lausebauern wollen wir Benz nicht weiter auf die Füße treten. Schick ihn weg, Wilm.«

Benz schaute betroffen auf Schimanek. Hatte er richtig gehört? War das Karl Schimanek, der sich zu solchem Vorschlag aufschwingen konnte? War das Schimaneks Dank für die Lebensrettung aus dem Fluss?

Dirks schnaufte noch einmal, ließ die Arme sinken, schob das Krätzchen ins Genick und maß Benz mit einem letzten, vernichtenden Blick, dann knurrte er ärgerlich:

»Haun Sie ab … aber schnell, sonst trifft Sie meine vergiftete Stiefelspitze, Sie Armleuchter!«

Benz grüßte und machte zackig kehrt, und als er davonging, wusste er mit aller Deutlichkeit, dass Schimanek ihm einen Dienst hatte erweisen wollen – als Dank für die Lebensrettung. Benz aber lehnte sich innerlich dagegen auf. Er wollte bei der Stange bleiben und mit Karl Schimanek keine Gemeinsamkeiten haben, und wenn diese auch nur ganz minimal und unbedeutend wären.

14

Die Kämpfe um die Dnjeprübergänge nahmen an Heftigkeit zu. Der Feind schien sich von seinem ersten Schrecken erholt zu haben und brachte Kriegsmaterial aus dem weiten Hinterland an die Front. Er verteidigte Ortschaften, Städte und Flussübergänge immer entschlossener, er errang da und dort auch Erfolge und brachte den deutschen Sturmspitzen empfindliche Verluste bei. Der deutsche Wehrmachtsbericht aber meldete tagtäglich ständig ansteigende Gefangenenzahlen, verkündete die Einnahme großer Städte, die Eroberung weiter Gebiete und die Schwächung der sowjetischen Armee durch gewaltige Vorstöße und großartige Siege.

Vom Sieg aber waren die deutschen Truppen genauso weit entfernt wie der Mond von der Erde. Sie sahen wohl, dass man auf Moskau, auf Stalingrad, auf die Krim vorrückte, aber sie merkten auch, dass der Gegner massive Gegenwehr leistete und empfindlich zurückschlug. Die Feldverbandsplätze waren vollgestopft mit Verwundeten, die Ärzte konnten ihre blutbeschmierten Kittel und Gummischürzen kaum einmal am Tag ablegen, die Sankas waren im ununterbrochenen Einsatz und holten das jammernde, stöhnende, oft laut brüllende Elend von den Schlachtfeldern. Pausenlos rollte der Nachschub auf den Hauptverkehrsadern, auf den Wegen und elenden Nebenstraßen. Depots wurden errichtet und die Feldflugplätze in Frontnähe verlegt. Die deutschen Eisenbahner waren fieberhaft dabei, zerstörte Strecken zu flicken, um den Zugverkehr in Gang zu halten, und die erdbraunen Massen des Arbeitsdienstes, der Straßenbauer, der Brückenschlager und technischen Hilfsdienste waren unterwegs, um zu bauen, zu renovieren, zu organisieren und das Hinterland zu ordnen.

An der Front aber wurde der Ruf nach schweren Waffen immer lauter, und auch für die 1. Abteilung des 40. Artillerieregimentes rückte die Stunde der Bewährung näher. Soweit schwere Artillerie nicht schon im Einsatz war, holte man alles heran, was sich hinter der Front bereithielt oder auf den schlechten Straßen von Befehlen hin und her geschoben wurde. Es galt, feindliche Bereitstellungen zu zerschlagen oder Aufmarschbewegungen unter Beschuss zu nehmen. Die sowjetischen Streitkräfte sammelten sich und schlugen immer härter zurück.

Die 2. Abteilung musste in den nächsten Tagen dreimal in Feuerstellung gehen. Zweimal wartete man vergebens auf den Feuerbefehl, beim nächsten Mal verschoss man pro Geschütz nur zehn Schuss, dann wurde das Feuer wieder eingestellt.

Karl Schimanek brüllte jetzt nicht mehr, wenn das 1. Geschütz als Letztes in die Feuerstellung gezogen wurde. Zweispännig fuhr man die Lafette, und die Rösser sahen entsprechend erschöpft aus: mager, mit eingefallenen Leibern, mit verharschten Hufschlag- oder Satteldruckwunden. Doch noch immer blieben die Tiere im Geschirr, noch immer gehorchten sie den

Treibrufen der Fahrer. Man hatte versucht, Reitpferde und sogar Ochsen vor die Fahrzeuge, vor die hart arbeitenden Belgier, Hannoveraner oder schweren Trakehner zu spannen, aber es stellte sich alsbald heraus, dass die des Ziehens ungewohnten Reitpferde mehr aufhielten und Ärger machten, als sie nützlich waren, von den Ochsengespannen ganz zu schweigen, die viel zu langsam an der Spitze gingen.

Spieß Dirks geriet darüber derart in Zorn, dass er die Ochsengespanne einfach schlachten ließ und als Verpflegung ausgab. Die Regenwochen waren zu Ende. Mit der Hitze entstanden auch wieder die langen Staubfahnen, die den feindlichen Beobachtern das Nahen von Ersatztruppen verrieten. Ganz plötzlich schlugen Granaten ein, und es galt, im Galopp durch den Beschuss einer Straßenkuppe oder über einen Hügelrücken hinwegzukommen.

Die Landschaft veränderte sich, je weiter man gegen Osten vordrang. Hatte man angenommen, an den Kämpfen um die Stadt Smolensk teilnehmen zu sollen, so sahen sich die Batteriechefs in dieser Meinung getäuscht. Neue Befehle führten die Abteilung nördlich an Smolensk vorbei – auf schlechtesten Wegen – nach Jarzewo. Der Übergang über den Dnjepr vollzog sich reibungslos, und wieder lag ein trennendes Wasserband zwischen Truppe und Heimat, wieder wurde der Gefreite Benz von dem Gedanken beschlichen, dass auch dieser Wasserlauf einmal zu einem Massengrab für viele werden könnte, zu einem Hindernis, an dem die Rückkehr scheitern würde.

Jenseits des Flusses lagen Pferdekadaver und ausgebrannte Lastwagen. Meistens waren sie sowjetischer

Herkunft, aber auch deutsche Fahrzeuge, Munitionswagen, ab und zu auch deutsche Panzer lagen am Wegrand und waren ein beredtes Zeugnis, wie verbissen und hart gefochten wurde.

Immer seltener sah man Gefangenenkolonnen. Die Zeiten, in denen der Feind rasch kapitulierte, schienen vorüber zu sein.

Die schwere Abteilung marschierte indessen immer in Richtung des Kanonengedonners, jenes dumpfen Brodelns, das Tag und Nacht anhielt. Ein paarmal kam der Befehl, in Stellung zu fahren. Dann verließen Mensch und Tier den Vormarschweg und mühten sich unter Gefluche und ärgerlichem Geschrei zu den befohlenen Einsatzplätzen. Doch bald kam wieder der Ruf: »Batterie – Stellungswechsel!«, und alles Mühen, alles Fluchen war umsonst. Weiter ging es – einen endlos gewordenen Weg entlang.

»In Jarzewo wird hart gekämpft«, hieß es, als die Batterie in ein Waldstück kam und dort Rast machte. »Wir werden auf Jarzewo angesetzt!«

»Wo liegt denn dieses Kaff?«, fragte man und schaute auf die Karte. »Mensch, von dort sind es ja nur noch 250 Kilometer bis Moskau!«

»So weit wia von München nach Stuttgart«, sagte Hirtz. »I tät scho lieber von München nach Stuttgart fahrn«, fügte er gedankenvoll hinzu.

Wieder rasteten sie in der Nacht, wieder standen die müden Rösser unter Bäumen und ließen die Köpfe hängen. Die Batteriechefs waren zu einer Besprechung zum Abteilungskommandeur gerufen worden. Diesmal, so vermutete man, schien es vorn bedenklich brenzlig zuzugehen, weil die Melder hin und her fuhren und bei Anbruch der Dunkelheit heftiger Gefechtslärm aufkam.

Die Kanoniere der einzelnen Geschütze standen in Gruppen beisammen und tauschten Meinungen aus, die Fahrer kümmerten sich um ihre Gäule und streuten das letzte Heu vor.

»Herr Wachtmeister«, sagte Hirtz zu Schimanek, »wo kriag'n wir Futter her? 's is nix mehr da.«

Schimanek hatte sich in den letzten drei Wochen merklich geändert. Man hörte ihn nur noch selten herumbrüllen, und er ging zu Fuß, da sein Pferd stark lahmte.

»Tja, Hirtz«, sagte er, »wenn ich ein Zauberer wär, könnt ich Futter herschaffen, ich bin es aber nicht.« Er klopfte der Fuchsstute Emmi auf die Flanken. »Ihre Rösser sind noch am besten beisammen, Hirtz.«

»Nimmer lang«, murmelte der Rosenheimer.

Die Kanoniere waren jetzt damit beschäftigt, die Zelte aufzuschlagen. Als sie damit fertig waren, sagte Hirtz, man müsse das hohe Gras rupfen, das im Wald wuchs, es in die leeren Hafersäcke stopfen und als Notfutter für die Rösser mitnehmen.

»Du spinnst wohl«, sagte Zinn, der am Geschütz als vierter Kanonier tätig war. »Ich bin hundemüde, ich will jetzt schlafen.«

»Du kommst mit, Gras rupfa, sag i«, grollte Hirtz. »Wennst koa Lust hast, nachher mach ich dir welche!« Er holte weit aus.

»Gebt Ruhe!«, mischte sich Emmerich ein. »Los, wir holen alle Futter!«

So zogen sie also los und rupften mit bloßen Händen Gras, stopften es in die leeren Säcke und brachten somit ein wenig Pferdefutter für den nächsten Tag zusammen.

Im nächtlichen Wald wurde es still. Man gönnte sich ein bisschen Schlaf. Das ferne Dröhnen und Grollen störte nicht mehr; es war zu einer gewohnten Geräuschkulisse geworden. Benz legte sich unter den Baum, an dem seine Pferde angebunden waren, aber er konnte nicht schlafen. Er dachte an den weiten Weg, den man gekommen war, an die tausend Hügel und Mulden, an die trennenden Wasser der Flüsse, und er dachte an daheim. Noch nie war es ihm so klar wie jetzt, dass er Heimweh hatte – Heimweh und eine Art Angst, der Rückweg könnte versperrt werden und man müsse in diesem Land bleiben, nach dem man in frevelnder Weise die Hände ausgestreckt hatte.

Bang lauschte er dem fernen Gefechtslärm, dem Bellen von Geschützen, dem matten Rattern von Maschinengewehren. Was dann, wenn unsere Kräfte nicht ausreichen?, dachte der Gefreite. Wenn wir uns in diesem endlosen Land verausgaben und jenen in die Hände fallen, die sich immer heftiger zur Wehr setzen? Wir sind verloren, es gibt dann kein Zurück mehr. Sie werden uns vernichten, wie wir sie vernichten wollen.

Benz suchte Zuflucht in vertrauten Heimatbildern. Er zwang sie vor sein geistiges Auge, er sah Vater und Mutter daheim. Sie sitzen am Tisch. Vater liest, Mutter strickt Socken für mich. Die Uhr tickt und schlägt mit schönem Klang elf. »Lies nicht mehr, Papa. Das schadet deinen Augen!« Er lässt die Zeitung sinken, nimmt die Brille ab, drückt Daumen und Zeigefinger in die Augenhöhlen und sagt mehr für sich: »Wo wird der

Bub jetzt sein, Mutter? Warum schreibt er nicht?« – »Der Alfred hat auch noch nicht geschrieben«, sagt Mama. »Sie werden keine Zeit haben. Sie müssen kämpfen …« – Und sie weint plötzlich.

»Mutter!«, rief Benz und richtete sich auf.

Ein Ross wieherte leise, ein Huf stampfte den Waldboden. Das Frontgewitter grollte ununterbrochen. Jemand ging zwischen den Geschützfahrzeugen hin und her.

»Xaver, was machst du denn noch?«

Der Rosenheimer blieb stehen, räusperte sich und sagte halblaut: »Du, Robert, der Alf hat sich hingelegt. Er schnauft so mühsam.«

Die Gedanken an daheim waren zerflossen. Benz warf die Decke zur Seite, stand auf und ging zu Hirtz.

Alf hatte sich gelegt. Das Pferd schnaufte, es hielt den Kopf ganz still – mit den Nüstern fast auf dem Boden.

»Was hat er?«, fragte Benz.

»I woaß net. Ob i mal den Schimanek hol?«

Benz kauerte neben dem Pferd nieder, strich ihm über das rau gewordene Fell, kraulte ihm die Mähne, streichelte über die Augen – sie waren nass.

Er weint, ging es Benz durch den Sinn. Ja, so was gibt's! Auch Pferde können weinen!

»Was hast du, Alf?«, fragte Benz zärtlich.

Das Tier stöhnte dumpf. Plötzlich legte sich Alf auf die Seite, stöhnte noch einmal und wollte den Kopf hochwerfen, aber es ging anscheinend nicht mehr.

»Er krepiert«, stammelte eine Stimme neben Benz. »Marandjosef, Robert – was sollen mir denn machen?«

»Ob der Veterinär da ist?«

»Schau nach, Robert«, sagte Hirtz mit unsicherer Stimme. »Geh schnell – er ist beim Tross.«

Benz ging, um den Veterinär zu suchen, aber er war nicht beim Tross. An seiner statt kam der Futtermeister mit. Als sie bei dem kranken Ross ankamen, lag es wie tot da – die Beine von sich gestreckt, den Kopf flach auf den Boden gelegt.

Unteroffizier Brechtmann betastete den Leib des Pferdes, griff dem Tier in die Nüstern und richtete sich dann auf.

»Was hat er, Unteroffizier?«, fragte Hirtz mit ängstlicher Stimme.

»Fertig ist er, Hirtz – total fertig. Bei uns Menschen würde man sagen: Erschöpfung letzten Grades oder so …«

»'s war zu viel«, murmelte Hirtz. »Zwoaspännig so a schwere Last …« Er kauerte neben Alf nieder und klopfte und streichelte dessen Hals.

»Ausspannen«, sagte Brechtmann. »Vielleicht wird er noch. Ich schau zu, dass du einen anderen Gaul kriegst, Hirtz.«

Der Futtermeister ging davon. Alf blieb liegen und rührte sich nicht mehr. Dass er lebte, konnte man nur an der atmenden Bewegung des eingefallenen Leibes sehen. Als die Batterie später zum Weitermarsch antrat, hatte der Gefreite Hirtz einen hochbeinigen fremden Gaul als Handpferd bekommen. Alf lag noch an der Stelle, wo er sich nachts ausgestreckt hatte.

»Bittschön, Herr Hauptwachtmeister – koan Gnadenschuss«, bettelte Hirtz, als Dirks noch einmal zu dem Tier ging und nachsah, wie es ihm ging.

»Nee«, sagte Dirks, »dazu ist er viel zu schad! Hoffen wir, dass er wieder wird.«

Es fiel kein Gnadenschuss, als die Batterie anzog und weiterrollte. Alf, das zurückgelassene Zugpferd, versuchte noch einmal, auf die Beine zu kommen, aber es gelang ihm nicht. Nur den großen Kopf hob er, und mit den dunklen, feuchten Augen schaute er den davonziehenden Artgenossen nach, blähte die Nüstern und wieherte matt. Dann sank sein Kopf wieder auf den Boden, und es schien, als wolle das Pferd schlafen … nichts als schlafen.

Im gleichen Augenblick weinte der Gefreite Xaver Hirtz lautlos und mit steinernem Gesicht und starrte nach vorn.

15

In der Morgendämmerung zogen sie auf der schmalen, ausgefahrenen Straße weiter durch den Wald, dem Geschützdonner entgegen. Staubbedeckte Landser, die auf wackeligen Panjewagen zurückfuhren und der Batterie begegneten, sowie Munition holende Infanteristen wichen den schweren, unbeholfenen Gefährten aus.

»Was ist vorn los?«, rief Benz einem der Infanteristen zu.

»Rabbatz!«, lautete die Antwort. »Beeilt euch, wir brauchen schwere Ari! Was habt ihr für Kaliber?«

»Sechzehner!«

»Prima! Die brauchen wir gerade! Haut hin, Kumpels! Uns brennt das Hemd!«

Die Stunde der 1. Batterie hatte zu schlagen begonnen. Das bedrohliche Wummern und Krachen, das Grollen und Dröhnen der Front kam mit jedem Kilometer näher.

Plötzlich tauchte wieder Langewitsch, der Kradmelder, auf. In halsbrecherischer Fahrt kam er heran.

»Was gibt's, Langewitsch?«, fragte der Chef.

»Befehl von der Abteilung«, sagte der Kradmelder und überreichte eine schriftliche Meldung.

Wenige Augenblicke später ertönte der Ruf: »Batterie – marsch-marsch!«

Dies bedeutete Trab, dann Galopp!

»Vorwärts!«, schrien die Geschützführer. »Vorwärts! Gebt den Gäulen Saures! – Vorwärts!«

»Vorwärts«, riefen die Fahrer und schwangen die Peitschen. »Geht schon, ihr müden Hippen! Macht Beine! Vorwärts, verdammt!«

Hufe trommelten den Boden, Eisenräder mahlten mit lautem Gepolter, Stahl klirrte, Staub wirbelte. Mit weitaufgerissenen Augen, mit zitternden Muskeln warfen sich die Tiere in die Sielen – weit vor streckten sich ihre Leiber, Schaum flog von den Trensen.

»Vorwärts! Vorwärts!«

Im Galopp ging es über eine kurze Strecke hinweg, dann war die Feuerstellung erreicht: eine sanfte Mulde links der Straße. Der Richtkreis-Offizier war schon da und ruderte mit den Armen durch die Luft, um die Geschütze einzuweisen.

»Erstes ganz nach links 'raus!«

Der Boden war nachgiebig, die Räder der Geschützlasten sanken tief ein, die Pferde mussten ihr Letztes geben, um die Lafette und den Rohrwagen zur befohlenen Stelle zu bringen.

»Hierher, Hirtz!«, schrie Unteroffizier Brenner von seinem nervös tänzelnden Pferd herunter. »Benz! Nicht anhalten, nicht stehen bleiben! Vorwärts!«

»Geht schon«, bettelte Benz mit hervortretenden Backenknochen. »Weiter, Toni! Leg dich ins Zeug, Tino! Vorwärts!«

Er gab dem Sattelpferd die Sporen, und er hörte im Rücken, wie Hirtz seinen Pferden zuschrie und sie mit der Peitsche antrieb.

»Weiter, ihr Viecher … weiter! Robert, zieh schneller an!«

Dann blieb die Lafette doch stecken, und die Rösser drohten vor Erschöpfung in die Knie zu gehen.

»Kanoniere an die Lafette!«

»Zugtau her!«, schrie Emmerich.

In diesem Augenblick tanzten plötzlich auf dem Hügelkamm geradeaus Einschläge. Hochauf spritzte der Dreck. Reißend barst die feindliche Granate und hinterließ einen zerfließenden Rauchpilz auf dem Hügelkamm.

Wumm-wumm ... rreng-rreng ... krachte es noch dreimal schnell hintereinander, dann kroch gelblicher Rauch mit dem Wind davon und verlor sich.

Im Mannschaftszug kam die Lafette flott voran, unter heiserem »Hoo-ruck« und »Zuuu-gleich« gelangte der erste Geschützteil zu Brenner, der das Geschütz einwies. Schief und niedrig vor Kraftanstrengung lagen die Rösser in den Geschirren; dann kam das erlösende »Haaalt!«.

Die Fahrer lobten die keuchenden Gäule, klopften die schweißnassen Hälse, schauten sich nach dem Rohrwagenfahrzeug um.

Auch der Rohrwagen blieb stecken.

»Umspannen – macht schnell, Leute! Beeilt euch! Rohrwagen 'ranholen! Kanoniere – marsch-marsch!«

Dasselbe geschah jetzt mit dem Rohrwagen, nur dass die Lafettengespanne noch mitzogen.

Die Mulde war voller Lärm und fieberhafter Tätigkeit. Zwei Reiter jagten seitlich vom Hügel den Hang hinauf und verschwanden. Es waren die berittenen Strippenzieher, die die Telefonleitung nach vorn legten. Klirrend drehten sich die Kabeltrommeln und spulten den Draht ab.

Lafette und Rohrwagen des 1. Geschützes waren jetzt am Ort. Die Kanoniere spannten die schweißtriefenden, zitternden Pferde ab.

»Xaver, bissei lockerer!«, rief Emmerich Hirtz zu, weil er den Handgaul, der mit Alf ausgetauscht worden war, ausspannen wollte. Hirtz zog Emmi mit Zurufen zurück und zerrte zugleich am Zügel des fremden Handpferdes. Auf dem Hügelrücken krachte es noch einmal. Die Granate schleuderte den Dreck bis zum Geschütz. Erschrocken wieherten die Pferde.

Der Schrei, den Emmerich ausstieß, wurde beinahe überhört. Als Benz sich im Sattel umschaute, sah er Emmerich, der ihn am Geschütz als Richtkanonier abgelöst hatte, am Boden liegen. Und Emmerich brüllte, krümmte sich, wälzte sich hin und her. Der fremde Gaul, den Hirtz an der Hand führte, hatte ausgekeilt und ihn getroffen.

Alles rannte zu Emmerich hin.

»Mein Bauch ... mein Bauch!«, schrie dieser und hielt sich mit beiden Händen den Leib. »Helft mir! Ich verreck! – Saniiii!«

Hirtz und Benz mussten die unruhigen Pferde festhalten. Unteroffizier Brenner sprang aus dem Sattel und beugte sich besorgt über den brüllenden Gefreiten.

»Los, sofort den Sani holen!«, befahl er.

Jetzt kam auch Schimanek angerannt und fragte, was geschehen sei. Das In-Stellung-Gehen war beim 1. Zug ins Stocken geraten, aber da brüllte schon Leutnant Herrberg herüber, was denn los sei, und warum die verdammten Spritzen nicht in Feuerbereitschaft gingen.

»Emmerich ist ausgefallen«, meldete Schimanek dem Leutnant. »Ist schwer von einem Gaul getroffen worden.«

»Auch das noch!«, sagte der Leutnant nervös. »Schwer verletzt?«

»Anzunehmen.«

»Er war doch K 1?«

»Ich muss jemand anderen einsetzen, Herr Leutnant.«

»Wen?«

»Darf ich … äh … darf ich den Gefreiten Robert Benz vorschlagen?«,

»Benz?« Der Leutnant sah Schimanek überrascht an, dann nickte er. »Natürlich, den Benz!«

»Das bedeutet, dass wir auch einen anderen als Fahrer einsetzen müssen.«

»Nehmen Sie irgendeinen, der am Geschütz entbehrlich ist.«

»Lehmann. Er hat bisher Muni-Kanonier gemacht.«

»Meinetwegen setzen Sie Lehmann auf den Gaul. – Und jetzt Beeilung, Schimanek! Die Batterie muss in spätestens fünf Minuten feuerbereit sein. Wir nehmen eine Feindansammlung unter Beschuss.«

»Herr Leutnant Herrberg ans Telefon!«, schrie jemand.

Der Leutnant hastete davon.

Emmerich war schlimm zugerichtet. Eine schwere Unterleibsverletzung schien er zu haben. Der Sanitäter war gerade dabei, ihn mit Hilfe einiger Kanoniere auf die Trage zu legen.

»Was hat er?«, fragte Schimanek den Sanitäter.

Der zuckte die Schultern und murmelte besorgt: »Muss ziemlich schlimm sein – schätze, dass nicht mehr viel zu machen ist!«

»Bringt ihn in die Protzenstellung«, sagte Schimanek und wandte sich um, sah Benz an, der mit verstörtem Gesicht neben seinem Sattelpferd stand und es kurz am Zügel hielt.

»Benz«, sagte Schimanek kurz, »Sie übernehmen sofort die Funktion des K 1.«

»Waaas?«, fragte Benz betroffen.

»Richtkanonier machen Sie«, belferte Schimanek. »Lehmann übernimmt die Zossen. He, Lehmann!«

Der Kanonier kam heran.

»Herr Wachtmeister?«

Schimanek sprach schon im Weggehen: »Sie übernehmen das Gespann von Benz. Sie bleiben vorerst Fahrer.«

Dann stapfte Schimanek zum zweiten Geschütz, das bereits das Rohr überholte.

Hirtz stand mit eigenartig leerem Gesichtsausdruck neben der Emmi und hatte zugehört, dann fummelte er am Steigbügelriemen herum, dabei beschimpfte er das fremde Handpferd, das mit bösem Blick auf der Trense knabberte und das Maul voll gelblichen Schaumes hatte:

»Schindermähre, elendige! Du hinterfotziges Aas! I nimm die Peitschen und hau di zum Krüppel!«

Da kam Benz heran.

»Xaver, der Lehmann ... du hast es ja gehört.«

»Hab's gehört, Robert«, brummte Hirtz.

»Wir bleiben ja trotzdem beisammen, gell?«

»Ja freilich«, nickte Hirtz, »ja freilich!«

»Fahrer sofort in die Protzenstellung!«, ertönte nun die röhrende Stimme des Hauptwachtmeisters. »Protzenstellung rückwärts der Batterie im kleinen Wäldchen!«

»Mach's gut, Xaver.«

»Du aa, Robert … He, Lehmann, schleun di!«, schrie Hirtz dem Kanonier zu, der noch half, das Geschützrohr in die Lafette zu ziehen.

»Zuuuu-gleich!«, klang es vom Geschütz herüber.

»Es war eine schwere, aber eine schöne Zeit, Xaver.« Benz reichte Hirtz die Hand. »Wir haben uns immer gut verstanden, so soll es auch bleiben!«

Hirtz erwiderte den Händedruck und schaute Benz in die Augen.

»Bist fei a guater Fahrer gewesen, Robert.« Hirtz grinste matt. »Schad, dass du wieder zu den Spritzen musst.«

»Befehl ist Befehl!«

Da kam Lehmann heran. Er hatte ein sommersprossiges Gesicht und abstehende Ohren. Die Versetzung zu den Gäulen schien ihn nicht weiter zu stören.

»So, Xaver«, sagte er, »jetzt mach ich Brackenschiss. Weiß nicht, ob ich überhaupt noch reiten kann.«

»Reiß dich bloß am Riemen«, murmelte Hirtz und schwang sich in den Sattel.

Bevor Hirtz mit der Protze davonritt, sah er noch einmal Benz an. Es war ein seltsamer Blick. Dann rief er Lehmann zu, die Gäule anzutreiben, und die Lafettenprotze trabte mit Geklirr davon.

»Benz, los! Machen Sie schon und gucken Sie keine Löcher in die Luft!«, rief Unteroffizier Brenner ungeduldig.

Mit nachdenklicher Miene ging Benz zum Geschütz. Er war weder glücklich noch unzufrieden, dass er wieder den alten Dienst übernahm. Er dachte an Xaver Hirtz, von dem er getrennt wurde, und der ihm in den vielen Wochen wie ein Bruder geworden war.

»Drittes – feuerbereit!«, ertönte es von links.

Die Geschütze meldeten in rascher Folge, dass sie feuerbereit waren. Hinter dem Hügel, über den hinweg sich die dicken Rohre hoben, hämmerten MG und patschte Schützenfeuer, dazwischen mischte sich manchmal das Bellen kleinkalibriger Kanonen.

Benz stand wieder hinter dem Rundblickfernrohr seines Geschützes. »Von Grundrichtung – 68 weniger«, lautete der Zielwert.

Die drei Munitionskanoniere stellten die Granatzünder auf Verzögerung ein. Auf den Matten lagen 30 Schuss – Brisanzgranaten.

»Meine Fresse«, murmelte Werner Stöger, der Abzugskanonier, zu Benz. »Dass es den Alois auf diese Weise erwischt hat, ist doch wirklich traurig. Meinst du, dass er an dem Hufschlag stirbt?«

»Er muss schwer getroffen sein.«

»Und wie er geschrien hat!« Stöger hakte die Abzugsleine in der Verschlussöse fest. »Wahrscheinlich hat er innere Verletzungen.«

Benz kontrollierte noch einmal die eingestellten Zielwerte. Unteroffizier Brenner trat heran und schmunzelte.

»Na, Benz – jetzt sind Sie ja wieder bei der Familie, 's hat 'n bisschen lang gedauert, wie?«

Benz nickte nur.

»Mein lieber Kokoschinski«, ließ sich Josef Zinn vernehmen, der die erste Granate heranwuchtete. »Es wird langsam mulmig. Wenn's jetzt nicht rundgeht, fress ich 'nen Besen ohne Senf! Fein, dass du wieder da bist, Robert. Ist doch was anderes als so bei den Zossen, wie?«

»Darüber lässt sich streiten«, murmelte Benz. Er spürte, dass er den Kontakt zu den früheren Kameraden verloren hatte, und ertappte sich bei Gedanken an Xaver und die Pferde. Ob die Protzenstellung sicher genug lag und ob Lehmann mit den beiden Gäulen fertig werden würde.

»Hör mal, du!«, lachte Zinn. »Du wirst doch nicht behaupten wollen, dass es bei den Zossen schöner ist als bei uns an der Spritze?«

Leutnant Herrberg hob das Megafon an den Mund.

»Erste Batterie feuerbereit!«

Die Verschlüsse klinkten zu, und die Kanoniere schnallten die Stahlhelmriemen fester. Unteroffizier Brenner trat zwei Schritte zurück und rief mit erhobener Hand:

»Erstes – feuerbereit!«

Der Gefreite Stöger zog die Abzugsleine straffer, drehte sich halb um sich selbst, duckte sich ein wenig. Ein paar steckten die Finger in die Ohren. Benz trat zur Seite und nickte Unteroffizier Brenner zu.

»Batterie – Feuer frei!«, hallte der Ruf durch die Mulde.

»Erstes – Feuer!«, befahl Unteroffizier Brenner.

Man schoss mit sechster Ladung und fast maximaler Rohrerhöhung. Staub wirbelte auf, als der Abschuss krachte. Weit sprang das Rohr zurück, zischend holte der Luftvorholer es zurück. Die Granate flog als winziger Punkt davon und verschwand schnell am Himmel.

Die Batterie schoss schnell und ließ die Erde ringsum erzittern. Im Laufschritt brachten die Munitionskanoniere die schweren Brocken heran. Laut klirrten die ausgeworfenen Kartuschen und häuften sich zwischen den weit gespreizten Holmen. Immer tiefer bohrten sich deren Enden in die Erde.

Es war lange her, dass die Batterie zum letzten Mal Schnellfeuer auf ein feindliches Ziel eröffnet hatte und mit der Munition nicht zu sparen brauchte. Niemand wusste, was man unter Beschuss nahm, aber jeder war irgendwie stolz darauf, seine Waffen betätigen zu dürfen, mit dabei sein zu können.

Die Ohren schmerzten von den mächtigen Donnerschlägen der Abschüsse, die Munitionsträger schwitzten. Benz stürzte nach jedem Abschuss ans Zielgerät und kontrollierte, dass keine Verschiebung eingetreten war.

Es ist gut, dass wir schießen, ging es ihm durch den Sinn. Da geht die Sorge weg, dass wir wehrlos sind, und wir zeigen denen drüben, dass wir doch siegen werden. Jawohl – wir müssen siegen! Wir dürfen uns nicht mehr zurückjagen lassen … den weiten Weg … es wäre entsetzlich! Bloß siegen! Bloß siegen!

Eine halbe Stunde lang feuerte die Batterie aus allen Rohren, dann kam endlich der Befehl zum Feuereinstellen.

»Das hat drüben ’nen ganz netten Zauber hingelegt«, lachte Stöger. Er schrie es, noch halb taub von dem Gekrache.

»Mir klebt det Hemde auf der Haut«, schnaufte Henneberg, der Granaten hatte schleppen müssen.

Sie hatten alle frohe, sorglose Gesichter. Dass es kurz zuvor auf dem Hügel eingeschlagen hatte, schienen sie vergessen zu haben. Es gab ja keine Toten.

Doch, es starb einer im Zelt des Sanitäters. Alois Emmerich röchelte bereits mit halb offenem Mund. Hauptmann Schröder stand neben dem Sterbenden und nahm langsam den Stahlhelm ab. Auch einen solchen Tod konnte man finden – den Tod durch den Hufschlag eines Pferdes. Den Angehörigen würde man schreiben, dass der Sohn für Volk und Vaterland sein Leben ließ.

Bewegt verkündete Leutnant Herrberg der Batterie, dass der Gefreite Alois Emmerich verschieden und ein pflichtgetreues Soldatenleben zu Ende gegangen wäre.

Der Gefreite wurde nachts bestattet, ohne großes Zeremoniell, still und wortlos, wie man schon viele Tote in Russlands Erde versenkt hatte. Hauptmann Schröder ließ die kurze Grabrede von Leutnant Herrberg halten, weil er selbst sich vorn bei der Infanterie als Beobachter aufhielt.

In der Nacht standen zwischen den Geschützen Zelte, aus denen halblaute Gesprächsfetzen drangen. Die Geschützrohre ragten zum bewölkten Himmel empor, die Nacht war windstill und lau. In den Hügeln zirpten wieder die Grillen und gaukelten einen falschen Frieden vor. Der Horizont hinter der Hügelsilhouette flackerte, als entlade sich weitab ein Gewitter, und dumpf grollte die Stimme des Krieges von Nord nach Süd.

Benz kampierte mit Werner Stöger und Josef in einem Zelt. Sie hatten es sich so bequem wie möglich gemacht und löffelten eine fad schmeckende, armselig dünne Erbsensuppe aus den Kochgeschirren. Ein Kerzenstummel spendete spärliches Licht und beleuchtete die unrasierten, knochig gewordenen Gesichter.

»Kinder, und ich sag, wir verbringen auch den Winter hier. Wir kommen nicht mehr so schnell voran wie am Anfang.« Stöger hatte es gesagt und klapperte mit dem Löffel im Kochgeschirr.

»Wenn wir Moskau haben, haben wir ganz Russland«, meinte Zinn, der bereits den Löffel ableckte. »Die Panzer sind ja vorn, und die walzen die Iwans schon platt.«

Benz beteiligte sich nicht an dem Gespräch. Gedankenversunken aß er die dünne Plörre von einer Erbsensuppe. Das Gespräch um die Siegeschancen drang an sein Ohr, als sprächen zwei Leute irgendwo auf der Straße.

Wieder keine Post von daheim, dachte er. Es muss an der Feldpost liegen. Gerti hat mir bestimmt ein paar Briefe geschrieben, Mutter auch. Wenn man bloß Post kriegen würde – alles ließe sich leichter ertragen.

Und während sich Zinn und Stöger jetzt über Panzermotoren unterhielten, kramte Benz die letzten Briefe von Gerti und den Brief der Eltern hervor, rückte nah ans trübselige Kerzenlicht und las die Briefe noch einmal. Und obschon er jede Zeile auswendig konnte, schöpfte er dennoch ein bisschen Zuversicht und Kraft aus den lieben Worten, die eine junge und eine alte Hand geschrieben hatten – Worte, die das Grauen der Zeit verjagten und inneren Frieden schufen.

Bub, wir sind in Gedanken immer bei dir, schrieb die Mutter mit klaren, großen Buchstaben. *Mein Liebster«*, schrieb Gerti, *»der Abschied damals hat sich in mein Herz und meine Seele eingebrannt …*

»Na du …« ertönte eine Stimme neben Benz, »du redest ja gar nicht mit uns … du bist überhaupt ziemlich komisch, Robert.«

Benz räumte die Briefe weg und steckte sie in die innere Blusentasche.

»Wieso bin ich komisch? Ich bin derselbe wie früher … bloß ein bisschen nachdenklicher bin ich vielleicht. Als es losging, hat alles anders ausgeschaut, das müsst ihr doch zugeben.«

»Klar. Keen Aas kann mehr sagen, wann der ganze Krampf zu Ende ist«, bemerkte Zinn und breitete seine Decke aus.

»Jedenfalls hat sich das Blatt ganz schön gedreht«, ließ sich Stöger vernehmen. »Sogar der Schimanek, der Bulle, hat die Haare von den Zähnen rasiert und bellt keinen mehr an. Du, Robert, nu sag mal, wie war denn das seinerzeit, als du ihm nachgesprungen bist … in die Beresina. Wolltest du ihn vielleicht erst richtig tunken, ha?«

Stöger grinste herüber.

»Hört auf davon«, murmelte Benz ärgerlich. »Ich mag davon nichts hören. Ich hab ihn eben 'rausgeholt, und damit hat sich's.«

»Seither hast du aber auch Ruh vor ihm, was?«, schnaufte Zinn, der sich zurechtlegte und die Decke ans Kinn zog.

Benz kroch aus dem Zelt. Ihm war das Thema ebenso unangenehm wie das ganze Gerede über den Krieg. Er hatte das Bedürfnis, zu Hirtz zu gehen, nachzuschauen, was Tino und Toni machten, zu fragen, wie Lehmann mit den Pferden fertig würde.

Am Geschütz lehnte eine Gestalt.

»He, wo gehst du hin, Benz?«, rief die Stimme des Postens. Es war Sommer, der für die Zündereinstellung zu sorgen hatte.

»Mal in die Protzenstellung«, sagte Benz.

»Bleib bloß nicht zu lange weg, hörst du!«, rief Sommer herüber. »Wenn ein Feuerbefehl kommt und du nicht da bist, gibt's Knatsch.«

»Ich bleib nicht lange weg«, sagte Benz und schlug die Richtung zur Protzenstellung ein.

Die Nacht roch nach Erde und faulem Gras, ein bisschen auch nach den Geschützen, die wie dunkle Klumpen in der Talsenke standen.

Halbrechts, wo die Straße entlangführte, knarrten Räder. Munitionskolonnen fuhren nach vorn. Irgendwo brummte ein Lastwagen, der Motor brüllte einmal auf und verstummte wieder.

Die Nacht war voll unruhiger Geräusche und Betriebsamkeit, und der Horizont hinter dem langgestreckten Hügelrücken flackerte im Widerschein ferner Geschützblitze. Benz stieg den flachen Hang hinan, hinter dem die Protzenstellung liegen musste. Das Gras war gelblich und von den Spuren der Fahrzeuge zerfurcht.

Auf dem Hügel blieb er stehen und schaute in die Richtung, aus der das Grollen und Wetterleuchten kam. Langsam wanderte sein Blick den flackernden

Horizont entlang – von Süd nach Nord, die endlose Linie entlang, die man »Front« nannte und an der die Menschen einander bekämpften, vernichteten, weil es so befohlen war. Und wieder spürte Robert Benz, dass der Krieg das Verhängnis dieser Zeit war, dass von bösen Menschen Geschichte gemacht wurde, die mit Blut geschrieben war. Er selbst kam sich in diesem Augenblick des Schauens vor, als sei er in einen reißenden Fluss gestürzt und würde fortgerissen – einfach fortgezerrt von der Gewalt des Elementes. Die Ufer sind weit weg, dachte er, wir sind alle in diesem reißenden Fluss und ertrinken …

Er horchte. Huuiiiii … jammerte es weit rechts, im Dunkel. Wumm, dröhnte es dumpf.

Ein vereinzelter Schuss des Feindes, irgendwohin hinter die Linie ins Blaue hinein. Ohne Wirkung, ohne Sinn und Zweck. Tausende Rubel zerbarsten mit einem einzigen Krach und waren weg. In Rauch und Pulvergestank aufgegangen.

Wie viel Geld haben wir heute wohl verschossen? fragte sich Benz beim Weitergehen. Was kostete dieser wahnsinnige Krieg? Konnte man ihn überhaupt noch in Geld beziffern? Wie gut könnte es den Völkern gehen, wenn es keinen Krieg gäbe und das verpulverte Geld in Häuser, Kleidung, Nahrung angelegt würde! Warum dürfen die Völker nicht mehr lachen und fröhlich sein? Warum müssen sie sich gegenseitig vernichten?

Die Protzenstellung lag einen Gewehrschuss weit hinter der Batterie in einem Birkenwäldchen, durch das ein schmales Bächlein rann. Benz fand die Fahrer des Geschützes zwischen den weißen Stämmen der

Birken. Die Pferde waren angebunden, die Protzen standen zwischen den Büschen.

»Xaver! Hallo!«

»Da bin i«, kam es aus dem Dunkel, und die untersetzte Gestalt des Rosenheimers trat heran. »Was ist, Robert?«

»Ich bin bloß so da«, sagte Benz und fühlte sich in Hirtzens Nähe zu Hause, erlöst von dem Gefühl des Alleinseins. »Ist ein guter Platz, wie?«

»Ja!«, sagte Hirtz, »bloß viel Mucken gibt's.«

»Besser Mucken als eine Granate vor die Nase gesetzt zu kriegen.«

»Die Russen schießen andauernd herüber«, sagte Hirtz. »Aber weiter rechts hin ...«

Es jammerte wieder im Dunkel, es bumste, und dann barst die Granate weit entfernt.

Benz ging zu den Pferden, zu Toni und Tino. Sie rupften Blätter von den Zweigen der Büsche und peitschten mit den Schwänzen nach den Mücken.

»Bist du mit Lehmann zufrieden?«, fragte Benz.

»Vom Reiten versteht er grad so viel wia der Rollmops vom Zitherspielen«, erwiderte Hirtz. Dann bot er Benz die zerdrückte Zigarettenschachtel an. »Da, quarz' ma oane, Robert.«

Sie rauchten vorsichtig an und hielten die Zigaretten in der hohlen Hand. Benz setzte sich auf die Deichsel der Lafettenprotze. Hirtz nahm neben ihm Platz. Eine Weile rauchten sie schweigend und horchten in die Nacht.

»'s kimmt mi scho hart an, dass du jetzt nimmer bei uns bist«, sagte Hirtz. »Wir san doch in den vielen Wochen gut zusammenkemma, gell?«

»Ja, Xaver, gut.«

»Bist froh, dass du wieder bei den Spritzen sein kannst?«

»Froh?«, Benz lachte spröde. »Was heißt froh, Xaver. Ich mach meinen Dienst, und damit hat es sich … Mir werden die Rösser fehlen«, fügte er nach kurzem Schweigen hinzu. »Ich bin ein richtiger Kutscher geworden, Xaver.«

Der andere legte ihm die Hand auf die Schulter. »Dös woaß i, Robert, dös hab i gleich gewusst, wia du zu uns versetzt worden bist. Du hast fürs Viechzeug eben was übrig.«

»Das hast du mir beigebracht, Xaver.«

Die Glutpunkte der Zigaretten wanderten ein paarmal auf und nieder. Die Mücken sirrten und stachen. Man verjagte sie mit dem Zigarettenrauch oder zerklatschte sie auf der Haut.

»I muss viel an den Alf denken«, sagte Hirtz leise. »Ob er scho hin ist, der arme Kerl?«

»An den Emmerich denkst du nicht?« Benz fragte es ohne Vorwurf.

»Mei, der Emmerich«, seufzte Hirtz, »koaner kann was dafür, dass er auf die Weis ums Leben kemma is. Er hat an schweren Tod gehabt.«

Sie schwiegen wieder, saßen nah beieinander und waren darüber froh.

»Du, Robert«, ertönte die Stimme des Rosenheimers, »i muss über so vieles nachdenken … über den Krieg, den wir mit den Russen angefangen haben. Es wird immer ärger. Mir kimmt's vor, als täten wir ihn nia gewinna.«

»Wir müssen ihn gewinnen, Xaver, sonst ist's aus.«

»Ja, müssen«, murmelte Hirtz. »Aber wenn die Russen immer stärker werden, wenn's auf oamal von den Engländern Hilf kriegen, dann gehn die Lichter aus, Robert – dann sitzen wir drin und kemma nimmer raus aus dem Schlamassel. I hab a ganz a ungutes Gefühl, Robert.«

Sollte Benz ihm bestätigen, dass er das gleiche ungute Gefühl hatte und dass mit jedem Tag, den sie weiter ins Feindesland eindrangen, die Angst und die Sorge, den Krieg zu verlieren, größer wurde? Oder musste er jetzt wider sein Gefühl sprechen – bloß um ein guter Deutscher zu sein, ein vortrefflicher Soldat, der an das Gute der Sache glaubte?

»Gib Antwort, Robert«, sagte Hirtz mit drängender Stimme. »Wia denkst du drüber? Du bist doch a Studierter!«

»Wir tun unser Bestes, Xaver.«

»Dös is koa Antwort, du ... dös is bloß a blödes Gerede.«

»Wir müssen an den Sieg glauben«, sagte Benz, und in dem Moment, in dem er es sagte, hörte er selbst, dass seine Worte Phrasen waren, verlogene Phrasen.

»I glaub an den Herrgott«, erwiderte der Rosenheimer, »und sunst an nix. Und der Herrgott will's net, dass sich die Menschen wegen der Politik oder a paar Hunderttausend Quadratkilometer Land gegenseitig umbringa! Robert, und i sag dir no amal: Dös werden wir büßen, dass wir die Russen bei Nacht und Nebel überfallen haben. Dös werden wir schwer büßen!«

»Vielleicht hast du recht«, murmelte Benz.

Hirtz umspannte den Arm des Kameraden und presste ihn beschwörend.

»Man müsst einfach Schluss macha, du«, raunte er Benz ins Ohr. »Man müsst von sich aus mit dem Irrsinn aufhören. Mei Muatter hat mi net ins Leben gesetzt, dass i in Russland ins Gras beiß, Robert! Und dei Muatter hat di aa net zur Welt bracht, dass du von oaner Granaten zerfetzt wirst, bloß weil's a paar Großkopferte so wollen. I sag, der Krieg is a Wahnsinn, Robert ... is a Schlachthaus, in das man uns 'neintreibt wia Küh, Ochsen und Schweine. I lass mir den Schlegel net gegen 's Hirn haun, du ... i net.«

Hirtz rief es gepresst.

Benz schaute sich besorgt um. »Nicht so laut, Xaver«, stammelte er. »Wenn's jemand hört, dann ...«

»Ist's mir egal«, schnaufte Hirtz.

Benz drückte beschwörend Hirtz' Arm, weil jemand herankam.

»Benz«, sagte Lehmanns Stimme, »du bist da?«

»Ja. Wie kommst du mit den Rossen zurecht?«, fragte Benz.

»Mal sehn«, erwiderte Lehmann.

Hat er was gehört? fragte sich Benz.

»Wer hat 'ne Zigarette für mich?«, fragte Lehmann.

Hirtz gab ihm die letzte. Lehmann zündete sie verstohlen an und lehnte sich, den Rauch durch die Zähne stoßend, an die Protze.

»Ich denke, hier werden wir länger bleiben«, sagte er dann. »Wir sind bald ganz vorn.«

»Dann pass bloß guat auf, dass du koane auf'n Deckl kriagst«, brummte Hirtz.

Lehmann lachte.

»Mensch, die Protzenstellung ist mir lieber als die Feuerstellung.«

»Wart's bloß ab«, grollte Hirtz, stand auf, ging zu seinen Pferden hinüber und klopfte ihnen aufs Fell.

Benz hatte keine Lust, mit Lehmann ins Gespräch zu kommen, und erhob sich ebenfalls.

»Mach's gut, Max«, sagte er. »Ich muss zum Geschütz zurück.«

»Ich geh mit«, sagte Lehmann, »ich muss noch meine Klamotten holen.«

In diesem Augenblick rief jemand hinter den Büschen:

»Hö, was is 'n das für'n Gaul? Wem gehört denn der?«

Ein mattes Wiehern ertönte, das in ein anhaltendes Schnauben und Plubbern überging.

»Robert!«, rief Hirtz herüber. »Robert, dös is ... ja mei ... Kruzifix ... Alf! Alf, da geh her, du Kerl... du Gauner, du alter Schinder!«

Alf, den man zurückgelassen hatte, war wieder da. Er warf den Kopf hoch und wieherte, als Hirtz auf ihn zugerannt kam, die Arme ausbreitete und voller Freude schrie: »Alf! Alf! Na so was ... ja du lieb's Viecherl du!«

Und Xaver Hirtz umarmte sein Ross wie einen heimgekehrten Bruder, wie einen Menschen, und flennte vor Freude.

16

Die Kämpfe bei Jarzewo steigerten sich zu immer heftigerer Wucht und Stärke. Die 2. Abteilung, die auf einem Geländestreifen von sechs Kilometer Breite in Stellung lag, hatte die Aufgabe, die vorn liegende Infanterie gegen feindliche Angriffe abzuschirmen, um den Ausbau einer brauchbaren Verteidigungslinie zu ermöglichen.

Man wusste, dass hinter dem flachen Hügelstreifen, den vernichtete Kornfelder bedeckten, und auf dem drei kleine Dörfer als Stützpunkte eingerichtet waren, der Gegner alles daransetzte, die Verteidigungslinie der deutschen Infanterie zu zerschlagen, um in den Besitz der Straße zu gelangen, die nach Jarzewo führte. Denn für die dort kämpfenden Deutschen war sie eine wichtige Nachschubader.

Immer wuchtiger wurden die feindlichen Feuerschläge auf diesen Geländestreifen. Sowjetische Artillerie war aufgefahren und schoss pausenlos in die Dörfer und Kornfelder und belegte die Straße mit schwerem Feuer. In den kommenden acht Tagen, die für die deutsche Infanterie eine harte Bewährungszeit wurden, und die im Zeichen massierter russischer Gegenangriffe standen, bekam auch die 1. Batterie viel zu tun. Die Matten, auf denen die Munition gestapelt lag, wurden oft in wenigen Minuten leer, und die Muni-Kanoniere schleppten im Schweiße ihres

Angesichtes ununterbrochen neue Munition heran, die mit motorisierten Fahrzeugen herangebracht wurde. Es kam auch vor, dass die Geschützführer melden mussten: »Geschütz keine Munition mehr!«

Dann galt es zu warten, und bange Stunden verstrichen, bis die Nachschubfahrzeuge ankamen und Granaten brachten. Nachts wurden sie herangeschafft, weil tagsüber die Straße und die anderen Zufahrtswege unter dem konzentrierten Feuer des aus guten Positionen heraus beobachtenden Gegners lagen.

Am vierten Tag, kurz vor Sonnenuntergang, kam die Meldung, dass zwei Muni-Wagen der Batterie durch Volltreffer vernichtet worden waren. Die Namen der Fahrer und Beifahrer wurden genannt – Freunde, Kameraden, die aus der Verpflegungsliste gestrichen werden mussten, und denen Hauptmann Schröder, dessen Miene immer ernster und bekümmerter wurde, ein gutes Nachwort widmete.

Die Protzenstellung war noch weiter zurückverlegt worden in ein Waldstück, in dem sich eine Lichtung befand, auf der ein alter, verlassener Bauernhof, mehr eine Hütte mit einem Schuppen, stand. Dort hatten Feldküche und Schreibstube ihr Quartier aufgeschlagen. So tief wie möglich in den Wald hinein hatte der Gefreite Hirtz die Protzen gestellt und für die Rösser einen Stall aus Zweigen und Ästen errichtet. Er fand auch eine krumme, rostige Sense, die er dengelte, schliff, und mit der er mehrmals täglich auf kleine Lichtungen zog, um Gras für die Pferde zu mähen, das er trocknen ließ und als Vorrat anlegte.

Und während in der Feuerstellung Salven geschossen oder Streufeuer auf die feindlichen Linien geballert wurde, während die Kanoniere sich tiefe Löcher hinter den Geschützen gruben, um Schutz vor den feindlichen Granaten zu finden, die oft in gefährlicher Nähe einschlugen, wurde im Wald vor Jarzewo ein Lager errichtet, in dem Pferde wieherten und die Feldschmiede einer regen Tätigkeit nachgingen.

Spieß Dirks herrschte hier mit unumschränkter Befehlsgewalt. Er sorgte dafür, dass die Fahrer – trotz feindlichen Feuers – nicht »vergammelten«, dass man nicht zu lange auf der »faulen Haut« lag und dass der Betrieb nicht zu romantisch wurde, während vier Kilometer weiter vorn die Kameraden der Infanterie im Hagel von Maschinengewehrgarben oder Granatwerfertreffern starben.

Die Lage an der vordersten Verteidigungslinie war nicht immer übersichtlich. Ein schmaler Fluss, der das Gelände von Nord nach Süd zerschnitt und die kämpfenden Parteien voneinander trennte, war Gegenstand heftigster Schießereien. Keinen Augenblick durften die deutschen Infanteristen das andere Flussufer außer Acht lassen, pausenlos tackerten die MG 34 hinüber, pausenlos ließen die Soldaten der Granatwerferabteilung die Brocken in die kurzen, himmelwärts ragenden Hälse rutschen und hinausploppen.

»Gegner zieht starke Kräfte zusammen«, meldeten die Beobachter und zurückkehrenden Spähtruppführer. »Feindliche Artillerie geht in den Planquadraten X und Y in Stellung«, meldete die Luftaufklärung. Und in den Gefechtsständen der Infanteriekommandeure versammelten sich die Offiziere der auf deutscher Seite aufgefahrenen Artillerie und entwarfen Verteidigungs- oder Angriffspläne, errechneten neue Zielwerte und sprachen nicht mehr vom Sieg in sechs, in acht oder zehn Wochen. Die Kämpfe um Sein oder Nichtsein waren wilder und entschlossener geworden. Die deutschen Soldaten sangen nicht mehr, sie fluchten, sie knirschten mit den Zähnen oder sie starben im Rauch berstender Feindgranaten oder im Rattern der MG-Garben von drüben.

»Post ist da!«, ging es an einem Abend von Mund zu Mund. »Jungs, Post ist da! Postabholer in die Protzenstellung!«

Sie rannten los und versammelten sich im Wald vor dem windschiefen Haus, vor der elenden Hütte des vor langer Zeit schon davongelaufenen Waldhüters.

Mit erwartungsvollen Gesichtern standen sie vor der Tür, bis Spieß Dirks herauskam und der Schreibstubenbulle Hopf einen Sack mit Feldpostpäckchen auf den Boden ausschüttete – wie der Nikolaus am 6. Dezember vor einer Schar erwartungsvoller Kinder.

»Erst die Briefe!«

Dirks zog die Postausgabe gern in die Länge und steigerte somit das Fieber der Erwartung. Seine eigenen Briefe, die ihm seine Frau geschickt hatte, steckten schon in der Tasche.

»Gefreiter Schmidt!«

»Hier!«

»Gefreiter Habel, Ernst!«

»Hier!«

»Oberkanonier Gumpp, Walter!«

»Hier, Herr Hauptwachtmeister!«

Mit langen Schritten gingen sie vor, mit gierigen Händen griffen sie nach den Briefen, mit lächelnden

Gesichtern schlugen sie sich seitwärts, um den Gruß aus der Heimat, das liebe Wort, die gute, die schlechte Nachricht von zu Hause zu lesen.

»Gefreiter Robert Benz!«

Benz schluckte vor Freude, krachte die Hacken zusammen und griff nach den Briefen. Drei waren es.

Der Spieß hielt sie noch zurück, sah Benz an und grinste: »Benz, und Sie haben seinerzeit doch den verlausten *Muschik* samt Biene loofenlassen! Stimmt's?«

»Kann mich nicht erinnern, Herr Hauptwachtmeister!«

Auch Benz grinste. Das Verhältnis zwischen ihm und Dirks hatte sich gebessert, seit Schimanek zu melden wusste, dass dieser Benz doch der flinkste Richtkanonier sei.

»Sie kriegen die Briefe nur, wenn Sie mir jetzt die Wahrheit sagen, Benz.«

Benz spürte, dass er blass wurde, dass sich in ihm etwas zusammenzog. Er sah Dirks in die wasserblauen Lichter und forschte darinnen, ob sie gefährlich oder ungefährlich funkelten.

»Drei Briefe, Benzlein«, grinste Dirks und wedelte mit den Boten aus der Heimat. »Es lohnt sich, ehrlich zu sein, Benzlein!«

»Na schön«, grunzte Benz, »es war so.«

»Wie war's?«

»Sie wollten heim. Der Alte flennte, die Tochter bettelte mich, und da … da hab ich mich nicht weiter drum gekümmert, was aus ihnen wird, Herr Hauptwachtmeister.«

»Dacht mir's doch«, sagte der Spieß und gab Benz die drei Briefe. »Den Tatbericht häng ich Ihnen aba erst nach dem Krieg ans Hemd, Benz. Kehrt marsch, Sie Pflaume! Sin Se noch nicht im Wald?«

Und Benz griff nach den Briefen, knallte die Hacken zusammen, machte zackig kehrt, verkrümelte sich seitlich und setzte sich auf einen Hackklotz. Er küsste die Briefe erst, bevor er sie behutsam mit dem Taschenmesser aufschlitzte.

Es war noch hell genug, um sie zu lesen, und überall saßen oder standen Landser herum, die lasen, während Dirks drüben bei der Hütte die Namen weiterer Postempfänger aufrief.

Die Eltern schrieben, dass sich in der Heimat, in Heidelberg-Neuheim, Uferstraße 6, nichts geändert habe. Gerti sei jetzt da. Vier Wochen wolle sie bleiben, weil sie Urlaub habe. Und Gerti, die zwei Briefe geschrieben hatte, schickte die Nachricht, dass sie glücklich sei, bei den Eltern sein zu können. *Du bist jetzt immer bei mir, Liebster ... Dein Bild steht vor mir, alles erinnert mich an Dich ...*

Und dann plötzlich, im zweiten Brief, ganz am Schluss, da hatte sie etwas hingekritzelt, das Benz missfiel und worüber er die Stirn runzelte:

Bitte auch einen Gruß an den Wachtmeister! Ich weiß seinen Namen nicht mehr ...

Grüße an Schimanek? An den? Wie kommt sie bloß darauf? dachte Benz. Ich werd mich hüten! Er verdient es nicht!

Die Sonne verschwand, ein letztes rötliches Licht hatte sich ausgebreitet, die langen Schatten der Bäume ließen die nahende Nacht ahnen, und weit drüben, wo die Dunkelheit heraufwuchs, dröhnte die große Trommel des Krieges.

Benz schaute nachdenklich zu der Hütte hinüber, wo jetzt die Päckchen ausgeteilt wurden. Zinn stand dort und nahm die Post für die anderen Kameraden in Empfang.

»Gefreiter Benz!«, erscholl es noch einmal. Zinn wollte schon das Päckchen für Benz in Empfang nehmen, als dieser aber schon da war.

»Hier!«

»Mensch, ganz schönes Gewicht«, sagte Hopf, als er ihm das Paket gab. »Scheint was Nasses drin zu sein. Mach's gleich auf, Benz, und lass kosten!«

Wie eine Bibel drückte Benz das Paket an die Brust. Lachend und glücklich machte er kehrt, und da sah er, dass auch Schimanek da war. Er lehnte am Schreibstubenfahrzeug und rauchte eine Zigarette.

»Benz!«

»Herr Wachtmeister?«

Sie sahen sich an. Schimanek grinste schief. »Viel Post gekriegt, was?«

»Jede Menge.«

»Sie haben vorhin so vor sich hingefeixt«, sagte Schimanek und verriet damit, dass er ihn beim Lesen der Briefe beobachtet hatte.

Benz nickte.

»'s stand auch Hübsches drin, Herr Wachtmeister.«

»Hat Ihnen ... ähm ... hat Ihre Verlobte geschrieben?«

Was geht es ihn an? dachte Benz. Laut aber sagte er, wie triumphierend:

»Jawoll, sie hat geschrieben.« Und dann reizte es ihn, Schimanek zu fragen: »Ihnen schreibt wohl niemand?«

Da schüttelte der andere den Kopf, schaute auf die halbgerauchte Zigarette und erwiderte:

»Nee, mir schreibt niemand.«

»Aber Sie müssen doch auch jemand haben ... Verwandte oder so ...?«

»Keen Aas hab ich«, sagte Schimanek leise. »Drum ist's für mich auch ein geradezu erhebendes Gefühl, zu wissen, dass kein Hahn nach mir kräht, wenn ich mal eene verpasst kriege.«

Benz wehrte sich gegen ein aufsteigendes Gefühl von Mitleid und Verständnis. Irgendwie tat ihm Schimanek leid, irgendwie war er auf einmal bereit, dessen grobes Wesen, seine Art, mit Untergebenen umzugehen, zu verstehen.

»Na denn – viel Spaß beim Aufmachen des Fresspakets«, sagte Schimanek und ließ Benz stehen.

Mit leisem Sporengeklirr ging der Wachtmeister zur Hütte hinüber. Da rief Benz ihm nach:

»Übrigens, Herr Wachtmeister – ich soll Sie von meiner Braut grüßen.«

Schimanek blieb stehen. Er drehte sich so langsam um, dass man seine Betroffenheit erkennen konnte. Er schaute zu Benz, dann tippte er mit der Hand an die Feldmütze.

»Danke«, sagte er und ging weiter.

Benz war es mit einem Male, als sei zwischen Schimanek und ihm eine Brücke geschlagen worden – schmal nur, leicht und zerbrechlich. Ich muss endlich mit ihm ins Reine kommen, dachte Benz, es hat ja keinen Zweck, sich gegenseitig das Leben schwerzumachen. Schließlich sitzen wir ja alle im selben Boot, und es sind stürmische Zeiten.

Benz machte sich mit dem Päckchen unterm Arm auf die Suche nach Xaver Hirtz. Vorhin, bei der Postausgabe, war auch dessen Name aufgerufen worden.

Die Rösser grasten auf der kleinen Waldlichtung; man sah sie kaum mehr, so dunkel war es zwischen den Bäumen geworden. Nur auf der Lichtung lag noch ein vager Schimmer Tageslicht, der aber rasch dahinschmolz.

»Ich weiß nicht, was der Xaver hat«, sagte Lehmann, als Benz ihn fragte, wo Hirtz sei. »Er hat 'nen Brief von daheim gekriegt, hat ihn gelesen und ist dann weg. Bei den Zossen wird er sein.«

Benz fand Hirtz bei den grasenden Pferden. Er saß unter einer alten Föhre, mit dem Rücken an den Stamm gelehnt. Im Baum raschelten und piepsten ein paar Vögel.

»Grüß dich, Xaver«, sagte Benz.

Der Rosenheimer schaute auf, und da erschrak Benz vor der Leere und Starrheit in dem grobgeschnittenen Bauerngesicht, vor dem trüben Ausdruck der Augen.

»Servus, Spezi«, erwiderte Hirtz. Zwischen den Fingern hielt er einen kleinen Brief. »Hock dich nur her. 's is a gemütliches Platzl.«

»Hast du Post bekommen?«, fragte Benz, während er sich neben Hirtz im Gras niederließ.

Der Rosenheimer schaute zu den Pferden hinüber, die schnaubend das Waldgras rupften.

»Ja, Post…« murmelte er. »Mei Vata ist gestorben. Die Leich war scho vor … vor …« Er sann nach, und dann sagte er leise: »Vor bald fünf Woch'n.«

Schweigen.

Eines der Rösser stampfte mit dem Huf. Alf, das kranke Ross, graste ganz in der Nähe und rieb sich jetzt den Hals an einem Baumstamm.

»Wo … wo waren wir denn vor fünf Wochen?«, sinnierte der Rosenheimer vor sich hin. Seine Stimme klang ganz ruhig, »am … am 27. Juli? … Man woaß scho reinweg nimmer, wia alt ma is«, fügte er kopfschüttelnd hinzu.

Auch Benz konnte nicht sagen, wo man am 27. Juli gewesen war. Irgendwo auf einer miesen Straße, irgendwo bei Bobruisk.

»Das ist sehr traurig«, vermochte er nur zu murmeln.

Der Rosenheimer nickte wieder.

»Die Muatta schreibt, dass er ganz staad eingeschlafen is, der Vater.«

»Zu Hause?«

»Naa, im Spital, schreibt s'. Sie war bis zur letzten Stund bei ihm.«

Neben Benz raschelte etwas, und dann ertönte Hirtzens verhaltene Stimme. Er las eine Stelle aus dem Brief vor – langsam, mit dem Versuch, die Worte hochdeutsch auszudrücken:

»… und wie ich so neben dem Vater sitzen tue und seine Hand in der meinen halte, da macht er noch einen schweren Schnaufer, und dann war's aus …« Stille. »Dann war's mit ihm aus«, wiederholte Hirtz nachdenklich.

Benz legte dem Freund die Hand auf die Schulter. »Jeder von uns muss mal gehen, Xaver. Und wir – du und ich – wir sind jetzt noch viel näher dran als die Alten.«

»Er war erst sechsundfuchzig«, sagte Hirtz, und dann drückte er plötzlich die Fäuste an die Augen und murmelte: »Und i kann ihm nimmer die Hand schütteln, 'm Vater. Jetzt ist die Muatta ganz alloa.«

Benz öffnete langsam das Päckchen. Die Schnur riss mit leisem Knacken, das feste Papier hatte gehalten, und die Schachtel, in der viele Sachen lagen, hatte die lange Reise wohlbehalten überstanden. Vorsichtig und mit andächtiger Miene holte Benz die Sachen heraus und breitete sie zwischen den gespreizten Beinen auf dem Waldboden aus: ein Napfkuchen, fest in Pergamentpapier eingewickelt und sorgfältig mit Heftpflastern verklebt, damit er ja nicht austrocknet; fünf Schachteln Zigaretten, fünf Päckchen Feinschnitt, zwei neue Taschentücher, ein Frottierhandtuch, Seife, ein Beutelchen Kandiszucker und – ganz zuunterst, in Holzwolle gebettet, eine Flasche Cognac. Welch ein Wunder, dass sie heil angekommen war! Um den Hals war ein Kärtchen gebunden. Um es entziffern zu können, weil es schon recht dunkel geworden war, musste Benz die Nachricht ganz nah an die Augen halten.

Lass es Dir schmecken. Gruß von Deinem Vater!

Benz schaute lange auf die ausgebreitet am Boden liegenden Schätze nieder; er spürte dabei ein Brennen in den Augen, das er heftig bekämpfen musste.

»Lauter schöne Sachen hast 'kriegt«, hörte er Hirtzens Stimme neben sich.

»Hast du ein Taschenmesser mit Korkenzieher?«, fragte Benz.

»Ja. Aber du wirst doch net den guaten Schnaps …«

»Gib das Messer her, Xaver. Wir trinken jetzt auf deinen Vater … auf seine gute Reise da hinauf …«

Benz deutete mit dem Kopf zum Himmel, der in dunklem Blau über den Bäumen stand.

Hirtz gab ihm den Korkenzieher, und dann reichte Benz ihm die Flasche und sagte feierlich:

»Trink 'n guten Schluck, Xaver.«

»Auf 'n Vata selig, ja«, murmelte Hirtz, und dann trank er feierlich.

Sie unterhielten sich, und Hirtz war in Gedanken so ganz daheim. Er erzählte vom elterlichen Hof, vom Vieh, von der bäuerlichen Arbeit, und er seufzte wieder, als er sagte, dass jetzt die Mutter alles allein schaffen müsste – die Mutter, die ja auch nicht mehr die Jüngste sei und an Rheuma leide.

»Versuch doch, Urlaub zu kriegen«, schlug Benz vor. »Zeig dem Chef den Brief. Er wird dich bestimmt heimlassen.«

»Heimlassen«, brummte Hirtz. »Und meine Rösser?«

»Die kannst du natürlich nicht mitnehmen, Xaver. Ich bin sicher, dass du alles versuchen musst, deiner Mutter beizustehen.«

Der Rosenheimer schwieg.

»Weißt, Robert«, sagte er schließlich, »die Muatta muass so und so fertig werden damit. Wohl, sie tat mich daheim brauchen, aber meine Rösser brauchen mich aa. Wer soll sie denn übernehmen, wenn i auf Urlaub abhau? I wüsst – außer dir – koan, dem ich sie geben tat. Und käm ich wieder zurück zum Haufen, dann ist's aa fraglich, ob ich meine Rösser wiederkriag. Naa, naa«, seufzte er, »da bleib ich scho lieber da und werkel weiter. Eines Tages wird ja sowieso alles zu End sein.«

17

Dieses »eines Tages« nahte mit unerbittlicher Gesetzmäßigkeit. Die Infanterie vor der Feuerstellung musste immer häufiger die verbissenen Angriffe der Roten Armee zurückschlagen. Der vorgeschobene Beobachter meldete mit gehetzter Stimme von den wilden Attacken und schrie die Anforderung des Batteriefeuers ins Telefon oder Mikrofon des Funkgerätes.

»Feuer – frei!«, brüllte Leutnant Herrberg, und dann donnerten sämtliche Geschütze, dass die Talmulde erfüllt war mit dichten Staub- und Pulverqualmwolken.

Salven, Schnellfeuer oder, nachts, Störfeuer, wurde geschossen. Die Munitionsfahrer waren im ständigen Einsatz. Denn Munition wurde dringend gebraucht. Und hatte man sie an jenem Junimorgen vor Brest-Litowsk mit dem Elan und Schwung des siegesgewohnten Angreifers verschossen, so verschoss man sie jetzt, um die Front zu halten und das eigene Leben zu schützen, um sich der nackten Haut zu wehren.

Der Gegner ließ immer mehr Artillerie auffahren, und dann kam es zum ersten Artillerieduell, das die Abteilung in der Zeit ihres Bestehens erlebte.

Die Geschütze schossen, bis die Rohre heiß wurden und beinahe glühten. In wahnwitziger Eile klirrten die leeren Kartuschen aus den Verschlüssen auf einen Haufen. Mit verzerrten Gesichtern wuchteten die Ladekanoniere die schweren Brocken ins Rohr. Schweißnass und mit zitternden Knien trugen die anderen die Granaten heran. Heiser vom Brüllen schrien die Geschützführer das Feuerkommando. Auf dem Hügelrücken voraus tanzten die Einschläge der feindlichen Granaten. Immer näher kamen sie. Links und rechts der vom Abschussfeuer geschüttelten Kanonen spritzten die Erdfontänen in die Höhe.

»Keiner läuft weg!«, schrie der Leutnant, wenn einige den Versuch machten, in die Deckungslöcher zu springen. »Weiterschießen, verdammt! Weiterschießen!«

»Erstes – Feuer!«, »Zweites – Feuer!«, »Batterie – Feuer!«

Die Erde bebte, die Hölle schien entfesselt zu sein, der Himmel verdunkelte sich mit Qualm. Immer wilder wurde der Schusswechsel. Beim 3. Geschütz fielen die ersten Kanoniere aus: zwei tot, der dritte schwer verwundet. Leutnant Herrberg stand immer dicht hinter der feuernden Batterie, den Stahlhelm tief in die Stirn gezogen, die »Flüstertüte« vor dem Mund. Er wich nicht aus, wenn es heranheulte, wenn es in die Erde fetzte.

»Weiterschießen, Leute! Weiterschießen! Zwotes Geschütz, was ist los? Warum schießt ihr nicht?«

»Munition verschossen!«

Im Galopp rasten die Munitionsfahrer in die Feuerstellung. Hatte man früher die zentnerschweren Granaten wie Kinder des Satans behandelt und beinahe mit Furcht angefasst, so warf man sie jetzt einfach vom Karren und stopfte sie mit einem Fluch ins Rohr.

Dann trat plötzlich Stille ein. Es war, als stünde die Welt still, als sei alles Leben aus ihr geflohen.

Der Tod machte Pause, die Bestie Krieg war erschöpft vom Brüllen und Töten.

»Alles bleibt an den Geschützen!«, befahl die Megafonstimme. »Munitionsmeldung! Geschütz- und Zugführer zum Chef!«

Hauptmann Schröder war mit dem Kradmelder Langewitsch von vorn gekommen; er sah grau aus, alt, verfallen und müde. Tiefe Tränensäcke hingen ihm unter den geröteten Augen, silbergraue Bartstoppeln bedeckten das Kinn und die eingefallenen Wangen.

Chargen und Hauptmann trafen sich in einem alten Schafstall.

»Kameraden«, sagte der Hauptmann mit ernster Stimme, »die Lage verschlechtert sich von Stunde zu Stunde. Der Feind ist an zwei Stellen durchgebrochen und versucht, den Kampfabschnitt vor Smolensk einzudrücken und die Unseren über den Dnjepr abzudrängen. Unser Abschnitt ist stark gefährdet, die beiden Flanken des Infanterie- und Artillerieregiments sind bedroht, den Sowjets ist es auch gelungen, uns mit starken Kräften in den Rücken zu fallen und die Nachschubstraße abzuriegeln.«

Schweigen.

Der Hauptmann nestelte eine Zigarre aus der Brusttasche, doch sie war zerbrochen.

»Eine Zigarette, Herr Hauptmann?«, fragte der Leutnant und bot ihm die zerknautschte Packung an, reichte ihm auch Feuer.

Schröder nahm einen tiefen Zug aus der Zigarette, und dann fuhr er mit seiner Erklärung der Lage fort:

»Die Situation ist kritisch, Kameraden. Der Feind bereitet einen nächsten Angriff vor und holt Panzer heran. Wir müssen jeden Augenblick damit rechnen, dass wir von massierten Infanteriekräften angegriffen werden und es auch mit Panzern zu tun bekommen. Die Infanterie vor uns hat bereits beträchtliche Verluste hinnehmen müssen. Ersatz kann im Augenblick nicht herangeführt werden ... Kurzum, meine Herren, die Lage ist ziemlich ernst. Wir müssen mit allem rechnen. Wie viel Munition haben wir noch, Herr Leutnant?«

»84 Schuss«, sagte Herrberg.

»Das ist verdammt wenig«, murmelte der Hauptmann. Er gab sich einen Ruck und sah die Versammelten der Reihe nach an. Dann lächelte er müde. »Aber wir werden unsere Position halten. Wir müssen sie halten. Ich glaube, wir wissen alle, warum! Nutzen wir die Feuerpause, um uns vorzubereiten. Um eventuell durchbrechende Feindpanzer abzuwehren, geht von jeder Batterie ein Geschütz auf den Hügelkamm. Wachtmeister Schimanek, sorgen Sie sofort dafür, dass das 1. Geschütz Stellungswechsel nach vorn, auf den höchsten Hügelpunkt macht, sich eingräbt und die Schussposition so einrichtet, dass feindliche Panzer unter Direktbeschuss genommen werden können. Sie übernehmen das Kommando über das 1. Geschütz.«

»Und ich?«, fragte Unteroffizier Brenner.

»Sie gehen auch mit hinauf, Brenner. Man kann nie wissen ...«

Hauptmann Schröder wandte sich an die anderen Geschütz- und Zugführer:

»Die Restbatterie bleibt, wo sie ist, und schießt nur auf ausdrücklichen Befehl. Das wär's, meine Herren. Es ist das erste Mal, dass ich Ihnen derart ernste Dinge sagen muss, aber wir sind Soldaten und müssen mit ihnen fertig werden. ›Gott mit uns‹, steht auf unserem Koppelschloss. Glauben wir daran und tun wir unsere Pflicht. Weggetreten! Herr Leutnant, Sie bleiben noch. Ich muss mit Ihnen etwas besprechen.«

»Jawoll, Herr Hauptmann«, murmelte Leutnant Herrberg.

Die Wachtmeister und Unteroffiziere verließen den Besprechungsort, der penetrant nach altem Schafmist roch.

»Junge, Junge«, sagte Brenner zu Schimanek, als sie der Batterie zugingen, »das ist 'n ganz schön dicker Hund. Von vier Seiten sind wir praktisch eingeschlossen. Hoffentlich geht 'n Loch auf, sonst wird's zappenduster.«

Es gibt nicht immer Sonnenschein, sang Schimanek mit boshaft-heiterem Grinsen, *es muss auch manchmal Regen sein*. Dann sagte er ernst: »Brenner, wenn wir hier heil 'rauskommen, werd ich 'n frommer Mensch.«

Der Unteroffizier nickte nur. Vielleicht dachte er dasselbe.

Die Bedienung des 1. Geschützes nahm die kurze Ansprache des Wachtmeisters stumm und mit ernsten Gesichtern zur Kenntnis. Dass man als einziges Geschütz auf den höchsten Hügelpunkt ziehen sollte, erschien allen als eine Art Bestätigung dafür, dass man die beste Arbeit leistete. Andererseits – und das war ihnen allen klar alle – lag man aber auch auf dem

Präsentierteller und hatte die besten Chancen, über die Klinge zu springen.

»Na denn«, sagte Schimanek, »gehen wir mal 'ran an den Speck. Brenner, reit sofort in die Protzenstellung und organisiere einen Zwölferzug. Und keine Zosse weniger, verstanden! Dort 'raufzukommen wird nicht leicht sein!«

Er räusperte sich und deutete mit dem Kopf zum Hügelkamm empor.

Eine Viertelstunde später kamen die Fahrer angaloppiert. Zwölf Gespanne. Die Kanoniere hatten unterdessen das Geschütz zum Transport über den Hang hinauf fertig gemacht und die Taue an den Radnaben befestigt. Jedes Geschütz schickte sechs Kanoniere, die im Mannschaftszug mitziehen und dann das Geschütz mit Hacke und Spaten am Hügelkamm eingraben sollten.

Leutnant Herrberg preschte bereits auf seinem Rappen schräg zum Hang hinauf und wählte die beste Position für das Geschütz aus; er hatte genaue Anweisung vom Chef und wusste, aus welcher Richtung Gefahr drohte.

Die Pferde waren vorgespannt, die Leute standen an den Tauen. Schimanek übernahm das Kommando.

»1. Geschütz – maaarsch!«

Die Rösser legten sich in die Geschirre, die Kanoniere fingen zu ziehen an. Langsam, unendlich schwerfällig setzte sich das aufgeprotzte und in einer einzigen Last steil aufwärtsfahrende Geschütz in Bewegung.

»Vorwärts! Vorwärts! Nicht stehen bleiben! – Vorwärts!«

Wütend hämmerten die Hufe den Boden, schnaubend zogen die Rösser fast neun Tonnen Stahl hügelauf. Aus Leibeskräften zerrten die Mannschaften an den langen Tauen. Meter um Meter klomm das Geschütz den Hang hinauf.

»Hierher! Hierher!«, schrie der Leutnant und ruderte mit den Armen in der Luft herum.

Ein Offizier der Infanterie war plötzlich da und schrie mit. Schräg herauf, oft bedrohlich schief, schwankend, dumpf polternd kroch die tonnenschwere Last über den Hang. Dann war das Geschütz endlich oben. Zwischen Ginsterbüschen und hohem, von der Sonne verbranntem Gras wurde es in Stellung gebracht.

»Brav! Brav!«, lobten die Fahrer die keuchenden Rösser.

»Ihr haut schleunigst wieder ab«, befahl der Leutnant den Fahrern.

Hirtz hatte noch Gelegenheit, mit Benz ein paar Worte zu wechseln, während die ersten Fahrer bereits zurücktrabten und die Kanoniere nach Hacke und Schaufel griffen.

»Robert, ihr habt's enk an gräuslichen Platz ausgesucht, ihr hockt dem Iwan ja direkt vor der Nasen.«

»Wir bereiten uns auf Direktbeschuss von Panzern vor, Xaver.«

»Mensch, wenn dös bloß guat geht!«

Benz zuckte die Schultern. »Servus, Xaver. Falls wir uns nicht mehr wiedersehen sollten – mach's gut, halt die Ohren steif.«

Sie reichten sich die Hände. Der Rosenheimer versuchte zu grinsen.

»Wenn's brennt, nachher woasst du ja, wo i bin. Ohne dich hau i nia ab, Robert. Wir bleiben beisammen, gell?«

»Hoffen wir's.«

»Hirtz, so hauen Sie doch schon ab!«, rief Schimanek herüber.

»Ja, ja«, knurrte Hirtz, schwang sich in den Sattel, nahm die Zügel des Handpferdes und schaute noch einmal zu Benz herunter. »Der Alf erholt sich allweil besser, Robert. Dös macht die guate Waldluft!«

Er grüßte mit der Peitsche, schnalzte mit der Zunge und ritt mit der Protze am Geschirr schräg den Hang hinunter. Die beiden Rösser bremsten den klirrenden Karren.

Am Hügelkamm polterten die Grabwerkzeuge. Viele Hände buddelten ein großes Deckungsloch, schufen einen Bunker aus Erde und herumliegenden Steinen, bauten einen Wall, hinter dem die Haubitze versank und nur noch mit dem Rohr herausragte.

Einzeln trugen die Kanoniere Munition herauf und legten sie auf die Matten hinter dem Geschütz.

Brenner zählte die Granaten. Das 1. Geschütz bekam mehr als die in der Mulde. 30 Schuss stapelten sich auf der Matte.

Es war schon dunkel geworden, als sich die abgestellten Geschützmannschaften von der Bedienung des 1. Geschützes verabschiedeten.

»Macht's gut, Kumpels! Seid wachsam! Tschüß beisammen! Angenehmen Aufenthalt auf Höhe 24!«

Sie gingen hinunter in die Mulde.

18

Wachtmeister Schimanek schnallte den Stahlhelmriemen unters Kinn.

»Hört mal zu, Kameraden«, sagte er mit sanfter, freundlicher Stimme im Tone eines besorgten Familienvaters, »wir haben zwar nicht den besten Platz, und wir können in nächster Zeit ganz schön eins auf den Dötz kriegen. Dafür aber genießen wir, was man eine schöne Aussicht nennt. Dort drüben, hinter dem Kornfeld, wo der Wald anfängt, liegen die Iwans, und hinter dem Wald sollen Panzer aufgefahren sein. Keen Aas weiß, wie viele, aber es werden ausreichend da sein. Und das kleine Kaff da unten, wo der Rauch so hübsch kräuselt, dort liegen – bis zum Waldstück dort drüben – unsere Stoppelhopser. Auch ein Zug Panzerjäger liegt irgendwo. Unsere Berta soll angreifende Panzer von hier aus unter direkten Beschuss nehmen. Ich kann mich nur erinnern, dass wir auf dem Münsinger Truppenübungsplatz direkt auf Panzer schießen sollten, aber da regnete es gerade ... und jemand nannte mich einen Idioten.« Schimanek räusperte sich.

Die Kanoniere, die auf den Holmen wie Schwalben auf einem Leitungsdraht saßen, grinsten und schauten zu Benz.

»Tja, seither«, fuhr Schimanek fort, »ist eine ziemliche Zeit vergangen, und jetzt sind wir hier und haben einen riskanten Sonderauftrag. Frage: Wer hat Bammel?«

Schweigen.

»Angeber«, murmelte Schimanek, »ihr habt alle Bammel! Ich auch. Geben wir's doch zu, dass uns nicht wohl um die Rosette ist. Aber irgendwie macht es doch Spaß, wie?«

Er schaute die herumsitzenden Leute an. Noch nie hatte Schimanek in diesem ironischen Tone zu ihnen gesprochen, noch nie hatte er sich so sehr auf eine Stufe mit ihnen gestellt wie jetzt. Jeder spürte, dass dieser Mann jetzt ehrlich war und die Schwere der Situation durch halb witzige, halb ernste Worte auflockern und damit Zuversicht schaffen wollte.

In diesem Augenblick wusste auch Benz, dass dieser Schimanek kein gewöhnlicher Kommisshengst, kein Leuteschinder war, sondern ein guter Soldat, ein Kerl mit Mumm und mit Humor.

»Jemand eine Frage?«, ließ er sich vernehmen.

»Ich«, sagte jemand; es war Stöger.

»Was willst du wissen, Stöger?«

Niemand wunderte sich mehr, dass Schimanek seine Mannschaft duzte.

»Können wir türmen, wenn es kritisch wird?«, wollte Stöger wissen.

Schimanek schien auf eine solche Frage nicht vorbereitet zu sein. Er musste erst nachdenken, und dann sagte er:

»Türmen? Mal sehen, wie alles kommt … mal sehen, wer es am längsten hier aushält. Oder?«

Schweigen. Weit drüben, wo der dunkle Waldstreifen lag, stieg eine gelbliche Leuchtkugel hoch. Linker und rechter Hand wummerte in großer Entfernung lebhaftes Geschützfeuer. Ganz weit weg kleckerte ein MG.

»Herr Wachtmeister!« Es war die Stimme von Benz.

»Was ist, Benz?«

»Wir unterhalten uns gerade so gut«, sagte Benz, »was halten Sie vom Heldentum?«

»Was ich davon halte, Benz?« Schimanek lehnte sich an das Holmende und verschränkte die Arme vor die Brust. »Was ich davon halte?«, wiederholte er noch einmal. »Tja – wie soll ich's ausdrücken, Benz? Ich hab nur die Volksschule besucht, und dann bin ich in die Lehre zu einem Bäcker geschickt worden. Einmal sagte der Meister zu mir – wir waren gerade dabei, Sauerteig anzurühren – einmal sagte er: Karl, ich war als Soldat bei Verdun. Da ging's zu wie in der Hölle. Wir bekamen den Befehl zum Angriff, und ich hatte furchtbare Angst. Aber dann hab ich mit angegriffen, erzählte mir mein Meister. Ich rannte plötzlich voraus und schoss auf alles, was vor mir aufstand. Ich merkte erst hernach, sagte der Meister, dass ich am Leben war. Und dass ich ein Held war, das sagte man mir, als ich das Eiserne Kreuz bekam …«

Die Leute auf den Geschützholmen schwiegen. Benz umspannte sein Knie und schaute zu Schimanek hinüber. Man konnte dessen Gesicht kaum noch erkennen. Unter dem Stahlhelm hing nur ein dunkler Fleck, der beim Sprechen weiße Zähne schimmern ließ.

»Also wird man ein Held«, schloss Benz bestimmt, »auch wenn man Angst hat.«

»Möchte man meinen«, erwiderte Schimanek. »Ich habe am meisten Angst vor den Leuten, die sagen, sie hätten nie Angst.«

»Türmen ist aber verboten, nicht wahr?«, lauerte Benz.

Schimanek räusperte sich.

»Klar«, sagte er dann, »klar ist Türmen verboten. Nur wenn alle türmen, ist Feigheit erlaubt.«

»Und Sie werden uns sagen, wann Feigheit erlaubt ist, Herr Wachtmeister?«

»Du fragst zu viel, Benz«, sagte Schimanek. »Rück lieber die Cognacflasche 'raus!«

Ein paar lachten.

Benz stand auf und holte die in Werg eingewickelte Cognacflasche aus dem Werkzeugkasten.

»Hier«, sagte er zum Wachtmeister und reichte ihm die Flasche, »fangen Sie an. Aber nur einen Schluck, bitte, damit es für uns auch noch reicht!«

»Nee, trink du zuerst, Benz.«

»Worauf, Herr Wachtmeister?«

»Auf was du willst.«

»Auf uns alle«, sagte Benz und nahm einen Schluck aus der Flasche.

Auch die anderen tranken, und jeder nahm wirklich nur einen Schluck, so dass noch ein guter Rest in der Flasche blieb.

Der Gefreite Benz wusste plötzlich, dass zwischen ihm und Karl Schimanek keine Kluft mehr war und dass sie einander ganz nah gekommen waren.

Linker Hand ging der Mond über dem Waldhorizont auf – ein halber, klarer Mond, der das Gelände unter dem Hügel bis weit hinüber zur Feindseite hell erleuchtete. Die Nacht roch nach dem Brand, der in dem vor ihnen liegenden Dorf schwelte.

Die Uhren tickten, die Stunden schlichen dahin. Niemand schlief. Alle erwarteten etwas, das unerbittlich auf sie zukam. Sie horchten gebannt nach rückwärts – in die Richtung, aus der sie gekommen waren, und die verlegt sein sollte. War das nicht Gefechtslärm, was aus westlicher Richtung herandrang? Was bedeuteten die roten Leuchtkugeln weit hinter dem Wald?

»Die Iwans sitzen uns tatsächlich im Genick«, sagten die Kanoniere in der Mulde. »Mensch, wenn die uns in den Rücken fallen, ist der Bart ab.«

»Warum drehen wir die Spritzen nicht um, verdammt?«, schimpfte ein anderer.

»Weil wir viel zu wenig Munition haben«, meinte der Nächste.

Jedes Geschütz hatte noch 18 Schuss auf den Matten liegen. Das erste, oben am Hügelkamm, besaß 30. Man beneidete das erste nicht deshalb, weil es dort droben stand, sondern um die 30 Schuss.

Der Mond stand schon im Süden, die Sterne funkelten in gleichmäßiger Pracht und Schönheit, in den Erdlöchern am Hügel sangen die Maulwurfsgrillen, und weit drüben, hinter dem drohenden Wald, rumorte es unheildrohend.

Die Mannschaft auf dem Hügelkamm schlief nicht. Alle schauten in die Ebene hinunter – zum Dorf, die unsichtbare Linie entlang, wo die Infanterie lag, zum Wald hinüber. Kein Schuss fiel. Aber nördlich und südlich flackerte Gefechtslärm, hämmerten ferne MG und wummerten Abschüsse.

»Wie spät ist es, Robert?«, fragte Stöger; er fragte es, als säße er im Theater und müsse auf die Abfahrtzeit der letzten Straßenbahn achten.

»Drei Uhr zehn«, sagte Benz. Er stand hinter dem Rundblickfernrohr und beobachtete das Gelände.

»Vielleicht greifen die Iwans gar nicht an«, meinte der andere, der an der Abzugleine stand.

»Mensch, die Ruhe!«, flüsterte Josef Zinn. »Die sagt doch alles. Das ist die Ruhe vorm Sturm, sag ich!«

Punkt halb vier setzte der feindliche Feuerschlag ein. Hinter dem Wald blitzte es in rasender Folge. In der Luft begann es zu heulen. Im Dorf schlugen die Treffer ein, ebenso Höhe 24. Links und rechts vom eingegrabenen Geschütz zuckten die Einschläge. Dreck spritzte hoch, Steine klirrten in den Wall. Die Männer lagen auf den Bäuchen, drückten die Gesichter in die Arme, pressten sich an die schützenden Teile aus Stahl.

Der frühe Morgen stank nach Pulver und Schwefel. Unten in der Mulde schwiegen die Geschütze noch immer. Noch kein Feuerbefehl von vorn.

»In Deckung bleiben!«, schrie eine Stimme.

Die Einschläge mehrten sich, nahmen an Wucht zu. Und dann trat weit drüben die Rote Armee zum Angriff an – in Massen. Erdbraune Gestalten sprangen in das Flüsschen, sie fielen ins Wasser und trieben davon oder blieben im Uferschlamm stecken. Deutsche MG rasten von den Uferhöhen herab, hämmerten aus Kornfeldern, tackerten aus verborgenen Nestern heraus. Handgranaten lagen bereit, und am Dorfausgang, zwischen zwei niedergebrannten Höfen, lauerten die beiden Panzerabwehrgeschütze hinter den Barrikaden aus umgekippten Fahrzeugen und zusammengetragenen Mauersteinen.

Da klirrte und dröhnte es aus dem Waldrand heraus. Mit plumpen Sprüngen, alles niederwalzend, torkelten die ersten russischen Panzer aus den Büschen. Hochauf spritzte das Wasser, als sie sich in das Flüsschen warfen, und mahlend schoben sie sich die andere Seite hinauf, schießend, aus allen Spalten und Knopflöchern Feuer speiend.

Einschläge zuckten zwischen Dorf und Flüsschen, Blitze grellten, Stahlsplitter jaulten, Pulverrauch kroch über das Land. Der Feind stürmte, und er stürmte in Massen.

»Du meine Fresse«, stammelte ein Infanterist, »so viele … so viele!«

»Feuer!«, schrien die Gruppenführer. »So schießt doch, Leute!«

»Wo bleibt das Arifeuer?«, fragten die grauen, tief in Deckung liegenden Menschen. »Sie sollen doch endlich schießen!«

Der frühe Morgen war eine zuckende, blitzende, brüllende Hölle. Am Dorfrand lag Oberwachtmeister Möhrike, der vorgeschobene Beobachter der 1. Batterie, neben ihm die beiden Funker Schmitt und Reger. Sie lagen zwischen den Männern der 6. Kompanie eines Infanteriebataillons. Links und rechts hämmerten MG. Die Pak schoss jetzt in rasender Eile. Weiter vorn flogen die ersten Handgranaten.

»Batterie – Feuer eröffnen!«, rief der Oberwachtmeister ins Mikrofon. »Bitte sofort schießen …« Und er schrie in Panik noch einmal die Schusswerte in den Apparat.

Hinter dem Hügelrücken, der sich in gelblichen Rauch zu hüllen begann, wummerten die Abschüsse. Pro Geschütz fünf Schuss. Zu schnell war die Munition verschossen, zu wenig Wirkung zeigte sich im Vorfeld.

»Wir müssen zurück«, keuchte jemand. »Stellen Sie Verbindung zum Regiment her!«

»Verbindung mit dem Regiment herstellen!«, schrie Möhrike dem Funker zu.

Schmitt bediente mit zitternden Händen das Funkgerät. Plötzlich stöhnte jemand. Reger griff sich an die Brust und sank nach hinten.

»Herr Oberwachtmeister!«, schrie Schmitt. »Der Paul! Der Paul!«

»Verbindung zum Regiment, verflucht!«, brüllte der Oberwachtmeister nach einem kurzen Blick auf den Toten.

»Urrääääa ...«, grölte es weiter vorn.

Die Russen brachen in die erste deutsche Stellung ein. Schüsse peitschten. Handgranaten krachten. Maschinenpistolen bellten. Geschrei. Gebrüll.

»Hier Marder! Hier Marder«, schrie Schmitt verzweifelt ins Mikrofon. »Edelweiß, kommen! Bitte kommen!«

»Hier Edelweiß!« Das Regiment meldete sich endlich.

»Hier Marder«, schrie Schmitt. »Feind bricht durch, Feind ist ...«

Er brach ab. Das Mikrofon sank ihm aus der Hand. Langsam kippte er zur Seite.

»Schmitt!«, keuchte der Oberwachtmeister. »Schmitt! Was ist ...«

»Ab ... abhaun ...«, war das Letzte, was Schmitt herausbrachte.

»Wir ziehen uns zurück«, rief jemand dem Oberwachtmeister zu. »Panzer greifen an! – Zurück! Hinter das Dorf!«

Der Infanterieoffizier kroch auf dem Bauch davon.

»Urrrääă ...«, brüllte es links und rechts, und in das Gebrüll mengten sich das Dröhnen und Klirren der heranwalzenden Panzer.

»Feuer frei!«, schrie Möhrike noch einmal ins Funkgerät. »Feuer frei!«

Dann musste er weg. Dicht vor ihm tauchte das feuerspeiende Ungetüm eines Panzers auf und hielt mit einem Ruck an. Die Kanone senkte sich, suchte ihr Ziel. Wummmm – rrrrreng!

Der Oberwachtmeister erreichte gerade noch die Ecke der niedergebrannten Scheune, schmiss sich hin und zog den Kopf ein. Als der Dreckregen zu Ende war, lief er weiter ...

Hinter dem Wald paukten die Abschüsse der sowjetischen Artillerie. Schwere Geschütze, schwere Brocken. Huuuuuuiiii ... reisten sie durch die Luft, mit dumpfem Krachen schlugen sie ein, mit Getöse zerbarsten sie.

Die drei Geschütze in der Mulde schossen ... verschossen die letzte Muniton.

»Letzte Granate«, keuchte der Kanonier.

»Raus damit!«, schrie der Unteroffizer.

Bautz! Der letzte Schuss war draußen.

»Volle Deckung!« Irgendwer brüllte es. Dann fetzten auch schon die feindlichen Einschläge. Die Erde bebte, die Luft stank nach Schwefel. Wie von einer

Riesenfaust gepackt und weggeschleudert lag das 2. Geschütz umgekippt am Boden. Tief bohrte sich das verbogene Rohr in die Erde.

»Gott steh uns bei, hier kommen wir nicht mehr raus«, lallte jemand. »Vater unser, der du bist im Himmel …«

Vor Hauptmann Schröder tauchte eine verdreckte, abgerissene Gestalt auf mit schief sitzendem Stahlhelm, ein schmutziges Pflaster über Nase und rechte Wangenseite. Der Mann war als Offizier nicht mehr zu erkennen.

»Wir brauchen Verstärkung, Kamerad«, keuchte er atemlos. »Die Russen brechen durch und rollen das Dorf auf. Schicken Sie sofort sämtliche Kanoniere nach vorn. Jetzt geht's ums Ganze!«

»Kanoniere mit Handwaffen nach vorn!« Leutnant Herrberg gab brüllend den Befehl durch und schwenkte das Megafon. »Alle Kanoniere mit Karabinern nach vorn!«

Was noch nie da gewesen, das geschah jetzt. Die Kanoniere ließen ihre Geschütze im Stich, packten ihre Karabiner und stolperten mit bleichen Gesichtern dem Infanterieoffizier nach. Auch die Besatzung des MG-Wagens montierte die beiden MG 34 ab und schleppte sie im Laufschritt nach vorn. Nur die Toten blieben zurück, und die beiden Sanitäter sammelten die Verwundeten auf.

»Wenn es uns nicht gelingt, den Feind zu stoppen, ist die Batterie verloren!«

War das noch Oberwachtmeister Möhrike, der es hervorstieß und versuchte, vor dem Hauptmann Haltung zu bewahren?

»Befehlen Sie doch Stellungswechsel nach rückwärts, Herr Hauptmann.«

»Es ist kein Befehl da.« Hauptmann Schröder, der Schulrat, murmelte es verzweifelt. »Ich kann doch nicht ...«

»Sie können es! Sie müssen es verantworten!«, schrie Möhrike.

Wummm machte es vor dem Gefechtsstand, und die Erde bebte. Möhrike riss den Hauptmann zu Boden, beide pressten sich aneinander. Schutt und Staub regnete auf sie nieder. Und als die Detonation verrauchte, da hob der Hauptmann das Gesicht und keuchte:

»Stellungswechsel, Möhrike! Sofort Stellungswechsel nach rückwärts! Sagen Sie's weiter! Ich versuche, die Abteilung zu erreichen!«

Das war der Moment, in dem der Feind sein schweres Feuer weiter vorverlegte und die ersten Brocken in den Wald schlugen, in dem die Protzen standen.

19

Benz hatte den Platz am Rundblickfernrohr an Schimanek abgegeben. Geduckt, mit der Abzugsleine in der Hand stand er da.

»Haben Sie ihn?«, rief er Schimanek zu.

Dieser hielt das Auge an die Optik gepresst und schraubte an der Einstellung.

»Nur keene Aufregung, Benz«, murmelte er. »Er kriecht schon langsam ins Fadenkreuz.«

Unten im Kornfeld schwankten russische Panzer voran und schossen ins Dorf. Drei Stück krabbelten durch das gelbe Feld. Dazwischen liefen Gestalten. Manchmal verschwanden sie, dann waren sie wieder da und liefen weiter.

»Komm, komm, Bursche«, knurrte Schimanek. »Rohr tiefer!«, rief er Benz zu, und Benz kurbelte am Rohr.

»Geht nicht mehr!«

»Reicht schon!«

Hinter dem im Erdwall stehenden Geschütz standen oder kauerten die Kanoniere mit eingezogenen Köpfen.

Der Wachtmeister hob die Hand, hieb sie herunter.

»Los!«

Der Schuss krachte mit erster Ladung. Köpfe reckten sich aus der Deckung und guckten über den Erdwall.

Dort, wo der Panzer zockelte, aber ein Stück hinter ihm, stob der Einschlag ins Feld. Ein Blitz. Eine Rauchwolke.

»Daneben«, sagte Benz trocken.

»Scheiße«, schimpfte Schimanek. »Laden!«, brüllte er die Kanoniere an. »Schnell!«

Sie luden das Geschütz von Neuem. Der Stapel auf den Matten war bereits zusammengeschrumpft. Das Geschütz hatte ein paar schöne Abpraller hinübergeschossen und im Direktbeschuss Fluss und Waldrand beharkt. Mitten hinein in die breit auf das Dorf zuschwärmenden Feindmassen, in die wimmelnden Gestalten setzte Schimanek die Granaten.

»Klink«, machte die nächste Granate und verschwand im Rohr. »Klink«, tönte der Verschluss.

»Fertig«, sagte Benz und zog die Leine straff.

Wieder hob sich die Hand des Wachtmeisters, wieder sauste der Arm nieder. »Bumms«, brüllte die Haubitze, hüpfte zurück und bohrte die Enden noch tiefer ins Erdreich.

Die Granate schlug dicht vor dem Panzer ein, riss die Erde hoch, baute einen Rauchpilz hin.

Der Panzer fuhr rückwärts, drehte auf einer Raupenkette und suchte mit dem schwenkenden Rohr die Höhe ab, auf der die Abschusswolke davonkroch.

Unten blitzte es.

»Köppe weg!«, brüllte Schimanek, und dann rummste es auch schon an den Wall, und die Brocken flogen.

»Laden!«, schrie Schimanek den auf den Bäuchen liegenden Kanonieren zu. »Verdammt noch mal, laden, sag ich!«

Sie holten die nächste Granate und schoben sie ins Rohr. Der Verschluss klickte zu.

»Fertig!« Mehrere riefen es zugleich.

Diesmal zielte Schimanek noch genauer, diesmal hielt er den Arm lange hochgereckt, dann hieb er ihn herunter. Benz zog im gleichen Augenblick ab. Der Abschuss brüllte.

Drüben blitzte es auf, krachte es, und gleichzeitig flogen schon die Trümmer des Panzers durch die Luft. Schwarzer, öliger Qualm schoss hoch und baute einen breit werdenden Pilz in die Luft.

»Getroffen!«, schrie Benz. »Getroffen!«

Aber da wummste und splitterte es schon wieder gegen den Wall. Blitze zuckten, Erde und Steine prasselten auf die Stahlhelme nieder.

Zwei Feindpanzer schossen herauf, und sie schossen genau. Es klirrte grell gegen Stahl. Mit schauerlichem Geheul flogen die Splitter umher.

»Herr Wachtmeister«, sagte eine zitternde Stimme, »haun wir doch ab!«

Wachtmeister Schimanek starrte Henneberg an. »Abhaun?« Er grinste schief, verzerrt. »Abhaun, hast du gesagt?«

»Wir beißen alle ins Gras«, sagte ein anderer. »Haun wir doch ab! Unten bei der Batterie rennen sie auch davon, ist niemand mehr da.«

»Dann haut doch ab, ihr feigen Hunde!«, schrie Schimanek, und ganz plötzlich war er ruhig und wiederholte. »Gut, ihr könnt abhaun. Ich will euch gar nicht mehr sehn.«

Stöger legte die Hand an den Stahlhelmrand. »Herr Wachtmeister, wir melden uns ab.«

Es krachte und splitterte wieder. Alle lagen auf den Bäuchen und pressten die Gesichter in die Erde. Dann rappelten sie sich wieder hoch.

Auch Schimanek hob das verschmutzte, verschwitzte Gesicht.

»Seid ihr Heinis noch nicht weg, ha? Seid ihr noch nicht weg!«

Zinn und Stöger verließen als Erste den Geschützwall. Sie schauten noch einmal zurück und winkten den anderen zu. Und dann gingen auch Henneberg, Sommer und Rombach – alle verschwanden, als wäre die Pest ausgebrochen und der Satan hinter ihnen her. Nur Benz blieb rechts vom Geschütz und hielt die Abzugsleine in der Hand.

Schimanek schaute den davonlaufenden Landsern nach und lachte höhnisch, als sie den Hang hinunterstolperten, rannten, hinfielen, aufsprangen und dann auf dem gegenüberliegenden Hang verschwanden. In der Mulde galoppierten noch ein paar Pferde und zogen abgerissene Zugseile und ein Brackenstück hinter sich her. Das vierte Geschütz versuchte aufzuprotzen. Heiseres Gebrüll drang aus der Mulde herauf. Huuuiiii heulte es in der Luft, und dann baute sich eine blitzende Wolke zwischen Geschütz und dem Mann am Hügel auf. Die Detonation krachte. Ein paar entsetzt davonjagende Gäule sah Schimanek noch, dann wandte er sich ab und schaute Benz an.

Über ihre Köpfe hinweg heulten Granaten und flogen in den Wald hinüber, wo die Protzenstellung war. Dort drüben krachte und dröhnte es ununterbrochen. Rauch stieg auf und zog in immer dichteren Schwaden über den Wald hinweg.

»So, Benzlein«, sagte Schimanek, »jetzt sind wir ganz unter uns. Hättest du nie gedacht, was?«

Ist Schimanek verrückt? fragte sich Benz. Warum lief er nicht den andern nach?

»Hinter uns ist die Tür zu«, sagte Schimanek und starrte durchs Zielgerät. »Ja, ja, Benz, die Tür ist zu. Dort unten rennen sie ... nu guck doch selber mal: so viele! Ich hab noch nie so viele Russen auf einmal gesehen!«

Benz spähte vorsichtig über den Wall und schaute hinunter. Der Panzer qualmte noch, im niedergetrampelten Kornfeld liefen die Russen. Zahllos! Und im Dorf wurde geschossen, prasselte MG-Feuer, patschten Gewehrschüsse.

»Sie schießen nicht mehr hierher«, hörte Benz Schimaneks Stimme. »Der ganze Zauber geht in den Protzenwald. Eigentlich sind wir hier oben noch am sichersten, Benz.«

Da schaute Benz zu ihm hinüber und fragte:

»Sind Sie überhaupt noch normal, Schimanek?«

Der grinste. »Du kannst getrost ›Du‹ zu mir sagen. Ich heiße Karl.«

»Bist du verrückt, Karl?«, schrie Benz.

Er schüttelte den Kopf.

»Nee, keine Spur, Robert. Aber wir wollen es denen da unten noch 'n bisschen zeigen, weißt du! Ein bisschen Revanche nehmen dafür, dass sie unsere schöne Batterie zu Klumpen gehaun haben! Komm, Robert – machen wir weiter. Du als K 2, ich als K 1. Wir wollen die Zeit noch nützen!«

»Lass doch den Blödsinn! Wir machen die Russen nur auf uns aufmerksam, wenn wir schießen.«

»Du sollst laden!«, schrie Schimanek. »Wir sind so gut wie tot. Oder denkst du vielleicht, die schonen uns oder geben uns *Papirossi*, wenn sie da sind?«

»Nein, das werden sie bestimmt nicht machen. Da unten liegt ja der Panzer.«

»Na also. Lade jetzt! Stell den Zünder auf Aufschlag. Nimm erste Ladung.«

Schimanek legte das Auge an die Optik und visierte ins niedergetrampelte Kornfeld.

Noch immer schwärmten die Russen aus und gingen auf das Dorf zu. Sie gingen aufrecht. Der Wind trug ihr Lachen und ihre Stimmen herauf, und 150 oder 200 Meter vor der Hügelkuppe qualmte noch immer der abgeschossene Panzer. Benz stellte den Zünder auf »Aufschlag«, nahm die Granate wie ein Kind auf den Arm und trug sie zum Geschütz. Schimanek half mit, sie ins Rohr zu schieben. Gemeinsam stießen sie mit der Stange nach. Die Kartusche klirrte hinein.

Wie leicht sich der Verschluss schließen lässt, dachte Benz, als er zuklinkte. Dann nahm er die Abzugsleine und wartete auf das Feuerkommando. Das Rohr befand sich in Tiefststellung.

Schimanek kurbelte an der Seitenrichtmaschine ... noch ein paarmal. Jetzt hob er den rechten Arm. Jetzt schlug er ihn herab. Das Geschütz am Hügel brüllte.

Sie hoben die Köpfe und schauten in die Ebene. Der Einschlag lag zwischen den wimmelnden Gestalten und verrauchte. Einige Gestalten waren weggerannt, standen wieder auf. Ein paar blieben liegen.

»Was wir treiben, ist Unfug«, sagte Benz. »Hören wir doch auf damit.«

»Unfug? Pflicht ist das!« Schimanek grinste. »Wenn Adolf uns sehen würde, würde er uns das Ritterkreuz geben. Er würde uns im Radio nennen. Robert! Wir sind jetzt nämlich Helden.«

Auch Benz grinste.

»Schöne Helden! Haun wir lieber ab!«

»Dann sind wir Feiglinge«, sagte Schimanek. »Und ich hab keine Lust, ein Feigling zu sein. Weißt du, Robert, ich hab's satt ... ich hab's satt, beim Kommiss zu sein. Ich will nicht mehr. Ich habe mir deine Gesellschaft ausgesucht, wenn ich hin werde ... wir werden alle beide hin, sag ich.«

Benz ließ ihn stehen und trat hinter dem Geschütz hinaus. Er schaute den zerfurchten Hang hinunter, wo die Reste der zerschlagenen Batterie standen oder verstreut herumlagen. Auch dunkle, längliche Pakete lagen auf dem gelblichen Boden, den schwarze Flecke und Löcher bedeckten. Ein paar Pferde lagen mit weggestreckten Beinen da, noch im Geschirr, in das sie sich verwickelt hatten.

Wo sind sie, die sagten, der Krieg wäre in sechs, in acht Wochen aus? ging es Benz durch den Kopf. Wo sind sie? Fort! Und ich bin mit einem Verrückten allein hier. Ich lebe noch! Aber mir ist, als entkäme ich auch nicht!

»Robert, machen wir weiter«, sagte eine Stimme hinter ihm und eine Hand legte sich auf seine Schulter. »Tun wir noch was, bevor wir ins Gras beißen.«

»Lass mich in Ruhe.« Benz fühlte sich müde, erschöpft.

Die Stimme hinter ihm schwieg, die Hand verschwand. Dort, wo das Dorf lag, hämmerte ein russisches MG Dauerfeuer, dann krachten ein paar Handgranaten.

»Es sind noch welche von uns im Dorf«, sagte Schimanek, »aber man wird sie bald haben … alle.«

Da sah Benz etwas über den gegenüberliegenden Hügel kommen. Er strengte die Augen an, bis sie brannten.

»Was ist das dort?«, fragte er und deutete hinüber.

Schimanek schaute in die Richtung, in die Benz zeigte.

»Da kommt doch …«, murmelte er erschrocken. »Das ist doch! Heiliger Bimbam – das ist Hirtz!«

Ja, Hirtz kam mit zwei Pferden und einer Protze. Er ritt einen schlanken Trab; seine Gestalt wippte rhythmisch auf und nieder.

»Xaver«, murmelte Benz. Und dann schrie, dann brüllte er den Namen hinüber: »Xaver! Hierher, Xaver! Hierher!«

Der Reiter gab den trabenden Rössern die Peitsche, die Sporen. Er schlug Galopp an.

Jetzt wimmerte es wieder in der Luft und orgelte über Benz und Schimanek hinweg. Wumm, schlug es droben ein, halbrechts von dem galoppierenden Spuk.

Benz schloss erschrocken die Augen. Als er sie wieder aufriss, war Hirtz mit dem Gespann schon in der Mulde. Mit lauten Zurufen trieb er die Pferde den Hang herauf. Alf war eingespannt! Alf und Emmi wühlten sich mit heftig nickenden Köpfen und stampfenden Hufen herauf. Dann war Hirtz da.

»Brr … steht!«, sagte er und zügelte die Gäule. Sein Gesicht sah verschlossen und steinern aus. Er sah nur Robert an und sagte:

»Du bist ja no da, Robert. Dös freut mich aber scho sehr! Steig auf … mach schnell!«

Benz trat an das Sattelpferd heran. Er schaute hinauf in Hirtzens unrasiertes, ruhiges Gesicht.

»Xaver…« Benz rollten Tränen über die eckigen Backenknochen, die Nasenschlucht entlang, in die Mundwinkel. Und er leckte das salzige Nass ab und sagte noch einmal:

»Xaver, dank schön.«

»Schnell«, knurrte der Rosenheimer. »Der Russ' schießt wie narrisch. Wir müssen durchkommen.«

Schimanek trat heran und klopfte den Hals des Handpferdes.

»Na, er ist ja wieder geworden, der Alf … fein! Fein! Gutes Pferd!«

»Aufsteigen, hab ich gesagt!«, schrie Hirtz.

Da kam Schimanek und blieb vor Benz stehen.

»Fahr allein, Robert. Ich bleib da.«

»Du bist wohl verrückt!«

»Keine Spur.« Schimanek grinste. »Ich bin ganz normal.«

»Nein, du bist verrückt!«

»Ich werd dir sagen, warum ich hierbleibe«, sagte Schimanek. »Nehmen wir an, wir kommen durch. Was passiert dann? Wir werden irgendwo gesammelt und zu einem neuen Verein gesteckt und das ganze Affentheater geht von vorn los. Wir verlieren diesen Krieg, wir verrecken alle. Es ist daher egal, wo und wann wir verrecken. Ich will es hier …«

Da holte Benz blitzschnell aus und schlug zu. Er traf Schimanek genau an die Schläfe. Wie ein Sack fiel er um.

»Lad ihn auf und bind ihn fest«, sagte Hirtz vom Ross herunter. »Ich muss die Gäule halten, die san ganz nervös.«

Schimanek lag schlaff am Boden, als Benz zum Geschütz ging und die Abzugsleine aushakte. Dann zerrte er ihn auf die Protze, pferchte ihn in die rechte Sitzecke und band ihn mit der Leine fest.

»Halt dich fest!«, rief Hirtz, und trieb seine Rösser schräg den Hang hinunter, dann steil, weil die Protze umzukippen drohte.

Im Galopp ging es die andere Hügelseite hinauf. Die Rösser wieherten aufgeregt, die Hufe trommelten den Boden. Holpernd, oft dem Umkippen beträchtlich nahe, raste die Protze in spitzem Winkel auf den Wald zu, in den ein schmaler Weg hineinführte. In der Mulde tanzten wieder grelle Blitze, stiegen dunkle Rauchpilze zum Himmel empor. Nirgendwo zeigte sich Leben.

20

Hirtz ließ die Rösser traben. Dumpf rollten die Eisenräder auf dem schmalen Waldweg. Benz klammerte sich am Haltegriff des Protzensitzes fest, mit der anderen Hand hielt er Schimanek. Blut rann ihm aus der Nase und verkrustete.

Ich werde ihn doch nicht erschlagen haben? dachte Benz beklommen. Nein, nein, das wollte ich nicht! Ich wollte ja bloß, dass er mitkommt.

»Brrrr...«, machte Hirtz und verhielt die Pferde, drehte sich im Sattel um und fragte zurück: »Was is denn los?«

»Er rührt sich nicht, Xaver.«

Hirtz sprang vom Pferd und kam heran. In diesem Augenblick bewegte sich Schimanek, richtete sich auf, guckte verwundert auf die Leine, die ihn festhielt, schaute Benz verwirrt an, dann Hirtz und fragte schließlich:

»Wa ... was ist los? Wo sind wir denn?«

»Mitgenommen haben wir Sie«, sagte Benz betont gleichmütig. Er sprach seinen Vorgesetzten plötzlich wieder mit »Sie« an.

»Mitgenommen?«, Schimanek fuhr sich mit der flachen Hand über das bartstoppelige Gesicht, gewahrte das Blut an der Hand und schaute es verwundert an.

»Ich musste Ihnen eins überhauen, Wachtmeister«, grinste Benz.

Schimanek nickte nur; er musste sich die Zusammenhänge erst zurechtgrübeln, als man ihn losband.

»Die Protzenstellung liegt dort drüben – linker Hand«, erklärte Hirtz. »Alle san weg. A paar leichte Rösser liegen tot drüben … aber nur leichte.«

Benz sprang von der Protze.

»Die anderen sind zurück«, sagte er. »Irgendwo hinten werden sie sein … vielleicht schon beim Iwan.«

Schimanek ächzte und stieg von der Protze, schlenkerte mit dem einen, dann mit dem anderen Bein und sagte zu Benz:

»Sie haben 'nen ganz schönen Schlag, Benz … für 'n Lehrer. Alle Achtung.«

Der Spuk auf der Höhe 24 war zu Ende. Zwischen Benz und Schimanek schien wieder der alte, gewohnte Umgangston begonnen zu haben.

»Nichts für ungut«, murmelte Benz, »aber ich wusste mir nicht anders zu helfen.«

Schimanek brummte etwas in den Bart und schaute sich um, ruckte das Pistolenkoppel höher und schnäuzte sich. Wieder bemerkte er das Nasenblut am Finger, aber er schüttelte nur den Kopf.

»Am besten wird es sein, wir fahren den Weg weiter«, schlug Hirtz vor. »Irgendwo müssen wir doch die Unseren finden, denk ich.«

Über dem Wald jaulte und orgelte es wieder. Hirtz sprang zu den unruhigen Pferden und hielt sie fest. Dann krachte auch schon der Einschlag, aber ein Stück weiter ab.

»Hier können wir nicht bleiben«, sagte Benz. »Fahren wir, bis der Wald aufhört. Herr Wachtmeister, haben Sie eine Karte in der Tasche?«

Schimanek nickte und holte die Karte aus der Tasche. Benz schaute ihm über die Schulter auf das zerknitterte Blatt.

»Wir müssen ungefähr hier sein«, erklärte Schimanek. »Halbrechts von hier liegt die Straße, auf der wir 'rangekommen sind, und hier das Nest, wo wir den Einsatzbefehl bekommen haben.« Sein schmutziger Finger fuhr über die Karte. Dann sah er Benz an. »Was nu, kleener Mann?«, grinste er. »Da hinten soll der Iwan auch sein. Ob es stimmt?«

Benz zuckte ratlos die Schultern.

Als wieder eine Granate heranpfiff und in den Wald schlug, trieb Hirtz zur Eile an. Das Gespann trabte den Weg entlang, der sich in Windungen durch den Wald schlängelte. Es lag kein weggeworfenes Kriegsmaterial herum, es zeigten sich auch keine Toten. Der Weg war vergrast und noch sumpfig vom letzten Regen. Eigentlich war der Wald schön, so friedlich …

Huuuuiiii … pfiff es wieder und rauschte über den Wipfeln.

»Festhalten!«, schrie Hirtz und duckte sich im Sattel. Hart gab er der Fuchsstute die Sporen. Die Peitsche klatschte auch Alf über den Rücken.

Mit gestreckten Leibern preschten die Rösser den Weg weiter. Erdbrocken flogen, Schlamm spritzte. Der Einschlag lag knapp rechts vom Weg im Wald zwischen den Bäumen.

Im Galopp jagte die Protze, auf der sich Schimanek und Benz verzweifelt festklammerten, den Weg entlang, schlenkerte durch Krümmungen, riss dicht am Rande stehende Sträucher und Bäumchen heraus und schleifte sie mit.

Eine Lichtung tauchte auf, und dicht dahinter war der Wald auch schon zu Ende. Felder lagen dort. Ein hohes Maisfeld. Niemand hatte es geerntet. Die Stauden standen hoch, und die Kolben waren schwer; sie beugten sich schon der Erde zu.

»Dös is guat«, lachte Hirtz. »Dös ist Kraftfuatta für die Ross. Da bleiben mer, Leutln.«

Er zog bis zum Waldrand vor, und dort horchten sie erst einmal, ob weiter drüben, wo man die Straße vermutete, Geräusche waren.

Nichts. Nur weitab kleckerten Maschinengewehre. Es waren deutsche. Einschläge feindlicher Granaten streuten weiter links das Land ab.

»Da muss doch a Haus oder a Hof liegen«, meinte Hirtz und wies auf den zwischen hohen Maisstauden führenden Weg. »Fahren wir weiter.«

Benz nickte nur. Schimanek saß mit eigenartig finsterem Gesicht wie abwesend auf dem Protzensitz und kaute auf etwas herum. Das Fahrzeug trabte wieder.

»Ich bin sicher, dass wir irgendwo die Batterie finden«, sagte Benz. Er war plötzlich wieder voller Zuversicht, voller Hoffnung. Schimanek schwieg.

Nach einer Weile hielt Hirtz die Rösser von Neuem an. Sie waren am Ende des Maisfeldes angelangt. In einer flachen Senke, in der ein kleiner, verschilfter Weiher lag, stand ein uralter, einsamer Hof.

»Dorthin geht's!«, rief Hirtz und trieb die Pferde noch einmal an.

Der Hof war verlassen, in dem grauen Schuppen gackerte ein Huhn und flatterte erschrocken davon. Das niedrige, strohgedeckte Wohnhaus war leer, die Stube ausgeräumt, die Tür hing schief in den Angeln.

»Batterie – haaalt!«, rief Hirtz und sprang aus dem Sattel. »Da bleiben mer a Zeitl, da gefallt's mir.«

Auch Benz und Schimanek stiegen ab. Sie inspizierten das Wohnhaus und fanden es leer. Es roch muffig. Sie schauten in den Stall, der ebenfalls leer war, und gingen um das ganze Haus herum, das hohe Brennnesseln und Unkrautstauden umwucherten, ohne ein Lebewesen zu entdecken.

»Es kann uns nicht schaden, wenn wir ein paar Stunden ausruhen«, meinte Benz.

»Und die Rösser können sich mal mit Mais sattfressen«, bestätigte Hirtz.

Er spannte die Pferde aus und tränkte sie am Rande des Weihers und führte sie zum Maisfeld, wo Emmi und Alf sogleich gierig das saftige Futter rupften und verschlangen.

Weitab meckerten ein paar Maschinengewehrstöße. Ganz rechts drüben, hinter dem Maisfeld, krachten Einschläge. Der Wind trieb den Pulvergestank bis hierher.

»Sind wir nun eingeschlossen oder nicht?«, fragte Benz.

Schimanek hatte den Stahlhelm abgenommen und strich sich mit der Hand über das schüttere, verschwitzte Haar.

»Sicher«, murmelte er, »es wird nicht lange dauern, dann haben wir die Russen am Hals.« Er schaute scheel zu Benz empor. »Was dann, Herr Lehrer?«

Benz grinste ihm ins Gesicht. »Vor einer Stunde waren Sie ein Held, Herr Wachtmeister, da wollten Sie so gern sterben. Und jetzt haben Sie Angst?«

»Sie etwa nicht?«

»Ich müsste erst mal drüber nachdenken«, murmelte Benz und ging Hirtz entgegen.

Der Rosenheimer schmunzelte. »Noch nia war der Krieg so schön gemüatlich wia jetzt, Robert. I tat am liebsten dableiben und mit der Bauernarbeit anfangen. Schau, der Hof! Da gäb's jede Menge Arbeit. Wo mögen die Leut sein?«

»Fort. Weggelaufen«, sagte Benz.

»Aber sie werden wiederkemma«, nickte Hirtz. »Irgendwann werden s' scho wiederkemma.«

Der Beschuss hatte aufgehört. Das Maisfeld roch angenehm frisch, und die Sonne stand hoch und warm über dem Land. Wenn in der Ferne nicht das Grummeln der Front zu hören gewesen wäre, hätte man diesen Platz als ausgesprochen behaglich bezeichnen können. Hirtz holte etwas Brot und eine Büchse Käse aus den Satteltaschen und verteilte es. Sie saßen vor dem Bauernhaus und aßen. Dabei schauten sie gedankenvoll zu den Pferden hinüber, die sich die Bäuche füllten und geschickt die reifen Maiskolben aus den gelben Blättern herausschälten.

Lange Zeit schwiegen die drei vor dem fremden Haus und verzehrten stumm die karge Mahlzeit. Dann sagte Schimanek plötzlich:

»Das ist kein Zustand, es muss was passieren, meine Herren. Ich werde mal zur Straße 'rüberschauen und die Lage peilen.«

Sie schwiegen und horchten. Kamen nicht von dort, wo sie die Straße vermuteten, die Fahrgeräusche motorisierter Truppen?

»Vielleicht sind es die Unsern«, meinte Benz hoffnungsfroh.

»Von den Unsern ist nicht viel übrig geblieben«, knurrte Schimanek. »Wenn noch etwas rollt, dann sind es die Russen.«

»Horcht nur, Leut«, ließ sich Hirtz nach einer Pause vernehmen und hielt die Hand hoch. »Ganz stad ist's auf oamol.«

Das Feuer war tatsächlich fast verstummt. Nur weitab wummerte noch Artillerie, aber dieses gewittrige Grollen war man gewöhnt. Schimanek nestelte mit verdrossener Miene an der Brust herum und murmelte:

»Blöd – mein Dienstglas ist weg. Wir könnten es gut gebrauchen.«

Er stand auf und schlenkerte wieder mit den Beinen. Die Sporen klirrten bei dieser Bewegung. Dann bückte er sich nach dem Stahlhelm, setzte ihn auf und rückte die 08 zurecht.

»Alsdann«, sagte er in dienstlichem Ton, »ich schau mal nach, was drüben vorgeht. Falls der Iwan auf der Straße marschiert, bleiben wir vorläufig hier und warten das Weitere ab.«

»Mein ich auch«, sagte Benz.

»Macht's gut«, erwiderte Schimanek und wandte sich zum Gehen. Nach ein paar Schritten drehte er sich noch einmal um und rief zurück: »Benz, ich hab mich in meinem Leben immer nach zwei Dingen gerichtet ...« Er hob den rechten Daumen und hielt ihn nach oben – »Es gibt nur zwei Möglichkeiten ... entweder so oder so ...« Er schwenkte den Daumen nach unten, machte kehrt und ging davon. Gleich darauf verschwand er in der grünen Wand aus hohen Maisstauden.

Es raschelte noch eine Weile, es knackte, dann wurde es still. Still blieben eine Weile auch die beiden Freunde. Dann stellte Hirtz die schlichte Frage:

»Was hältst von ihm?«

Benz zuckte die Schultern. »Ich weiß nicht recht, Xaver. Bisher konnte ich ihn nicht ausstehen. Als wir aber oben auf dem verfluchten Hügel bei der Spritze standen und er den Helden spielte, da hab ich ihn irgendwie bewundert, wirklich.«

»Er is koa Held«, murmelte Hirtz, »er is bloß stur. A alter Kommissbazi is er, mehra net.«

Benz legte sich auf den Rücken und schaute zum Himmel empor. Er war mit Schäfchenwolken bedeckt, die Sonne schien wie durch einen Schleier, aber sie spendete Wärme.

»Der Schimanek«, sagte Benz mit träger Stimme, »ist ein ganz komischer Kauz, Xaver. Er ist vom Kommiss verdorben worden, und das hat er gemerkt. Aber er kann aus seiner Haut nicht mehr heraus.«

»Nachher soll er drin stecka bleiben«, murrte der Rosenheimer. »Mir is dös wurscht … mir ist die Hauptsach, dass meine Rösser was zu fressen haben. Schau bloß, wia's ihnen schmeckt«, lachte er und deutete mit dem Kopf zu den beiden Pferden hinüber, die sich immer tiefer in den Wald aus Maisstauden hineinfraßen.

Karl Schimanek schlug sich durch das hohe Feld und blieb ein paarmal stehen, um nach jungen Maiskolben Ausschau zu halten. Er wusste, dass sie süß schmeckten, aber die Kolben waren schon zu groß und bleckten, wenn man sie schälte, gelbliche Zähne.

Der Mann im Maisfeld blieb immer öfter stehen und horchte. Sein dunkles Gesicht verdüsterte sich. Vorsichtig schob er sich durch die raschelnden Stauden, teilte sie und erreichte nach einiger Zeit das Ende des Maisfeldes. Ein Wiesengrund erstreckte sich vor ihm bis zur Straße hinüber, mit Büschen und hohem Gras bewachsen, in dem dunkelblaue Schwertlilien prangten. Die Straße selbst konnte man wegen der Büsche nicht sehen. Aber man hörte sie jetzt.

Da schlurften Marschtritte, da knarrten Räder, da klirrten Spaten oder Seitengewehre, da scholl ein Lachen herüber.

Es können nicht die Unsern sein, dachte Schimanek. Die lachen nicht, das Lachen ist ihnen vergangen.

Er horchte, und während er die Sinne anspannte, dachte er an die Batterie, in der er gedient hatte und die ihm zur Familie geworden war, eine Heimat, ein Haus mit vielen Freunden. Nein, Karl Schimanek hatte dem Gefreiten Benz nicht gesagt, dass er starb, als die Batterie starb. Den beinharten Soldaten wollte er vor dem gescheiten, aufsässigen Gefreiten herauskehren, den Soldaten, der den Tod nicht fürchtet, der bis zuletzt kämpft.

Zusammengeschlagen mit Ross und Wagen, dachte Schimanek, als er zur Straße hinüberhorchte und, ohne hinüberschauen zu können, spürte, dass der Feind in Bewegung war – jene Menschen, die seine Batterie zusammengeschossen, die seine Familie vernichtet hatten.

Trapp-trapp-trapp ... tönte es von drüben. Der Mann am Rande des Maisfeldes schloss die Augen, als überkäme ihn ein Schwächeanfall. Mit Ross und Wagen, dachte er bitter. Und damit ist für mich die Familie verbrannt ... meine Batterie, meine Geschütze, die ich geführt habe – meine Leute, die ich oft geschunden und schikaniert habe. Wo sind sie? Wohin soll ich?

Karl Schimanek wusste es nicht mehr. Er sah sich am Ende eines langen Weges angekommen, er wollte nicht mehr – nur eines wollte er noch: den Feind sehen, sich ihm entgegenstellen und für die Vernichtung der Batterie Rache nehmen.

War dieser Karl Schimanek verrückt, als er die Pistole aus der Tasche zog, sie durchlud, spannte, sie fest in die Rechte nahm und über die Wiese, durchs hohe Gras watete? Er ging weiter, er sah plötzlich die Straße, er erkannte sie als Vormarschweg wieder, und jetzt marschierte der Feind auf ihr – Richtung Westen.

Trapp-trapp-trapp ...

Karl Schimanek hielt den Pistolengriff fest in der Hand und beobachtete die vorüberziehende Schar erdbrauner Gestalten. Er zählte sie nicht, er hielt nur Ausschau nach etwas Bestimmtem. Nach einem ganz bestimmten Ziel der Vergeltung.

Die russische Infanterie marschierte in loser Formation, links und rechts und auch in der Mitte der Straße.

Jetzt wurden Schimaneks Augen schmal ... jetzt schob er sich mit einem entschlossenen Ruck durch die letzten Büsche ... jetzt sprang er auf die Straße.

»Hej Pjotr – schau mal, da steht einer!«, rief ein Russe dem anderen zu.

»Das ist ein Deutscher!«, rief der andere. »Wir müssen ihn gefangen nehmen oder erschießen!«

»Hej, du!«

Da hob Schimanek die Pistole und schoss. Zweimal. Und zwei russische Soldaten, zwei Menschen, die er nie zuvor im Leben gesehen hatte, fielen um.

Schimanek schoss nach links und rechts, und jeder Schuss traf. Den letzten feuerte er auf einen großen Offizier ab, der den Nagant-Revolver hochriss.

Der große Offizier wankte und der Deutsche auch. Beide knickten fast gleichzeitig in die Knie und kippten mit den Gesichtern in den Staub der Straße.

Geschrei brach los, ein paar Gewehrschüsse krachten, Gestalten sprangen heran und umringten die beiden, die auf der Straße im Staub lagen, der sich mit Blut mengte.

21

Benz und Hirtz schliefen im Schatten des niedrigen Wohnhauses; sie hatten den Lärm auf der weit drüben vorbeiführenden Straße nicht gehört. Nur die beiden Rösser, die sich satt gefressen hatten, spitzten erschrocken die Lauscher und ließen sie in allen Richtungen spielen.

Es war dunkel geworden, und die abendliche Kühle weckte erst Benz, dann den Rosenheimer.

»Mensch, ich hab vielleicht guat geschlafa«, sagte Hirtz, gähnte, reckte sich und kratzte sich im Nacken, während er zu den Rössern hinüberschaute, die träge am Feldrand standen.

»Gleich acht Uhr«, murmelte Benz. Dann fiel ihm ein, dass Schimanek noch nicht zurück war. »Wo bleibt er?«, fragte er besorgt.

»Wer?«, brummelte Hirtz verschlafen.

»Der Schimanek!«

»Der Schimanek?« Hirtz stand ächzend auf und horchte. »Ja, wo is er geblieben?«, fragte er halblaut. »Wo kann er sein?«

Sie führten die Pferde in den Stall und holten jeder noch einen Armvoll Maisfutter, um es ihnen vorzuwerfen. Dann schaltete Hirtz die Taschenlampe ein und leuchtete in der verwahrlosten Bauernstube herum. Der Lichtkegel der Lampe glitt über den rissigen Lehmofen, über die Stelle, wo einmal ein Bett gestanden hatte, an den Wänden entlang, wo helle Flecke verrieten, dass einmal Bilder dort hingen. In der Ecke lag ein zerbrochener Stuhl, von der Balkendecke herab baumelte ein verdorrter Zwiebelschwanz.

»Da herinnen bleiben mer bestimmt net«, sagte der Rosenheimer. »Lieber schlaf i im Stall bei meinen Rössern.«

Sie gingen in den Stall zurück und legten sich zu den Pferden. Die Nacht war still, und irgendwo piepste etwas im Gebälk des Stalles.

»Sie haben ihn erwischt, wirst es sehen«, sagte Xaver Hirtz, als sie dalagen und darüber nachdachten, was aus Schimanek geworden sein könnte.

»Ja, sicher«, erwiderte Benz. »Er wollte zur Straße, und dort marschieren die Iwans.«

»Ob er sich hat gefangen nehmen lassen?«, rätselte der andere.

»Ich glaub es nicht, Xaver. Schimanek, und das weiß ich jetzt genau, hat den Verlust der Batterie nicht verwinden können. Er kommt nicht wieder... er liegt irgendwo. Vielleicht finden wir ihn, wenn die Unsern wieder vorgehen werden.«

Eine Weile herrschte Schweigen im finsteren Stall. Die Rösser standen in ruhender Haltung; es war so still, dass man ihre Verdauungsgeräusche hörte.

»Mir tut er leid«, sagte Hirtz.

»Mir auch«, murmelte Benz.

Zwei Tage und zwei Nächte blieben sie abseits der Straße in dem einsamen Bauernhof, und es schien ihnen wie ein Wunder, dass sie nicht von dem in Richtung Westen vordringenden Feind aufgestöbert wurden. Sie hörten das Klirren von Panzerketten auf der Straße und das Rollen und Schlurfen der Kriegsmaschinerie. Immer weiter nach Westen verlor sich der Gefechtslärm, und dann brummelten nur noch Geschütze.

Benz und Hirtz aßen Maiskolben, die sie sich über einem winzigen Feuerchen rösteten, und tranken das Wasser des Weihers, ohne Leibschmerzen zu bekommen. Sie kletterten jede Stunde unter das Strohdach des Wohnhauses und spähten durch ein Loch nach allen Seiten. Einmal war es ihnen, als käme etwas durch das Maisfeld. Es raschelte, und Rufe drangen heran, aber dann wurde alles wieder still, und auch auf dem Weg, den sie hierher gekommen waren, blieb es unerklärlicherweise leer. Kein Feind kam heran.

Nur manchmal schlugen Granaten in der Nähe ein. Weder Benz noch Hirtz konnte sagen, ob es deutsche oder russische waren.

Vom Dachloch aus konnten die beiden Landser ein Stück der Straße überblicken, auf der sie Planenfahrzeuge und auch einzelne Panzer vorbeirollen sahen und eine Menge russischer Infanterie, deren Marschtritte, besonders nachts, herüberdrangen.

Das Dorf, auf das sie zugingen und vielleicht auch in breiter Form ausschwärmten, war nicht zu sehen; man hörte nur, wo es lag, weil dort oft geschossen wurde, weil man nachts Motoren jaulen hörte und sonstige Geräusche.

An diesem frühen Morgen schoss man wieder mit Granaten auf die Straße und wahrscheinlich auch ins Dorf weit hinter dem Gehöft. Ein paar Granaten schlugen so dicht neben dem Versteck ein, dass Hirtz sich bekreuzigte.

Dann stiegen sie doch wieder unter das Strohdach und schauten durch das Loch, was drüben auf der Straße wieder nach Osten, in Richtung des verloren gegangenen Dorfes, des Protzenwaldes zurückrollte oder marschierte.

»Du, dös san doch Russen«, sagte Hirtz. »Sie gehen wieder zurück, moan i!«

»Kann sein«, murmelte Benz.

Lange saßen sie unter dem Strohdach, schauten und schwiegen und wechselten nur besorgte Blicke, aber dann war weiter hinten im Dorf und in der Nähe neuer Gefechtslärm zu vernehmen, und es wurde heftig geschossen. Auf dem Straßenstück, das man vom Dach aus sah, rollten wieder Fahrzeuge und sogar Schützenpanzer.

»Die Unsern sind es!«, schrie Benz.

»Ja, die Unsern«, sagte Hirtz.

»Pack mer zusammen und gehn wir 'rüber«, sagte Hirtz.

Sie sattelten die Pferde und spannten sie vor die Protze. Doch bevor Hirtz aufsaß, sah er Benz eigenartig ernst an und fragte:

»Wia geht's denn nachher weiter, Robert?«

»Das wird man uns schon sagen, Xaver. Ich denke, dass wir weitermachen werden.«

»Bei einem anderen Haufen?«

Benz nickte nur.

Hirtz schwang sich in den Sattel, und der andere stieg auf die Protze.

»Xaver!«, rief Benz dem Freund zu.

Der drehte sich langsam um und schaute fragend zurück.

»Wir haben überlebt«, sagte Benz. »Eigentlich sollten wir froh sein. Wir werden nicht mehr viele von unseren Kameraden vorfinden.«

Der Rosenheimer grinste.

»A paar werden scho übrig blieben sein, Robert! Hü! Weiter geht's!« Und er schnalzte mit der Zunge und trieb die Gäule in flotte Gangart.

Benz schaute noch einmal zu dem Bauernhaus zurück und hob wie grüßend die Hand. Wir sind am Leben geblieben, dachte er, und er war plötzlich glücklich darüber.

Die Gefreiten Hirtz und Benz stießen in der Nähe des Dorfes auf die Straße und trafen vorgehende Kameraden an – Kameraden, die Totenköpfe auf den Kragenspiegeln und Mützen trugen.

»Wo kommt ihr denn her?«, fragte man mit nicht sehr freundlichen Gesichtern. »Wo habt ihr euch 'rumgetrieben? Ihr seid wohl abgehaun, was?«

Sie fragten kritisch, und Benz und Hirtz standen stramm wie eh und je, wenn sie vor Offizieren standen, und gaben Auskunft über Woher und Warum.

»Schert euch zurück und meldet euch bei der nächsten Dienststelle«, schnarrte man beide an, und sie trollten sich und sahen sich verstört an.

»Mei Liaber, dös san vielleicht welche«, murmelte Hirtz. »Die nehmen's dir noch krumm, dass du am Leben blieben bist, die Hirschen!«

Sie trabten ins Dorf und meldeten sich bei der nächsten Dienststelle. Und wieder mussten sie haarklein erklären, warum sie nicht gefangen oder umgebracht und warum sie keine toten Helden geworden waren.

»Ja mei, wir haben halt Glück gehabt«, sagte der Rosenheimer mit rotem Kopf. »Aber vielleicht passt's nächstens a wengerl besser, wenn mir hin werden, Kruzifixnoamal!«

Der vernehmende SS-Mann verstand zu wenig Bayerisch, als dass er mit der Faust auf den Tisch oder sie Hirtz zwischen die Augen geschlagen hätte. Er notierte sich alles – dass die beiden Gefreiten zu den Resten einer geschlagenen Artillerieabteilung gehörten und nicht aus der Verpflegungsliste gestrichen zu werden brauchten, und schickte sie nach Smolensk.

Die Stadt hatte sich in ein Heerlager verwandelt, und es herrschte reger Betrieb in den Straßen, auf den Plätzen und außerhalb der Stadt. In einem Lager stießen sie auf den Rest der 1. Batterie, auf das zusammengeschmolzene, teilweise auf Stöcken und mit Verbänden umhergehende Häuflein einstmals strammer und siegesgewisser Ari-Leute.

Spieß Dirks war auch da. Er trug einen dicken Verband ums linke Auge – aber nur weil er dort einen Abszess hatte. Der Hauptmann hinkte, Leutnant Herrberg trug den rechten Arm in der Schlinge. Sie waren alle sehr froh, als Hirtz und Benz zur Anwesenheitsmeldung antraten und die glückliche Rückkehr verkündeten. Auch Stöger und die anderen, die mit Erlaubnis getürmt waren, tauchten aus einer nach Lysol muffenden Baracke auf.

»Mensch, die Iwans haben uns vielleicht zur Schnecke gemacht«, erzählte Stöger.

Sie hatten alle »zur Schnecke gemacht«, die hier waren. 17 Tote zählte die 1. Batterie, 28 hatte die 2., und von der 3. gelangten nur 40 Mann in die Etappe.

»Was liegt nun an?«, fragte Benz einen Kameraden.

»Neu aufgestellt werden wir«, sagte dieser.

»Hoffentlich werden wir motorisiert!«, sagte ein anderer.

Ein dritter meinte, dass man bis zum Winter doch gesiegt haben würde, weil es überall gut voranginge und die Iwans zurückgeschlagen würden.

»Guderians Panzer stehen bald vor Moskau!«, verkündete ein anderer.

»Ja mei«, sagte Hirtz, der Rosenheimer, »wir müassen halt mitmacha, da bleibt uns scho gar nix anderes übrig.«

Xaver Hirtz fiel am 28. Mai des nächsten Jahres und starb mit seinen beiden Pferden in einem Waldstück bei Rosslawl, zerfetzt von einer russischen Granate, die zwischen Sattel- und Handpferd einschlug.

Und der doch noch zum Unteroffizier beförderte Robert Benz verlor das rechte Bein. Er erlebte den großen Paukenschlag des Endes in der Heimat, als Kammerbulle in Frankenberg bei Chemnitz.

Die Rösser, die den Kriegswagen feindwärts zogen, sahen ihre Heimatställe nie wieder. Auf Seitenstraßen und elenden Wegen abseits der Rollbahn erfüllte sich ihr Schicksal – als stinkende Kadaver oder als gelblich gefärbte Suppe in den Kochgeschirren der Landser.

Xaver Hirtz, der Fahrer und Pferdefreund, er liegt in jenem Waldstück begraben, in dem ihn die russische Granate aus dem Sattel riss. Der Hügel, den man über seine Reste wölbte, mag versunken und vergessen sein. Die Mutter daheim vergaß ihn nicht. Sie weinte bis zu ihrem Tod um ihn – weinte wie viele andere um ihre Söhne, die draußen geblieben sind.

Weitere Bücher im Rosenheimer Verlagshaus

Das Boot U 188
304 Seiten
ISBN 978-3-475-53954-1

Als Grundlage für diesen Zeitzeugenbericht dienten Klaus Willmann die Erinnerungen eines Besatzungsmitgliedes und das Kriegstagebuch von U 188. Die Mannschaft des U-Boots bestritt einen gefährlichen und strapaziösen Weg von Frankreich bis Malaysia. Der sehr persönliche Bericht des Matrosen Anton Staller lässt nicht nur den Alltag auf dem Boot mit seiner bedrückenden Enge, der ständigen Bedrohung durch Wasserbomben- und Fliegerangriffe plastisch werden. Er beschreibt auch die Gedanken und Gefühle der Soldaten auf See.

Vom Himmel in die Hölle
208 Seiten
ISBN 978-3-475-54304-3

Gerhard Ehlert gehört zu den wenigen Überlebenden der Luftwaffen-Eliteeinheit der Nachtfernaufklärer für den Bereich Russland im Zweiten Weltkrieg. Obwohl er aus einem Elternhaus kommt, das sich gegen das Nazi-Regime ausspricht, meldet er sich freiwillig. 22 Feindflüge besteht er, landet sein Flugzeug oft blind mitten im Nebel. Im Juni 1944 wird er abgeschossen und gerät in russische Kriegsgefangenschaft. Die Zeit im Lager wird sein Leben für immer verändern. Dieser Zeitzeugenroman beruht auf den Erinnerungen eines deutschen Fliegerleutnants.

Wenn alles in Scherben fällt
256 Seiten
ISBN 978-3-475-54434-7

Helmut Kalmeder ist wegen seiner Begeisterung für kommunistische Ideen bereits seit vier Jahren im KZ in Dachau. Eine Verfügung hebt 1942 seine Wehrunwürdigkeit für die Dauer des Krieges auf. Aus Zuchthäusern und Konzentrationslagern werden kampftaugliche Männer geholt, gedrillt und auf ihre Aufgaben als Soldat vorbereitet. Verbrecher und politisch Andersdenkende finden als Ersatzbataillon 999 ihr Schicksal an der Ostfront, in Afrika, aber auch auf dem Balkan, um dort für ein Vaterland zu sterben, an dessen Ideale kaum einer glaubt.

Informationen zu unserem Verlagsprogramm finden Sie unter www.rosenheimer.com